Britta Röder

Die Buchwanderer

ACABUS | Verlag

Röder, Britta: Die Buchwanderer, Hamburg, ACABUS Verlag 2011

1. Auflage
ISBN: 978-3-86282-017-7

Dieses Buch ist auch als eBook erhältlich und kann über den Handel oder den Verlag bezogen werden.
PDF-ebook: ISBN 978-3-86282-018-4
ePub-ebook: ISBN 978-3-86282-117-4

Lektorat: Annika Bauer, ACABUS Verlag
Umschlaggestaltung: Annika Bauer, ACABUS Verlag
Covermotiv: © magann - Fotolia.com, © Sergej Razvodovskij - Fotolia.com

Bibliografische Information der Deutschen Nationalbibliothek:
Die Deutsche Nationalbibliothek verzeichnet diese Publikation in der Deutschen Nationalbibliografie; detaillierte bibliografische Daten sind im Internet über http://dnb.d-nb.de abrufbar.

Der ACABUS Verlag ist ein Imprint der Diplomica Verlag GmbH,
Hermannstal 119k, 22119 Hamburg.

http://www.acabus-verlag.de
Printed in Europe

Für meine zwei Lieblingsmenschen

*„Der Mensch ist nichts anderes als sein Entwurf,
er existiert nur in dem Maße, in welchem er sich verwirklicht."*

Jean-Paul Sartre
franz. Schriftsteller und Philosoph, 1905-1980

Teil I: Verona

1

Auf dem Weg zu einer Verabredung, die er an diesem Tag jedoch nicht mehr einhalten sollte, saß Ron in der Straßenbahn und sah aus dem Fenster. Er war neu in der Stadt und kannte daher noch niemanden. Gerade deshalb war ihm das unverhoffte Angebot seines Cousins Magus, mit ihm zu Mittag zu essen, sehr gelegen gekommen.

Die letzte Begegnung mit Magus lag mehr als fünfzehn Jahre zurück und hatte auf dem Geburtstag irgendeiner gemeinsamen Großtante stattgefunden. Wohl hatten sein gutmütiger Charakter und ein unbestimmtes familiäres Pflichtgefühl Magus dazu veranlasst, den inzwischen erwachsen und völlig fremd gewordenen Ron einzuladen, um ihn zuerst durch die opulente Speisekarte seines Lieblingsitalieners und anschließend durch das überschaubare Zentrum seiner Heimatstadt zu führen. Ron erinnerte sich nicht besonders gut an Magus und befand, dass dies im Augenblick eindeutig zu dessen Gunsten sprach, da sich schlechte Eigenschaften in der Regel stärker ins Gedächtnis brannten als vermeintlich gute.

Etwas müde ließ Ron seinen Blick durch die große Fensterscheibe der Straßenbahn gleiten. An den Anblick der fremden Häuser würde er sich schnell gewöhnen. Städte glichen einander in vielerlei Belangen so sehr, dass man sich überall fremd oder heimisch fühlen konnte, unabhängig davon, ob man wirklich darin zu Hause war oder nicht. Der Umzug in diese Stadt war reibungslos verlaufen. Seine neue Wohnung war klein, aber zentral gelegen. Die Umgebung war reizlos, aber obwohl er sich vorgenommen hatte, sie nur als eine Übergangslösung zu betrachten und die Probezeit seines neuen Jobs abzuwarten, wusste er bereits, dass er hier länger hängen bleiben würde als „vorübergehend" eigentlich bedeutete. Denn Gewohnheit und Bequemlichkeit konnten selbst die offensichtlichste Reizlosigkeit entwaffnen, wenn sie, wie in diesem Fall, mit „praktisch" und „preiswert" einherging.

Die Zeiger seiner Armbanduhr verrieten ihm, dass er bis zum Treffen mit Magus noch genügend Zeit haben würde, sich selbst ein wenig in der Stadt umzusehen. Überhaupt verfügte er über Zeit, wie schon lange nicht mehr. Seine Wohnungssuche war so schnell verlaufen, dass er mühelos noch einen dreiwöchigen Urlaub bis zum Beginn seines neuen Jobs hätte planen können. Doch dazu verspürte er nicht die geringste Lust. Umzug und Jobwechsel sollten vorerst einen Schlusspunkt unter eine Reihe ständiger privater Veränderungen setzten. Er wollte endlich wieder das Gefühl haben, an einem Ort anzukommen und sich fest einzurichten.

Ohne festen Halt glitt sein Blick ins Wageninnere. Gedankenverloren musterte er die mitreisenden Fahrgäste, die wie er an diesem vorgerückten Vormittag mitten in der Woche keine besondere Eile zu haben schienen. Schüler und Rentner, Hausfrauen auf Shoppingtour, Gesichter, Jacken, Taschen, Plastiktüten, Arme, Schuhe und Frisuren reihten sich bedeutungslos aneinander. Uferlos trieben alle diese Eindrücke an ihm vorüber ohne sich zu einem bestimmten Bild zu verdichten. Erstaunt stellte er fest, wie unsympathisch und gleichgültig ihm diese fremde Umgebung mit ihren Menschen erschien. Die feindselige Kühle, mit der die Anderen seine Anwesenheit quittierten, traf ihn plötzlich empfindlich. Erschöpft schloss er die Augen, um in der dunklen Abgeschiedenheit seiner einsamen Gedanken ein wenig Halt zu finden.

Ruckelnd beschrieb die Straßenbahn gerade eine unharmonische Kurve, als ein äußerst unsanfter Rempler ihn zurück in seine Realität stieß. Ein kantiger Rucksack hatte seine Schulter hart gestreift. Um Entschuldigung bittend drehte sich die junge Besitzerin des Rucksacks zu ihm um. Leuchtend grüne Augen trafen ihn schutzlos bis auf den tiefsten Grund seiner Seele. Smaragdaugen.

„Tut mir leid." Ihre Stimme klang hell und klar.

„Nichts passiert", antwortete er und sprach, ohne es zu wissen, die größte Lüge seines Lebens aus. Benommen sah er ihr nach, wie sie ihm wieder den Rücken zukehrte, um ihren Weg zu einem freien Platz im vorderen Teil des Wagens fortzusetzen. Noch ein weiteres Mal stieß sie mit einem anderen Fahrgast zusammen, verschenkte ihr mädchenhaftes Lächeln, strich sich eine rotblonde Locke aus dem fein geschnittenen Gesicht und nahm schließlich mit dem Rücken zu ihm Platz. Einzelne Strähnen ihres langen Haares hatten sich aus dem locker geflochtenen Zopf gestohlen und fielen auf ihren schmalen Rücken. Sie trug Jeans und eine dunkelgrüne Bluse und Ron konnte sich gut vorstellen, dass sie auf dem Weg zu einer privaten Vormittagsverabredung oder zu einer Vorlesung in der nahe gelegenen Universität war.

Mit einem Schlag war seine ganze Antriebslosigkeit verflogen. Seine gesamte Aufmerksamkeit richtete sich nun darauf, jedes weitere Detail der Fremden zu erhaschen. Ungeniert starrte er in ihre Richtung.

Mit anmutiger Nachlässigkeit hob sie das schmale Gelenk ihrer Hand und schüttelte in einer fließenden, kaum sichtbaren Bewegung den weiten Ärmel ihrer Bluse nach unten, um einen Blick auf ihre Armbanduhr zu werfen. Hatte sie wirklich einen Termin oder eine Verabredung? Geduldig hob sie ihr ebenmäßiges Profil in Richtung Fenster und sah konzentriert nach draußen. An der Art, wie sie ihre schlanken Beine in Richtung Gang stellte und ihren Rucksack fester gepackt hielt, erkannte er, dass sie nun bald aussteigen würde.

Eine leise Traurigkeit stellte sich bei ihm ein. Er wollte ihren Anblick jetzt noch nicht verlieren. Viel lieber hätte er ihre Stimme noch einmal gehört und die regelmäßigen Züge in ihrem wunderschönen Gesicht, das ihn an ein Botticelli-Gemälde erinnerte, noch eingehender studiert.

Als die Straßenbahn anhielt und die Fremde durch die Tür nach unten auf die Straße stieg, sprang er auf und eilte ebenfalls nach draußen. Sein Entschluss, ihr zu folgen, kam so überraschend über ihn, dass er sich davon selbst völlig überrumpelt fühlte. Ausnehmend ungewöhnlich fand er sein Verhalten. Was lag da näher, mischte sich herzklopfend seine übertölpelte Logik ein, die das Geschehen noch immer etwas unbeteiligt beobachtete, wie die unerwartete Wendung in einem phantastisch-absurden Roman, als wenigstens konsequent zu bleiben und das begonnene Vorhaben (welches Vorhaben eigentlich?) ebenso konsequent fortzusetzen?

Zielstrebig hatte die Fremde bereits die gegenüberliegende Straßenseite erreicht und war in einen schmaleren Fußgängerweg eingebogen. In dem Bewusstsein, dass seine Handlung nun sowieso nicht mehr rückgängig zu machen war, ergab Ron sich ohne zu Zögern in sein Schicksal und folgte ihr in angemessener Entfernung. Diskret um Abstand bemüht, betrat er kurz nach ihr durch eine gläserne Eingangstür die städtische Bibliothek. Aus ihrem prallen Rucksack zog sie lächelnd einen sperrigen Stapel Bücher und legte ihn mit dankendem Kopfnicken auf die Theke am Rückgabeschalter.

Ron schob seine lästige Befürchtung, sie könne seine Verfolgung bemerkt haben, bang beiseite und schlenderte ihr hinterher in die Romanabteilung. Zwischen den büchervollen Regalen verlor er sie immer wieder aus den Augen, denn es boten sich nur schmale Durchblicke an, durch die er ihren Weg erspähen konnte. Einer nur ihr bekannten unsichtbaren Spur folgend, schritt sie die zahlreichen Gänge ab, blieb immer wieder unerwartet stehen, zog mit ernstem Interesse einzelne Bücher hervor, um sie einer kurzen aber gewissenhaften Prüfung zu unterziehen. Nur selten zögerte sie und kam rasch zu ihrem Urteil. Egal ob Taschenbuchformat oder fester Einband, buntes Cover oder schlichte Aufmachung, unbeeindruckt von solchen Äußerlichkeiten vollzog sie gleich an Ort und Stelle ihren Richtspruch, schob die für uninteressant befundenen Werke mit hochgezogenen Augenbrauen rasch zurück in die Vergessenheit des Regals oder ließ die auserwählten Exemplare mit einem leichten Lächeln auf den Lippen in ihren Korb gleiten.

Um keine Aufmerksamkeit zu erregen, tat er es ihr nach, gab vor, die Titel und Autoren zu studieren, bevor er sie in die Hand nahm, und stellte sie jedes Mal wieder schnell zurück auf ihren angestammten Platz, um ihr mit seinen Blicken und Schritten weiter nachzulauern, sobald sie sich wieder in Bewegung setzte.

Konnte er es jetzt noch wagen sie unbefangen anzusprechen? Es wäre ein Leichtes, das Gespräch auf die Begegnung in der Straßenbahn zu lenken. Mit einer Bemerkung über das zufällige Wiedersehen in der Bibliothek wäre allerdings die erste Lüge gefallen und hätte seiner Geschichte vom Neu-in-die-Stadt-Gezogenen einen schalen Beigeschmack verliehen. So gut kannte er ihr Gesicht bereits, dass er sich vorstellen konnte, wie sie geringschätzig ihre Augenbrauen hochziehen und ihn mit der gleichen vernichtenden Kühle wie einen ihrer für langweilig befundenen Schmöker in die hinterste Ecke ihrer Aufmerksamkeit schieben würde.

Ein glockenhelles Lachen riss ihn aus seinen Grübeleien. Seine Fremde hatte offensichtlich eine Bekannte getroffen, der sie ausführlich flüsternd einiges mitzuteilen hatte. Wispernd und tuschelnd flogen die Sätze hin und her, ohne dass er ihren Sinn erfassen konnte. In der verzweifelten Hoffnung besser lauschen zu können, wenn er alle visuellen Eindrücke ausblendete, schloss er für einige Sekunden die Augen.

Als er die Augen wieder öffnete, war sie verschwunden. Ungläubig sah er sich wieder und wieder um. Keine Spur von ihr. Er lief in den Gang, in dem er sie vermutete. Nichts. Er eilte in Richtung Ausgang. Nichts. Er rannte zurück zu der Stelle, an der er sie eben noch sprechen gehört hatte. Nirgends war sie zu sehen. Aber auf dem Boden, mitten im Gang, lag direkt vor seinen Füßen ein Buch. Ganz sicher hatte sie es in der Hand gehabt. War es ihr heruntergefallen? Hatte sie es liegen lassen? Vielleicht sogar absichtlich? Er bückte sich, hob es auf und hetzte zurück zum Ausgang, um ihr das Buch zu bringen.

War das nicht ihre grüne Bluse, die eben durch die Tür nach draußen verschwand? Ron rannte hinterher und wurde freundlich aber sehr bestimmt zurückgerufen.

„Sie müssen mir erst Ihren Bibliotheksausweis zeigen, bevor Sie das Buch nach draußen mitnehmen können!"

Eine junge Büchereiangestellte mit burschikosem Kurzhaarschnitt deutete streng auf das Buch, das er noch immer fest in seiner Hand hielt. Kopfschüttelnd erkannte sie, dass ihr mit Ron ein besonders begriffsstutziger Besucher gegenüberstand.

„Haben Sie überhaupt einen Bibliotheksausweis zum Ausleihen?"

„Ausleihen?" Ron warf einen letzten sehnsüchtigen Blick nach draußen. Von seiner Fremden fehlte inzwischen jede Spur. Nur widerwillig wandte er sich der jungen Frau hinter der Theke zu, die geduldig darauf wartete, dass dieser Traumtänzer wieder zu sich kam. Rons felsengroße Hoffnung, die Fremde jemals wiederzusehen, schrumpfte in Sekundenschnelle zu einem mikroskopisch kleinen Staubkorn zusammen. Sie war ihm entwischt.

„Okay, dann leihe ich mir wenigstens das Buch aus“, dachte er und ergab sich resigniert der notwendigen bürokratischen Prozedur, füllte ein Formular aus, zeigte seinen Personalausweis vor und leistete mehrere Unterschriften auf verschiedenen Dokumenten.

Allmählich verschwand alle Strenge aus dem sommersprossigen Gesicht der Bibliothekarin. Verschmitzt lächelnd überreichte sie ihm seinen nagelneuen Bibliotheksausweis.

„Willkommen als Leser in unserer Stadtbücherei, Herr Ron Hiker.“

Mit einer feierlichen Geste legte sie ihm das Buch in die Hände. Erst jetzt las Ron den Titel, den ihm der Zufall in die Hände gespielt hatte. Eine hoffnungsvolle Millisekunde lang schlugen sein Herz und sein Verstand im Gleichtakt. Nein, an einen Zufall konnte er jetzt nicht mehr glauben. Er hielt Shakespeares *Romeo und Julia* in seinen Händen.

„Auf Wiedersehen“, zwinkerte ihm die Büchereiangestellte verschwörerisch zu. „Und viel Spaß bei Ihrer Lektüre.“

Nun hatte er mit der schönen Unbekannten wenigstens eine Gemeinsamkeit. Die Ausleihfrist der mitgenommenen Bücher würde auch sie an den Ausgangspunkt des Geschehens zurückführen. Dies war unbestreitbar seine Chance auf ein Wiedersehen.

Darauf, dass sie ihm mit dem Titel *Romeo und Julia* eine besondere romantische Botschaft zuspielen wollte, wagte er kaum zu hoffen und tat es deshalb umso mehr. Wenn seine „Julia“ ihn bemerkt und ein wenig interessant gefunden hatte, dann konnte dieser literarische Wink doch das unverfängliche Einverständnis zu einer weiteren Begegnung bedeuten.

Oder hatte sie in diesem schmalen Buch etwa eine konkrete Botschaft versteckt, vielleicht einen Zettel mit ihrer Telefonnummer hinterlassen? Sein Herz unternahm den nächsten hoffnungsvollen Luftsprung. Hektisch begann er das schmale Bändchen durchzublättern, zerrte an den einzelnen Seiten, packte es an seinem Rücken und schüttelte es rücksichtslos hin und her. Aber der so grob misshandelte Delinquent schwieg beleidigt und gab weder einen Zettel noch irgendein anderes Geheimnis preis. Vielleicht verbarg sich in dem Bühnenstück selbst eine geheime Botschaft? Bedeutete ihr dieses Werk persönlich besonders viel und sie hoffte, er würde diese sehr private Bedeutung erkennen?

Zerstreut fiel sein Blick auf seine Armbanduhr. Über all dem hatte er völlig die Zeit und den auf ihn wartenden Magus vergessen. Selbst wenn sein Cousin ein Musterbeispiel an Geduld und Verständnis wäre, inzwischen hatte er sicher das

Restaurant schon wieder verlassen. Ron gelobte, sich ausgiebig bei Magus zu entschuldigen und ihn in Form einer großzügigen Gegeneinladung für sein erfolgloses Warten zu entschädigen. Er nahm die nächste Straßenbahn und fuhr zurück in seine Wohnung.

Hatte er *Romeo und Julia* jemals selbst gelesen? Das Drama gehörte zu den Klassikern, die man allgemein hin kannte, ohne sie wirklich lesen zu müssen. Das Wissen um die tragische Liebesgeschichte war Allgemeingut und hatte bereits zahlreiche Kinofilme gefüllt. Plötzlich begann er daran zu zweifeln, dass diese Geschichte für ihn eine wünschenswerte Botschaft enthalten konnte. Romeo und Julia endeten tragisch. Es gab kein Happy End.

Hatte sie ihm mit diesem Buch einen Korb zugespielt? Doch dann lag ihr zumindest so viel an ihm, dass er ihr den Aufwand einer Botschaft wert war. Es half nichts. Um eine Antwort auf diese quälenden Fragen zu erhalten, musste er sich in die Lektüre begeben und herausfinden, was Shakespeare wirklich geschrieben hatte. Zögernd schlug er das Buch auf, das er an diesem Tag schon so oft hin- und hergedreht hatte, und begann zu lesen.

2

Zwei Häuser in Verona, würdevoll,
Wohin als Szene unser Spiel Euch bannt,
Erwecken neuen Streit aus alten Groll,
Und Bürgerblut befleckt die Bürgerhand ...

Seine Augen flogen über die bekannten Zeilen. In seinem Kopf verwandelten sie sich in den Klang fremder Stimmen, die desto deutlicher zu ihm sprachen, je tiefer er den Sinn des Gelesenen erfasste. Immer dichter wurde die Atmosphäre, die die Worte um ihn herum erschufen. Immer konkreter wuchs das Bild einer neuen Umgebung heran. Ein Luftzug streifte ihn. Hatte er in seiner Wohnung ein Fenster offengelassen? Plötzlich fühlte er sich beobachtet. Er spürte es ganz deutlich und hob überrascht den Kopf. Die Stimmen waren verklungen und er stand auf einem hell gepflasterten Platz inmitten einer fremden Stadt.

Wach und zufrieden lag die sorglose Betriebsamkeit eines ruhigen Vormittags auf der Piazza und den mehrstöckigen Gebäuden, die sie umsäumten. Die weitgeöffneten Fenster der oberen Etagen atmeten noch die klare Kühle des frischen Vormittags ein. Kinderstimmen und lachende Rufe entschlüpften taubengleich den hohen Mauern und umflatterten den sonnigen Platz. Fassungslos betrachtete Ron die Renaissancepracht der Fassaden, die stolzen Türme und Giebel der Palazzi, er hörte den klaren Glockenschlag einer nahen Kirchturmuhr, die freundlichen Zurufe sich grüßender Nachbarn, das hohle Echo von Hufgeklapper auf dem steinernen Pflaster als ein Junge ein ungesatteltes Pferd vorüberführte. Das Schnauben des edlen Tieres und die sanfte Stimme des Jungen, der beruhigend auf es einflüsterte, klangen Ron noch im Ohr, als sich langsam eine bizarre Gewissheit in seinem Kopf breitmachte. Wo war er? War das etwa Verona?

Sein Blick in das Blau des sich unendlich über ihm ausdehnenden Himmels ließ ihm keinen Zweifel. Das hier war keine Theaterkulisse. Er befand sich wirklich in Italien.

Aber was war geschehen? Wer oder was hatte ihn hierher gebracht? Lag in diesem Shakespeare-Stück ein solcher Zauber? Konnten die Worte eines Dichters so mächtig sein? Oder lag es an ihm selbst? War er ein Opfer seiner eigenen Phantasie?

Mit einem lauten Knall wurde ein Fensterladen über seinem Kopf zugeschlagen, um die steigende Hitze des Tages auszusperren. Erschrocken fuhr er zusammen. Nein, das war kein Traum. Was immer auch gerade hier mit ihm passierte, war real. Absolut real, auch wenn er dafür nicht die geringste logische Erklärung besaß.

Noch immer völlig durcheinander beobachtete er, wie Geschäft um Geschäft gerade geöffnet wurde und die Kaufleute ehrerbietig ihre ersten Kunden begrüßten. Die heimlichen Blicke vorbeigehender Passanten streiften Ron mit abwägendem Interesse. Doch offensichtlich war man den Anblick Fremder gewohnt und so verflüchtigte sich die erste Neugier schnell zu einem nachlässigen Blick und man wandte sich interessanteren Dingen zu.

Erleichtert atmete er auf. Seine Anwesenheit, so ungeheuerlich sie ihm selbst vorkam, erregte offenbar niemandes Misstrauen oder Unbehagen. Eigentlich seltsam, dachte er und wagte einen prüfenden Blick an sich herunter. Doch was er sah, verwirrte ihn noch mehr. Seine Kleidung war völlig verwandelt. Mit zittrigen Fingern betastete er das, was eben noch ein graues T-Shirt gewesen war. Verblüfft zupfte er an dem seidigen Kragen eines weitärmeligen, weißen Hemdes. Darüber trug er ein hellgraues, mit zahlreichen dunkelgrauen Applikationen gestepptes Wams, das er an der Hüfte ungewohnt eng tailliert fand, das aber an den Schultern bequem weit geschnitten war. Anstelle der blauen Jeans schmiegte sich ein strumpfhosenähnliches blaues Beinkleid um seine Waden, das sich auf der Höhe der Oberschenkel zu einem kürbisförmigen Stoffballon aufzubauschen begann. Aus seinen schwarzen kunstfasernen Sneakern waren schwarze Schuhe aus Leder geworden, deren weiche, flache Sohlen das Laufen angenehm machen würden.

Ungläubig griff er sich ans Kinn und zuckte sofort zurück. Anstelle der glattrasierten Haut berührte er einen schmalen, kurzen Bart. Nervös hielt er Ausschau nach einer Möglichkeit, sein Spiegelbild im Ganzen zu betrachten. Völlig benommen stakste er umher und blieb vor dem Fenster eines Tuchgeschäftes stehen. Der sonnige Morgen glänzte im blanken Fensterglas. Leuchtend warf ihm die Scheibe sein neues Ebenbild zurück. Die Verwandlung in einen jungen italienischen Edelmann Shakespearescher Zeit war so perfekt, dass er ebenso verwundert wie restlos fasziniert war.

„Eine Kamera", stammelte er tonlos, „ein Königreich für eine Kamera." Das unbeabsichtigte Wortspiel ließ ihn schmunzeln. Mit seinem Humor kehrte allmählich auch seine Selbstsicherheit zurück. Nun gut, dachte er. Was immer ihn zum Teil dieser neuen Realität hatte werden lassen, wollte sicher, dass er umherging, um nach seiner schönen Unbekannten zu suchen. Wenn jemand eine Erklärung für all das parat hatte, dann ganz sicher sie, der er dieses unglaubliche Abenteuer zu verdanken hatte.

Das auffällig laute und hochmütige Gebaren zweier jugendlicher Gecken unterbrach die Beschaulichkeit der Szene. Ausgelassen wie zwei junge Hunde tollten sie so ungestüm umher, dass ihnen zwei ältere Kaufleute gerade noch ausweichen konnten und ihnen kopfschüttelnd nachsahen. Die Mienen der Ladenbesitzer verdüsterten sich schlagartig. Die jungen Männer schienen gut bekannt und ihre Absicht, zu ihrem Vergnügen einen Händel vom Zaune zu brechen, ebenso.

Mit großspuriger Selbstsicherheit schritten sie einher und boten mit jedem ihrer frechen Blicke eine Einladung zum Streit. Mit dem Mut der zahlenmäßigen Überlegenheit hatten sie schnell ihr Opfer ausfindig gemacht, einen jungen Kerl, der sich ihnen gedankenverloren näherte und ihren Weg bereits in wenigen Schritten kreuzen sollte.

Sich gegenseitig in die Seiten stoßend und boxend verlangsamten sie ihren Schritt und kamen an ihn heran. Unschuldig wie zum höflichen Gruße blickten sie ihm ins Gesicht und hielten ihm plötzlich feixend eine kindische Geste unter die Nase. Was folgen musste, folgte. Es kam zu einem Wortgefecht, in das sich, wie aus dem Nichts auftauchend, weitere junge Männer mischten. Ein Handgemenge entstand und ehe Ron sich's versah, befand er sich inmitten einer bluternsten Auseinandersetzung, die mit Fäusten, Messern und Degen ausgetragen wurde.

In hektischer Eile rafften die umstehenden Kaufleute ihre Waren zusammen und schlugen ihre Läden zu. Die wenigen unbeteiligten Passanten stoben fluchtartig davon. Türen wurden verriegelt. Ron, der nicht wusste, in welcher Richtung er das Heil seiner Flucht am ehesten finden konnte, drückte sich schützend gegen einen Hauseingang, der ihm nur ungenügend Deckung bot.

Mit ausladenden Bewegungen schlug der streitende Haufen aufeinander ein. Hart wurde Ron vom Ellenbogen eines dunkelhaarigen Degenkämpfers an der Schulter getroffen.

„Verzeiht!", stieß der junge Edelmann eine kurzatmige Entschuldigung hervor. Erstaunte braune Augen trafen Ron kurz. „Sucht Deckung, Fremder, dies ist nicht Euer Streit!"

Dem aufmerksamen Blick seines tückisch grinsenden Gegners war diese Sekunde der Ablenkung nicht entgangen und mit gestrecktem Degen stürzte er auf den Dunkelhaarigen zu. Ron konnte diesen gerade noch mit einem beherzten Tritt ins Hinterteil zur Seite stoßen, sonst hätte sich der feindliche Degen tief in dessen Seite gebohrt. Ohne Zeit für ein weiteres Wort stürmte der Gerettete mit wildem Gebrüll zurück ins Gemenge.

Der Tumult wuchs weiter an, bis endlich eine Gruppe beherzter Bürger, mit Knüppeln bewaffnet, zwischen die Streithähne drang. Unsanft wurde auch Ron zur Seite gestoßen. Eine Gasse öffnete sich, durch die ein auffallend reich gekleideter Herr mit seinem Gefolge geschritten kam.

„Der Prinz, macht Platz für den Prinzen“, murmelten die umstehenden Leute erleichtert.

„Aufrührer! Friedensfeinde!“, tobte der eilig von seinem Frühstückstisch herbeigerufene Fürst, außer sich vor Wut. *„Wilde Tiere!“* Mit hochrotem Kopf und perlendem Schweiß auf der Stirn rang der hochgewachsene Mann schweratmig um die ihm angemessene stadtväterliche Würde.

„Dreimal habt ihr bereits den Frieden unserer Straßen gebrochen“, empörte er sich zornig. *„Verstört ihr jemals wieder unsere Stadt, so zahl' eur Leben mir den Friedensbruch.“*

Widerwilliges Gemurmel breitete sich unter den jungendlichen Kontrahenten aus. Doch schließlich ließen sie müde und zerschlagen ihre Köpfe hängen.

„Für jetzt begebt euch, all ihr Andern, weg!“ So als wollte er lästige Fliegen vertreiben, fuchtelte er mit seiner Rechten höchst ungehalten durch die Luft und verlieh damit seinem Befehl an die Menge sich zu zerstreuen den angemessenen königlichen Nachdruck. Die Leute begannen auseinanderzustreben. Die bedrohliche Spannung löste sich in friedliche Erleichterung auf. Mit strengem Auge hatte der Fürst jedoch die Häupter der blutigen Fehde ausgemacht und hielt sie nun mit herrischem Blick zurück. Kühl befahl er ihnen näher zu treten.

Zwei grauhaarige ältere Herren, offensichtlich adligen Standes, traten zögernd wie zerknirschte Knaben näher.

„Ihr aber, Capulet, sollt mich begleiten“, bedeutete er herrisch dem einen der beiden. Mit gesenktem, leichenblassem Haupt nahm der hagere Graf den freien Platz an der linken Seite des Prinzen ein.

„Ihr, Montague, kommt diesen Nachmittag zur alten Burg.“

Demütig versank der rundbeleibte gräfliche Gegenspieler Capulets in eine zierliche Verbeugung und tänzelte rückwärts gewandt in den schützenden Kreis der Seinen, um sich den zornigen Blicken des Prinzen zu entziehen.

Von dem schützenden Hauseingang aus, in den er sich zurückgezogen hatte, beobachtete Ron den Abzug des Prinzen. Mit ihm leerte sich der Platz und es kehrte wieder Ruhe ein.

Keine Frage, auch für ihn bestimmte ein Mindestmaß an Spannung und Aktion die Qualität der Unterhaltung, die er sich von einer Lektüre versprach. Aber die physische Intensität, mit der ihn diese Lektüre vereinnahmte, ging eindeutig zu weit. Ungläubig fuhr er sich über die schmerzhaft pochende Schulter. Die unsanfte Begegnung mit dem Ellenbogen des Degenkämpfers begann einen waschechten Bluterguss zu hinterlassen. Das Vernünftigste schien ihm jetzt, zuerst nach einem Ausweg aus diesem Phantasiegebäude zu suchen, bevor er sich erneut in eine unübersichtliche und gefahrvolle Lage gedrängt fand.

Hatte er in seiner Hast und Ungeduld auf dem Klappentext einen warnenden Hinweis auf die Gefahren dieser Lektüre überlesen? Er dachte an das vielsagende Lächeln der sommersprossigen Bibliothekarin. Sie immerhin hätte ihn doch warnen müssen. Verwirrt schüttelte Ron den Kopf. War es nicht verrückt von ihm, dieses phantastische Abenteuer wie eine reale Begebenheit zu betrachten? Das alles hier konnte doch gar nicht real sein. Aber sogar sein Wissen darüber, dass alles um ihn herum reine Fiktion sein musste, bewahrte ihn nicht davor, alles als völlig real zu empfinden. Wie sollte er bloß wieder aus dieser Geschichte herauskommen, wenn er die Grenzen zwischen Fiktion und Realität nicht mehr unterscheiden konnte?

Ratlos sah er sich um. Hilfe war von niemandem zu erwarten. Die inzwischen heiße Mittagssonne verkürzte die von den Häusern geworfenen Schatten zusehends und das alltägliche Leben in den Geschäften und auf der Straße stellte sich mit der ursprünglichen Beschaulichkeit wieder ein. Nur dass die Leute an diesem Tag mit der erneut entbrannten Fehde zwischen den beiden Häusern Capulet und Montague einen aufregenden Stoff für ihre lebhaften Gespräche gefunden hatten, deren Faden mit den Namen der beiden Familien und der des Prinzen immer wieder erregt aufgenommen wurde.

Ron wandte sich um und bog in eine stillere Seitengasse. Wenn dies nur ein Traum gewesen wäre, dann hätte er jetzt einfach erwachen können. Doch so verwirrt er auch sein mochte, dass dies kein Traum war, daran hatte er keinen Zweifel. Er konnte keine symbolhaften Bilder erkennen, die ihm ein Zerrbild seiner Wirklichkeit vorgaukelten, keine Außenansicht seiner eigenen Person, die ihn sich selbst betrachten ließ, als wäre er ein anderer und er selbst zugleich. Was er sah, hörte, spürte und roch, konnte nur sehen, hören, spüren und riechen wer wie er hellwach und bei vollem Bewusstsein war. Das ihn umgebende Geschehen war so real wie er selbst. So real wie sein Umzug in die neue Stadt, so real wie die Begegnung mit der schönen Unbekannten in der Straßenbahn und sein anschließender Besuch in der Bibliothek. Und für den panischen Bruchteil einer Sekunde durchfuhr ihn die Erkenntnis, dass, wenn er an der Echtheit seines Abenteuers keinen Grund zu zweifeln hatte, er genauso gut an der Echtheit seiner ursprünglichen Wirklichkeit zweifeln konnte.

Eine grün gekleidete Frau erschien wenige Meter vor ihm und verschwand ebenso plötzlich wieder in der Menge. Nur einen Wimpernschlag lang konnte er ihr zartes Profil, ihre schmalen Schultern und den schlanken, sehr geraden Rücken sehen und doch wusste er sofort, wer diese Gestalt war. So stark hatte sich ihr Bild in sein Bewusstsein eingebrannt, dass ihm der kleinste Hinweis zum

Wiedererkennen ausreichte. Jeden möglichen Einwand verdrängend folgte er ihrer wendigen Gestalt mit schnellen Schritten und angehaltenem Atem durch das dichte Menschengewühl.

An einer Abbiegung blieb sie unverhofft stehen und wandte sich zu ihm um. Eine Locke ihres kupferfarbenen Haares war ihr aus dem sorgfältig aufgesteckten Kopfputz entwischt. Mit nachlässiger Geste strich sie sie zurück und schenkte Ron ein wiedererkennendes Lächeln, bevor sie ihm den Rücken kehrte und nun völlig in der Menge aufging.

Auf einen Schlag hatten alle seine Zweifel keine Bedeutung mehr für ihn. Sie war hier. Das alleine zählte und war Grund genug für ihn ebenfalls hier zu sein. Er hatte sie gesucht und gefunden. Also hatte er bis hierhin alles richtig gemacht.

Und doch hatte sie sich ihm entzogen. Ohne einen Hinweis ließ sie ihn zurück. Der hellen Freude über seinen kleinen Erfolg folgte die pechschwarze Ernüchterung darüber, völlig im Dunkeln zu tappen. Dieses Katz- und Mausspiel verdross ihn zunehmend. Wenn sie ein Spiel spielen wollte, so verlangte er als ebenbürtiger Partner in die Regeln eingeweiht zu werden. Vielleicht würde er dann auch begreifen, was tatsächlich mit ihm passierte. War es nicht unvernünftig, ja sogar gefährlich, sich auf dieses Spiel einzulassen, dessen Gesetzmäßigkeiten er nicht durchschaute?

„Ihr seid's, mein unverhoffter Freund", grüßte ihn ausgelassen der angenehme Bariton einer bekannten Stimme. Neben ihm stand der dunkelhaarige Degenkämpfer vom Vormittag und beeilte sich, ihn kameradschaftlich auf die Seite zu ziehen.

„Erlaubt, dass ich meine Dankesschuld, wenn auch verspätet, abtrage und Euch frage, wie ich Euch gefällig sein darf."

In dieser Fremde ein freundliches Gesicht wiederzuerkennen, war für Ron kein unbeträchtlicher Trost und so strahlte er den dunklen Mann mit offener Sympathie an.

„Meine Tat war klein", entgegnete Ron mit nicht geringem Stolz.

„Da will ich widersprechen." Der junge Edelmann rieb sich mit gespielt schmerzverzerrtem Gesicht die Rückseite und grinste jungenhaft wie über einen gelungenen Streich.

„Der Tritt war groß und groß war Eure Tat. Habt Ihr mir nicht sogar das Leben, so doch mindestens die Gesundheit gerettet. Wie ist Euer Name?"

„Ron … Ronaldo", hörte Ron sich selbst sagen.

„So erlaubt, dass ich Euch, Ronaldo, meinen Freund nenne und Euch zum Essen einlade. Ihr seid fremd hier?"

„Das kann man wohl sagen."

„So nennt mich Benvolio, den Freund Ronaldos. Denn wo man einen Freund hat, wird man als Fremder zum Gast erhöht.“

Noch während dieser Rede hatte sich Benvolio mit starkem Griff eingehakt, war vom belebten Marktplatz in eine ruhigere Straße eingebogen und führte nun Ron zu einem kleinen hübschen Platz, auf dem ein blumengeschmückter Brunnen klares Wasser spendete und mit seinem kühlenden Geplätscher eine benachbarte Taverne höchst musikalisch unterhielt. Sie setzten sich gegenüber an einen der Tische.

„Bringt vom besten Wein! Und das beste Essen, das Ihr heute zu bieten habt, für meinen Freund hier.“

Eiligst kam der geschäftstüchtige Gastwirt angetrabt und rannte sogleich wieder davon, kam zurück mit einem riesigen Tonkrug von kühlem roten Wein, hüpfte wieder davon, brachte frisches, noch warmes Brot und versprach mit der unterwürfigen Beflissenheit eines Mannes, dem das Schicksal einen spendierfreudigen Auftraggeber zugespielt hatte, in der Küche auf besondere Eile zu drängen.

Ron, der seit Stunden nichts gegessen hatte, bemerkte nun, wie hungrig er war. Ein weiteres Indiz dafür, dass dies kein Traum sein konnte. Und auch die leicht berauschte Stimmung, in die ihn der Wein auf nüchternen Magen nach dem ersten kräftigen Schluck versetzte, war ihm ein deutliches Zeichen dafür, dass er weiterhin den Gesetzmäßigkeiten der Realität unterworfen war. Er nahm sich vor, erst auf das Essen zu warten, um eine Grundlage zu schaffen.

Zufrieden betrachtete er seinen Gastgeber. Sein Gegenüber war jung, aber nicht mehr jugendlich. Sein schmales Gesicht trug einen sehr gepflegten, kurz geschnittenen schwarzen Bart, der das hell aufblitzende häufige Lachen vorteilhaft betonte. So kräftig und drahtig er im Kampfgeschehen gewirkt hatte, so schlank und besonnen war jetzt seine Erscheinung. Im Selbstbewusstsein seines edlen Standes war er es gewohnt, sich vornehm zurückzuhalten ohne dabei seiner angenehmen Präsenz etwas von ihrer gewinnenden Wirkung zu nehmen. Es fiel Ron nicht schwer, ihn auf den ersten Blick zu mögen und ihm zu vertrauen.

„Sagt, Ronaldo, was führt Euch in unsere schöne Stadt?“, begann Benvolio das Gespräch, nachdem der Wirt sich ins Haus zurückgezogen hatte.

„Das ist schwer zu sagen“, seufzte Ron und fuhr sich mit einer nachdenklichen Geste an seinen neuen Bart. „Ich glaube, ich bin hier wegen einer Frau.“

„Ach, mein Freund“, Benvolios Miene verdunkelte sich mitfühlend als spräche er mit einem Kranken. „Ihr seid verliebt?“

„Verliebt? Es muss wohl so sein. Sonst wäre ich nicht hier.“ Die Einsicht, das Opfer eines ebenso seltsamen wie mächtigen Zufalls geworden zu sein, trübte Rons Stimmung schlagartig.

Benvolio, der seinen neuen Freund nicht so mutlos lassen wollte, erhob eilig seinen Becher.

„Dann trinken wir auf die baldige Erfüllung Eures Liebesglücks."

Doch Ron fehlte die rechte Überzeugung den Trinkspruch zu erwidern.

„Mein Liebesglück? Dazu müsste ich sie erst einmal finden. Ja, ich müsste erst einmal wissen, wer sie überhaupt ist."

Benvolios sehnige Rechte umschloss mit zuversichtlichem Druck Rons Arm.

„Wenn sie hier in Verona ist, dann werden wir sie finden. Glaubt mir, ich kenne mich aus mit den Schönen dieser Stadt."

Der Wirt brachte Teller, Besteck, riesige Schüsseln mit gut gewürztem Fleisch und delikaten Saucen, in die Benvolio genüsslich das frische Brot tunkte, ehe er es sich in den Mund steckte. Das Essen war vorzüglich und mit dem guten Gefühl eines satten Bauches empfand sich auch Ron bald wieder in seiner Zuversicht gestärkt.

„Seht Ihr, Ronaldo, das Schicksal meint es gut mit Euch. Als Fremder kamt Ihr in die Stadt auf der fast aussichtslosen Suche nach einer schönen Unbekannten. Nun seid Ihr Gast in Verona, fandet einen treuen Freund, habt wohl gespeist und auch die Schöne werdet Ihr bald wiedersehen. Ja, ich glaube, ich kann es Euch fast sicher versprechen."

Beherzt lachte Benvolio über Rons überraschte Miene. Kopfschüttelnd schob er die leeren Teller zur Seite und näherte sich über den Tisch gebeugt verschwörerisch Rons ungläubigem Gesicht.

„Ihr erinnert mich an meinen Freund Romeo. Ihr solltet, ja, Ihr werdet ihn sicher bald kennenlernen. Ein guter Mann. Eine Seele von einem Mann. Und ein Mann mit verletzter Seele. Auch ihn traf Amors Pfeil."

„Romeo? Ihr seid ein Freund Romeos?"

Sofort waren Fiktion und Realität wieder zu einem dichten Nebel verwirbelt, der Rons Sinne taumeln ließ. Gerade erst hatte er kurz die Sicherheit gespürt, einen festen Weg gefunden zu haben, der es ihm erlaubte, sich in der neuen Umgebung zurechtzufinden. Nun schwand ihm wieder der Boden unter den Füßen.

„Ihr kennt Romeo bereits?" Benvolios Überraschung war voller Freude.

„Oh nein, ich kenne ihn nicht, leider, noch nicht", bemühte sich Ron, die Sache klarzustellen. Er wollte den vorgegebenen Ablauf der Handlung nicht behindern. Hoffentlich hatte er nicht schon viel zu viel durcheinandergebracht. „Ich hörte nur von ihm und seiner traurigen Liebesgeschichte", fügte er voreilig hinzu und bereute bereits diesen letzten Satz, kaum dass der Ton seiner Stimme verklungen war. Wie unvorsichtig von ihm, das tragische Ende vorweg auszuplaudern, ohne den genauen Stand der Handlung zu kennen.

Aber Benvolio schien keine Ungereimtheiten in Rons Rede bemerkt zu haben und nickte nur traurig.

„Ja, die Spatzen pfeifen es bereits von den Dächern. Doch Romeo will einfach nicht zur Vernunft kommen und von Rosalia lassen."

„Rosalia?"

„Die schöne Rosalia. *Schön und kalt zugleich. Man sagt, sie schwor der Liebe ab* und nun ist dieses Gelübde der Tod für meinen Freund Romeo, der sie so sehr liebt und so sehr deswegen leidet."

„Sie schwor der Liebe ab?"

„Und nun spielt sie mit Romeo. Wie sie zuvor auch mit den Herzen anderer Verehrer spielte. Die glühende Bewunderung eines Mannes, die verzehrende Leidenschaft eines brennenden Herzens, die blinde Gefolgschaft einer Seele, das alles zählt ihr nichts. Sie lacht nur und vergrößert dadurch die gefährliche Waffe ihrer Schönheit, um damit ihr nächstes Opfer zu vergiften."

„Wow", gab Ron beeindruckt von sich.

„Weib?" Benvolio hatte sich so in Rage geredet, dass er Ron nur mit halbem Ohr zuhörte. „Ja Weib! Da habt Ihr recht, Ronaldo. Ein Weib, wie es im Buche steht. Und noch viel mehr, das ist sie."

Rons nachdenkliches Schweigen erinnerte Benvolio daran, dass er eigentlich seinem neuen Freund versprochen hatte, ihm bei der Suche nach der schönen Unbekannten zu helfen.

„Der gleiche Weg, der Romeo heilen wird, wird auch Euch die passende Medizin zuführen", zwinkerte er listig. „Wollt Ihr meinen Plan hören?"

Ron nickte.

„Also hört, mein Freund. Durch Zufall erfuhr ich von einem Fest, das heute Abend im Hause der Capulets gegeben wird. Der halbe Adel dieser Stadt wird dort zusammenkommen. Denn wie Ihr sicher schon bemerkt habt, ist die Stadt durch eine Fehde in zwei Parteien gespalten. Das Haus des reichen Capulet ist das Haupt der einen Partei. Die andere Seite, das sind wir, die Familie Montague. Doch das tut nichts zur Sache. Dieses Fest versammelt die Hälfte der schönsten Frauen Veronas unter dem Dach des alten Hagestolzes Capulet. Eine gute Chance auch Eure schöne Unbekannte dort zu entdecken. Und meine letzte Hoffnung Romeos Herz vom Leiden an Rosalia zu heilen. Denn wenn er im Glanze dieses fürstlichen Festes die Schönheit so vieler heißblütiger Frauenherzen sieht, dann sollte ihn dies endgültig von der gefühlskalten Schönheit Rosalias heilen."

Ron erkannte nun nur zu gut, an welcher Stelle in diesem Drama er sich befand. Die Geschichte stand noch völlig am Anfang und er beschloss, sich rechtzeitig wieder aus dem Staub zu machen, bevor sie sich weiter zuspitzte. Wie gefährlich dieser Konflikt zwischen den Häusern werden konnte, hatte er für sein persönliches Dafürhalten bereits ausreichend erfahren. Darum nahm er sich auch zusammen und behielt seine Bedenken an diesem Plan, für Romeo ein neues Objekt der Begierde ausgerechnet im Haus seines Feindes zu suchen, für sich. Doch die Idee, im Hause Capulets nach seiner eigenen Schönen zu suchen und auch Zeuge einer solch erlesenen Festivität zu werden, reizte ihn sehr.

„Sagtet Ihr nicht, Benvolio, das Fest sei im Hause Eures Feindes? Man wird Euch kaum einladen.“

Benvolio lachte sein unbekümmertes Jungenlachen.

„Wir werden um nichts bitten, was man uns nicht bieten möchte. Ungebeten laden wir uns selber ein. Im Schutz von abendlicher Dunkelheit und Maskenspiel ist unser beherztes Eintreten selbst die Einladung, die wir uns geben.“

Erleichtert fiel Ron in Benvolios Lachen ein. Ein Kinderspiel würde es werden, da dieser eben entworfene Plan in Wahrheit bereits längst beschlossene Sache war. Vertrauensvoll gab er seine Zustimmung, bei diesem Streich dabei zu sein.

Benvolio warf zur Bezahlung einige Münzen auf den Tisch und erhob sich.

„Kommt, mein Freund, ich zeige Euch nur noch, wo wir uns heute Abend treffen und dann werden sich unsere Wege vorerst trennen, denn ich habe noch einige Geschäfte zu erledigen.“

Seite an Seite kehrten sie zurück an den Schauplatz ihrer ersten Begegnung. Benvolio deutete mit einem dezenten Blick auf das prächtigste Gebäude am Platze, ein mit reichverzierten Fresken geschmückter Palazzo, der Ron bereits am Morgen aufgefallen war.

„Hier ist das Haus der Capulets. Dort drüben seht Ihr die Pforte einer kleinen Kirche. Wendet Ihr Euren Schritt nach links in den schmalen Durchgang daneben, so gelangt Ihr zum Seiteneingang derselben. Dort werden wir uns treffen noch ehe die Uhr zehn geschlagen hat.“

Sie reichten einander die Hände und Benvolio schlug Ron kameradschaftlich auf die Schulter. Ein letztes verschwörerisches Zwinkern aus seinen braunen Augen und ein munteres Lächeln aus seinem schön geschnittenen Gesicht, und Benvolio war im nachmittäglichen Trubel verschwunden.

3

Als Magus an diesem Nachmittag das ‚Verona' verließ, hatte er drei vergnügliche Stunden in Gesellschaft seines Lieblingsweins und einiger besonders delikater Speisen verbracht. Angesichts der großen Fülle an kulinarischen Verheißungen, die allesamt hielten, was er sich von ihnen versprochen hatte, wäre seine Verärgerung über Rons Ausbleiben selbst dann längst verflogen, wenn sie mehr als einen rein formellen Charakter gehabt hätte. Magus hatte es sich längst abgewöhnt, sich über das Fehlverhalten seiner Mitmenschen zu ärgern. Darauf hatte er keinen Einfluss und daher fühlte er sich dafür auch nicht verantwortlich. Er hielt es für vernünftiger die Dinge so zu nehmen, wie sie kamen und aus der jeweiligen Situation das Beste zu machen. Und wenn die Dinge seinen Weg in Form sinnlicher und kulinarischer Annehmlichkeiten kreuzten – worauf er selbst ja immerhin einen gewissen Einfluss hatte –, dann war ihm dies sowieso lieber. Bereits mit dem ersten Glas Chianti hatte er sein Unbehagen darüber, dass Ron die Verabredung offensichtlich vergessen hatte, ad acta gelegt.

Obschon sich der Himmel zugezogen hatte und das Grau der Wolken heftig mit Regen drohte, beschloss er nach dieser üppigen Mahlzeit zu Fuß nach Hause zu gehen. Magus lief gerne. Er genoss die Stille beim Gehen, denn da die meisten seiner Mitmenschen diese Leidenschaft nicht teilten, war ein Spaziergang oft eine Sache, die er ganz mit sich allein genoss; und angeregt durch die Bewegung der Füße kamen meist auch die Gedanken in seinem Kopf in Gang und am Ende fühlte er sich nicht nur körperlich wohlig erschöpft, sondern auch geistig angenehm aufgeräumt und befreit.

Bestimmt war seinem Cousin Ron etwas Wichtiges dazwischen gekommen. Magus hatte nicht das dringende Gefühl sofort erfahren zu müssen, was Rons Ausbleiben verursacht hatte. Wenn er wollte, dann konnte er sich später nach dem Grund dafür erkundigen und alles würde sich aufklären.

Dabei war Magus durchaus nicht oberflächlich oder gleichgültig. Im Gegenteil, nur hatte er als ein außergewöhnlich empfindsamer Mensch schon früh erfahren, dass offen zur Schau getragene Gefühle ein enormes Verletzungsrisiko bargen. Um Verwundungen vorzubeugen, machte er es sich daher zur Gewohnheit, alle seine Empfindungen nur äußerst sparsam zu zeigen. Die wirklich gefährlichen Gefühle aber, die, welche echten Schmerz und Kummer verursachen konnten, wenn sie in die falschen Hände gelangten, vergrub er in den hintersten und geheimsten Kammern seines Herzens, so tief, dass er sie dabei selbst fast vergaß.

So groß diese verborgenen Leidenschaften auch waren, die in seinem Inneren tobten, brausten, brodelten, kochten und gegen die klammen Gefängnismauern aus Unsicherheit und Vorsicht anrannten ohne jemals zu ermüden, so sehr spezialisierte sich Magus darauf, diese überschäumende Energie zu bändigen. Diese Energie war es, die seine unermüdliche Ausdauer und eiserne Disziplin nährte, durch die er sein Leben jeden Tag aufs Neue zu einem wahrhaft beeindruckenden Beispiel an Ausgewogenheit und Ausgeglichenheit, an Kultiviertheit und Bildung, an Lebensstil und beruflichem Erfolg werden ließ. Magus war ein Mensch, von dem man sagte, dass er es wirklich geschafft hatte. Er gehörte zu den Auserwählten, die ihre Berufung auch ihren Beruf nennen konnten und damit auch noch ein kleines Vermögen verdienten. Er galt durchweg als begehrt und beliebt. In großer Gesellschaft glänzte er durch seine Eloquenz. Kleinen Zusammenkünften verlieh er stets eine exklusive Note. Seine Erscheinung war exquisit, seine Umgangsformen waren angenehm, ebenso wie der gepflegte Klang seiner Stimme. In Kollegenkreisen bewunderte man neidlos seine Erfolge, die er sich allesamt durch harte Arbeit und mit gnadenlosem Drill an seinem Talent erworben hatte. Man schätzte ihn und als ein Mann gänzlich ohne Allüren war er auch bei seinen Angestellten beliebt.

Magus hatte einen enormen Bekanntenkreis. Professionell pflegte er seine zahlreichen Kontakte, erfüllte gewissenhaft alle täglichen Verabredungen, führte geschickt seine Verhandlungen, erschien immer pünktlich und gut vorbereitet zu seinen Meetings. Tagsüber war er ein Mann der vielen Gespräche. Abends kehrte er erleichtert heim, um die Ruhe und Erholung zu suchen, die er nur in der stillen Abgeschiedenheit seiner eigenen vier Wände fand. In diesen Stunden dämmerte ihm manchmal, dass er vielleicht der einsamste Mann der Welt war.

Der Regen war bereits sehr heftig geworden, als er den Haustürschlüssel aus seiner Jackentasche zog. Sehnsuchtsvoll dachte er an die belebende Gesellschaft eines warmen Tees, als ihn von der Seite eine leise Stimme aus seinen Gedanken rief.

„Lässt du mich mit rein?“ Der kleine Junge schien bereits seit einiger Zeit unter dem Vordach gewartet zu haben. Magus erkannte Florian, den etwa siebenjährigen Sohn seiner Nachbarin, einer jungen Frau, die in der kleinen Wohnung im Souterrain wohnte.

„Flo, ist denn deine Mutter nicht zu Hause? Hast du keinen Wohnungsschlüssel dabei?“, fragte Magus, während er das durchnässte Kind in den Hausflur schlüpfen ließ.

„Nö, vorhin zu Haus vergessen. Aber Mama kommt bald heim. Heute ist Samstag und da arbeitet sie nur bis vier.“

Magus warf erst einen raschen Blick auf seine Armbanduhr, deren Zeiger auf kurz nach Drei standen, und dann zurück auf das nasse Kind.

„Komm mit rein. Ich geb dir was zum Abtrocknen und wir hängen deiner Mama einen Zettel an die Tür, damit sie weiß, dass du bei mir wartest. Ich mach uns inzwischen einen heißen Tee."

„Mit Schokokeks?", fragte Flo erwartungsvoll.

„Mit Schokokeks", versprach Magus. „Mit allem, wie beim letzten Mal". Er ging voran und Flo sprang behände hinterher. Unaufgefordert stellte der Junge seine lehmverschmierten Schuhe neben Magus' Eingangstür, bevor er in die Wohnung hüpfte. Magus brachte ein großes Handtuch, half dem Jungen aus den nassen Kleidern und verpackte ihn in seinen viel zu großen Bademantel.

„Darf ich Bilder gucken, bis du so weit bist?", fragte Flo artig und als Magus nickend in die Küche ging, um seinen Gastgeberpflichten nachzukommen, zog er auch schon mit gezieltem Griff einen riesigen Bildband über ausgestorbene Tiere aus dem Regal und machte es sich damit auf der Couch gemütlich.

„Die Saurier waren ganz doll gefährlich, nicht wahr?", rief er Magus in die Küche hinterher.

„Ja, vor allem der Tyrannosaurus Rex, der größte Jäger, der je auf der Erde gelebt hat", antwortete Magus und kam aus der Küche zurück. „Sag mal, hast du schon lange gewartet? Hast du überhaupt zu Mittag gegessen? Ich mache dir lieber erst mal ein Brot, damit du zuerst etwas Vernünftiges isst, bevor du die ganzen Kekse futterst."

„Das sagt Mama auch immer", stimmte Flo zu und blätterte ungerührt weiter.

Mit zärtlicher Fürsorge dachte Magus an Florians Mutter, Charlotte, seine Nachbarin. Die alleinerziehende junge Frau kam oft in letzter Minute nach Hause, um zu kochen, ihre Einkäufe zu erledigen oder Flo aus der Tagesstätte abzuholen. Und heute war offensichtlich mal wieder etwas schiefgelaufen. Magus war heilfroh, dass er Flo von seiner unbequemen Warterei hatte erlösen können. Das war doch nichts, so ein Kind alleine auf der Straße.

Der heranwachsende Flo rief immer häufiger Bilder seiner eigenen Kindheit in ihm wach. Was die hübsche Charlotte in ihm wachrief, das war mehr, als er in Worte fassen konnte. Und immer wenn er zu oft an sie dachte, dann war er peinlichst schnell bemüht, es vor allem vor sich selbst in den tiefsten Abgründen seines Herzens zu verbergen.

Charlotte war nicht die Frau, die sich für einen Mann wie ihn interessiert hätte. Ihre Freunde waren praktisch veranlagte Leute, Handwerker, Arbeiter, Techniker. Männer, die zupacken konnten und denen man das auch ansah. Leute, die ohne Umstände geradeaus dachten und sprachen und die stets wussten, was zu tun ist. Leute, für die Bildung etwas in barer Münze Messbares bedeutete und die recht damit hatten. Dies waren die Leute, die die gleiche Sprache wie Charlotte sprachen, in der sich vieles um finanzielle Engpässe, Überstunden, ungerechte Chefs und Sonderangebote drehte. Leute, die ihre Nachbarn meist mit Namen kannten, deren Topfpflanzen in Urlaubszeiten gossen und die sich auch für deren Wehwehchen und Haustiere interessierten. Es war eine Welt, in der Magus nie wirklich zurechtgekommen war, so sehr er sich anfangs auch darum bemüht hatte.

Seit er ein Kind war, wusste er, dass es nicht die Welt war, die sich vor ihm verschloss, sondern dass er selbst es war, der den Zugang zu ihr überhaupt nicht suchte. Die Welt, so wie alle Anderen sie sahen, interessierte ihn nicht im Geringsten. Zuerst schämte er sich noch ein wenig und versuchte ungeschickt sein Defizit zu verbergen. Doch nach und nach begann er, seine Einsicht ganz offen vor sich herzutragen. Zwar machte er sich dadurch nun ganz und gar zum einsamen und bespöttelten Einzelgänger, aber er hatte dadurch auch etwas Wesentliches gewonnen. Es störte ihn nicht mehr, der Außenstehende, der Andere, der Seltsame zu sein.

Er brauchte keine unsinnige Kraft mehr damit zu verschwenden, so sein zu wollen wie die Anderen. Er wusste nicht nur, dass er es nicht konnte, er wusste, dass er es auch gar nicht wollte.

Anfangs glaubte er, die Ursache seiner Fremdheit läge im frühen Tod seiner Mutter begründet. Er verlor sie, als er gerade fünf Jahre alt war, und in seine Sehnsucht nach der bedingungslosen mütterlichen Liebe mischte sich die Gewissheit, mit ihr auch die einzige Person verloren zu haben, die ihn ganz so verstanden und angenommen hatte, wie er eben war. Da auch sein Vater sich nur wenige Monate nach dem Tod der Mutter aus dem Staub gemacht hatte, um nie wieder in den Kreisen seiner Familie gesehen zu werden, wuchs Magus bei seiner Tante auf. Diese versorgte ihn so gut man den Sohn der zu jung verstorbenen Schwester eben versorgen kann, wenn man selbst drei Söhne großzuziehen und einen zum Alkoholismus neigenden Melancholiker zum Mann hat. Sie tat damit ihr Bestes, aber das einsame Kind verstehen zu können lag eindeutig außerhalb ihrer Möglichkeiten.

Dort wo in der Kindheit Freunde zu den wichtigsten und engsten Vertrauten werden, erlebte Magus anfangs nur schroffe Befremdung und rohe Ablehnung. Dabei war es nicht die Schuld der anderen Kinder. Obwohl Magus sich immer sehr bemühte ihre Aufmerksamkeit zu gewinnen, so fehlte es ihm völlig an der inneren Überzeugung, es ihnen wirklich gleich zu tun. Seine Tante sorgte sich darüber nicht wenig, denn dieser verschlossene Neffe war so anders geraten als ihre eigenen wilden Söhne, die ihr völlig unkompliziert die jeweils altersgerechten Kümmernisse bereiteten. Doch schon bald konnte sie daran auch gewisse

Vorzüge feststellen. Magus, der sich mit seiner Außenseiterstellung nach und nach zufrieden gab, war unkompliziert und ausgeglichen. Er konzentrierte sich auf die Schule und aufs Lernen. Unbeeindruckt von den draufgängerischen Heldentaten seiner pubertierenden männlichen Altersgenossen folgte er zielstrebig seinen eigenen geheimnisvollen Idealen. Gute Leistungen und das hilfsbereite Entgegenkommen, diese mit anderen zu teilen, entwaffneten bald die Neigung der Anderen ihn abzulehnen und machten ihn beliebt. Man begann ihn zu bewundern und zu schätzen.

Nach seinem Schulabschluss erwartete man, dass er endlich anfangen würde sein eigenes Geld zu verdienen. Da er so gar keine der sonst üblichen männlichen Interessen zeigte, engagierte sich sein Onkel in einem seiner seltenen nüchternen Augenblicke dafür, ihn über Beziehungen als Lehrling bei einem Frisör unterzubringen.

Dieser Ausbildungsplatz lag zwar völlig außerhalb von Magus' Erwartungen, aber er fand sich nicht nur mit seiner neuen Lage ab, er absolvierte die Lehre sogar mit großem Engagement und überraschend hoher Begabung. Er hatte erkannt, dass ihm fast nichts Kreatives misslingen konnte und er seine Bestimmung nur in einem künstlerischen Werdegang finden würde.

Das begeisterte Angebot seines Lehrherrn, sofort nach Abschluss der letzten Prüfung bei ihm festangestellt zu werden, lehnte er ohne Überheblichkeit und ohne Zögern ab. Er war bereits auf dem Weg eine zweite Ausbildung zum Maskenbildner abzuschließen. Sein erstes Ziel war das Theater und mit dem Ausweis hervorragender Noten gelang ihm bald mühelos der Eintritt in diese phantastische Welt hinter der Welt. Hier, an der Grenze zwischen Imagination und Realität, beim Hervorholen gedachter Bilder, beim Sichtbarmachen von geträumten Phantasien, spürte er das erste Mal, dass er seinen Weg gefunden hatte. Als ihm klar wurde, dass er beim Film über noch umfangreichere Mittel und vielfältigere Methoden verfügen könnte, wechselte er das Genre.

Ein glücklicher Zufall verhalf ihm im Rahmen einer deutsch-amerikanischen Filmproduktion zu einem Stipendium an der Filmakademie. Von nun an verlief seine Karriere wie am goldenen Schnürchen. Was immer er anfing, es gelang.

Als technischem Leiter eines großen Studios oblag ihm schon bald die komplette Visualisierung begehrter Filmproduktionen. Es ging für ihn nun nicht mehr nur um Masken und Kostüme, um Farbgebung und Licht, um Special Effects oder Regieanweisungen. Er hatte erkannt, dass er mehr wollte, als nur die Ideen anderer umzusetzen. Er wollte alles selber machen.

Mithilfe seines Ehrgeizes und nennenswerter Beziehungen gründete er seine eigene kleine Produktionsfirma. Er schrieb eigene Drehbücher und setzte sie vollständig um. Seine Spezialität waren kurze Sequenzen, wie sie vor allem in der Werbung gebraucht wurden, und sein eigenwilliger Stil, mit wenigen sehr ausdrucksstarken Bildern äußerst effektvoll eine abgeschlossene Geschichte zu erzählen, wurde schnell sein Markenzeichen.

Großes Kino mochte er nicht. Er wollte keine Filme in voller Länge, die das Leben imitieren mussten, um zu funktionieren. Das Leben einfach so abzubilden, wie es war, empfand er nicht als Kunst. Seine Filme sollten ein originelleres Leben zeigen. Er wollte die Ideen visualisieren, die sich hinter der sichtbaren Welt versteckten. Er wollte das Unsichtbare sichtbar machen. Er wollte verblüffen, überraschen, hinterfragen, anrühren, nachdenklich machen, aber vor allem wollte er eine Botschaft vermitteln. Er wollte an das Geschenk der Zeit erinnern, an die Schönheit des Lebens und an seine universelle Kraft, die ihren Ausdruck in der Liebe fand. Im klassischen Sinne war Magus kein gläubiger Mensch, aber diese Überzeugung war seine Art des Glaubens. Nur durch die Liebe erhielt das Leben für ihn seinen tiefen Sinn.

Obwohl viele seiner Filme – oder besser Filmchen – ausgezeichnet und prämiert wurden, gelang es ihm, anders als den Filmemachern großer Produktionen, in der breiten Öffentlichkeit unbekannt zu bleiben. Außerhalb seiner Branche nahm niemand an, dass an diesem mittelgroßen, mittelblonden, sehr gepflegten aber immer verschlossen wirkenden Durchschnittstypen Ende Dreißig, Anfang Vierzig irgendetwas Besonderes sein könnte.

Unter seinen Kollegen und Mitstreitern betrachtete man es als einen Spleen, dass Magus so bar jeder Eitelkeit ein wenig glamouröses Leben führte.

Die Wahrheit war aber nicht, dass Magus besonders bescheiden, besonders uneitel oder besonders unempfänglich für Aufmerksamkeit und Lob gewesen wäre. Die Wahrheit war, dass es ihm mit der Welt der Reichen und Schönen, der Einflussreichen und Berühmten genauso erging, wie zuvor mit der Welt der durchschnittlichen und gewöhnlichen Menschen. Die Menschen in dieser glamourösen Welt waren ihm in der Mehrheit mit all ihren täglichen, kleinlichen Befindlichkeiten genauso herzlich egal wie die Leute, aus deren Mitte er stammte. Er kannte beide Welten und war weder in der einen noch in der anderen wirklich zu Hause.

Beruflich erfolgreich und finanziell unabhängig erlaubte er sich immer mehr, sich den profanen Äußerlichkeiten eines ungeliebten Alltags zu entziehen. Nach und nach erschuf er sich eine eigene Kunstwelt. Sogar sein eigenes Leben erschien ihm wie eines seiner phantastischen Drehbücher. In den von ihm selbst geschaffenen Bedingungen fühlte er sich aufgehobener und sicherer, als er es in der konkreten Welt je vermocht hätte. So oft es ging, wählte er die Klausur seiner Privatidylle. Und da die Welt nicht stehen blieb, um auf ihn zu warten, verpasste er mehr und mehr den Anschluss an soziale Zusammenhänge und musste sich immer mühevoller von Neuem dieser äußeren Welt annähern.

Seine innere Einsamkeit war dabei schon so fest ein Wesenszug von ihm, dass er sie gar nicht mehr in Frage stellte.

Nun war er keineswegs blind für das, was ihn umgab. Im Gegenteil. Seine außergewöhnliche Distanz erlaubte ihm einen Blick auf Details, die den meisten anderen Menschen entgangen wären. Mit Bestürzung beobachtete er die täglichen Verletzungen, die sich seine Mitmenschen gegenseitig zufügten, oft ohne es wirklich zu wollen, meist sogar ohne es zu bemerken. Nur ihrer Oberflächlichkeit schob er es zu, dass sie so unberührt darüber hinweggehen konnten.

Bis vor gut drei Jahren hatte sein System aus Einsamkeit und Abstand perfekt funktioniert. Bis zu jenem Tag vor etwa drei Jahren, als er das erste Mal Charlotte begegnete.

An einem Spätnachmittag kam er nach Hause, schloss die Haustür auf, konnte sie aber nur öffnen, indem er sich fest mit der ganzen Kraft seines Körpers gegen die schwere Glastür stemmte. Eine Barriere aus Umzugskartons und sperrigen Möbelstücken versperrte ihm den Zugang und zwang ihn kletternd das Treppenhaus zu betreten. Irritiert stolperte er über eine der vielen Kisten und stieß sich unsanft das Schienbein an einem Stapel lose aufgetürmter Bücher, die polternd in sich zusammenfielen.

Was sollte diese unverschämte Unordnung bedeuten? Dieses blindwütige Chaos verstimmte ihn. Verärgert bückte er sich, um die zu Boden gefallenen Bücher aufzuheben. Er nahm ein italienisches Kochbuch in die eine und einen Band Goethe-Dichtung in die andere Hand und fühlte sich wie in einer Falle, da er nun keine dritte Hand mehr frei hatte, um weitere Bände aufzuheben. Dieses simple Problem überforderte ihn derart, dass ihm ein nachlässiges Aufeinanderstapeln der aufgehobenen Bücher auf den freien Treppenstufen erst gar nicht in den Sinn kam.

Hilflos sah er sich um. Linkisch unternahm er einen Versuch über die am Boden verstreuten Bücher hinwegzusteigen, ohne auf eines zu treten. Er wollte die Treppe erreichen, was ihm aber ohne Möglichkeit sich am Geländer festzuhalten nicht gelang. Völlig unelegant schwankte er hin und her und verlor um ein Haar sowohl sein Gleichgewicht als auch seine Fassung. Vorwurfsvoll starrte er auf das Schwergewicht Goethe in seiner rechten Hand, dachte unfreiwillig an Goethe in Italien und fühlte sich durch das übergewichtige Italienkochbuch in seiner Linken zusätzlich verspottet.

Es half nichts. Er musste die Hände freibekommen. Zögernd entschied er sich dazu, das Kochbuch wieder auf den Boden zu legen. Er bückte sich, und als er sich wieder aufrichtete und noch einmal zurück auf das Chaos sah, versank sein Blick völlig unvermittelt in einem Paar rehbrauner Augen, das ihn offensichtlich bereits seit einigen Sekunden aufmerksam beobachtet hatte.

„Sie können sich wohl nicht entscheiden, Poesie oder Pasta?“, blitzte ihm übermütig das bezauberndste Lächeln aller Zeiten aus dem hübschen Gesicht einer jungen Brünetten entgegen.

„Äh, nein, ich wollte …“ Seine einstudierte Galanterie blieb ihm im Halse stecken. Er verschluckte sich und musste husten.

„Entschuldigen Sie bitte das momentane Chaos“, fuhr sie unbeeindruckt fort, als sei ihr Magus’ Verlegenheit gar nicht aufgefallen. „Die Bücherkiste war mir zu schwer und daher habe ich einige Titel herausgenommen, um sie leichter tragen zu können.“

„Sie ziehen heute hier ein?“, kommentierte Magus völlig überflüssig die eindeutige Situation.

„Ja, heute. Und morgen ist wieder alles im Lot“, versprach sie.

Nein, nichts würde je wieder im Lot sein, begriff Magus schlagartig. Nicht solange sie unter einem Dach mit ihm lebte. Nicht solange er an sie denken würde. Und dass er an sie denken würde, war ihm ebenso scharf und deutlich bewusst, wie die unumstößliche Gewissheit, sich in diesem einen Moment unsterblich verliebt zu haben.

Noch immer hielt er den Goethe fest umklammert, so, als wollte er sich an ihm festhalten, um seine eigene Sprachlosigkeit zu überwinden.

„Heut ist mir alles herrlich; wenn's nur bliebe! Ich sehe heut durchs Augenglas der Liebe“ kamen ihm unwillkürlich die Worte des großen Meisters in den Sinn. Doch mehr als ein blödes Lächeln brachte er nicht zustande.

„Berger. Charlotte Berger“, stellte sie sich vor und reichte ihm ihre zartgliedrige Hand zur Begrüßung.

Natürlich hieß sie Charlotte, wie auch sonst, dachte Magus wie betäubt und versank immer tiefer in ihrem bezaubernden Anblick und seine stumme Unbeholfenheit.

„Wir werden uns dann ja noch öfter sehen“, plauderte sie ungerührt weiter. Ihr unbezweifelbares Geschick, derart ungezwungen und charmant die Unterhaltung mit einem scheinbar schwachsinnigen Taubstummen fortzusetzen, war bewundernswert. Er liebte sie augenblicklich noch mehr um ihrer rührenden Hartnäckigkeit willen, an einer einmal begonnenen Liebenswürdigkeit derart bedingungslos festzuhalten.

„Ich hab die Wohnung im Souterrain genommen“, fuhr sie fort.

„Willst du immer weiter schweifen? Sieh, das Gute liegt so nah. Lerne nur das Glück ergreifen: Denn das Glück ist immer da", lachte Magus stumm Goethe zitierend in sich hinein.

Charlotte schien das alles nicht weiter zu stören. Ihr fehlte eindeutig der Vergleich zum „normalen" Magus, den sie noch nicht kannte. Wenigstens war der wohlhabende Penthousebewohner, von dem sie bereits gehört hatte, kein überheblicher Yuppie oder angeberischer Klugscheißer. Allerdings könnte er langsam mal ihre Hand loslassen. Vorsichtig zog sie ihre Rechte aus seinem festen Griff und nahm ihm, wie um diese Bewegung zu rechtfertigen, den schweren Goetheband ab.

Für Magus wurde es höchste Zeit, sich aus seiner Betäubung zu lösen, wenn er nicht als Volltrottel aus dieser Szene scheiden wollte.

„Ich bin Magus. Ich wohne ganz oben. Unterm Dach", fiel ihm gerade noch rechtzeitig ein.

„Also dann", wandte sie sich um, „morgen sieht es wieder ordentlich aus. Versprochen."

Noch immer fassungslos starrte er ihr nach. Erst als er oben in seine Wohnung trat, kam er langsam wieder zu sich.

Was war geschehen? Wie konnte ihm das passieren? Er war derart unbeholfen gewesen, dass ihm noch nicht einmal eingefallen war, ihr seine Hilfe anzubieten. Was war bloß los mit ihm? Ihm waren einfach die Worte weggeblieben. Er hatte nur noch in Goethe-Zitaten denken können.

Magus glaubte an die Liebe. Immerhin hatte er sie bereits tausendmal in seinen Filmen inszeniert. Sie war für ihn die Grundlage der Menschlichkeit. Die Liebe war eine unantastbare Größe. Ein perfektes Abstraktum. Schwebend, vage, mysteriös. Sie hatte tausend Gesichter und Geschichten.

Wie also um alles in der Welt konnte er damit rechnen, dass sie ihm ausgerechnet hier begegnete? So unmittelbar. So direkt. Darauf war er nicht vorbereitet gewesen. Niemand konnte darauf vorbereitet sein. Er noch weniger als Andere, nahm er sich in Schutz und wusste, dass er sich auch damit belog. In dieser Lebenssituation gab es für niemanden eine Ausnahme oder Sonderregelung. Die Liebe war kompromisslos und unberechenbar und er alleine musste nun für sich damit klarkommen.

Mehr schlecht als recht kam Magus damit klar. Seit drei Jahren waren Charlotte und ihr Sohn Florian sein wertvollstes Geheimnis. Ihr Leben, das so völlig anders war als das seine und sich an keinem einzigen Punkt mit seiner Lebenswelt überschnitt, war vom heimlichen Nebenschauplatz seiner anfänglichen Neugierde längst zu seinem Hauptinteresse geworden.

Der Tee hatte gerade lang genug gezogen, als es an der Tür klingelte. Abgehetzt und mit regennassem Haar stand Charlotte vor seiner Tür.

„Hallo Magus, hat Flo Sie wieder mal überfallen?“ Zur Begrüßung schenkte sie ihm ihr unvergleichliches Lächeln.

„Nein, im Gegenteil, ich bat ihn, mir etwas Gesellschaft zu leisten und mir den verregneten Nachmittag aufzuheitern.“ Magus trat zur Seite um sie hereinzulassen. Ohne zu fragen nahm er ihr die nasse Jacke ab, hing sie an die Flurgarderobe und bat Charlotte mit einem stummen Nicken ins Wohnzimmer zu kommen.

„Und Ihnen dabei den Kühlschrank leer zu futtern.“ Ihre Strenge war mehr gespielt als ernst gemeint. Lachend strich sie sich eine dunkle Haarsträhne hinters Ohr und betrachtete liebevoll kopfschüttelnd ihren kleinen Sohn, der sich sicher behütet in der flauschigen Geborgenheit von Magus’ Frotteebademantel seinem aufregenden Bilderabenteuer mit phantastischen Riesenechsen hingab.

„Aber nicht doch“, besänftigte sie Magus galant. „Ich esse eben nicht gerne alleine und da ich selbst hungrig war … Bitte, Charlotte, setzen Sie sich doch für einen Moment. Ich habe gerade Tee gekocht.“

Erschöpft nahm sie Platz. Mit dem sonnigen Wohlgefallen einer Katze beobachtete sie ihren fürsorglichen Nachbarn, der eine weitere Tasse aus dem Schrank holte und mit wenigen geschickten Griffen den leeren Esszimmertisch in eine gastliche Tafel verwandelte. Sie, die den ganzen Tag ausschließlich Dienstleistungen für andere ausführte, empfand die aufmerksame Selbstverständlichkeit, mit der er sie so zuvorkommend bediente, wie eine vertraute Zärtlichkeit. In sich versunken lächelte sie verlegen über diesen verwegenen Vergleich, der sich ihr nicht zum ersten Mal aufdrängte.

„Ach, Magus“, seufzte sie mehr für sich. „Was würden wir nur ohne Sie machen?“

Er kannte diesen entrückten Blick, dieses verträumte Leuchten, das sich vor ihm verborgen sekundenlang in ihrem Innern ausdehnte, um dann plötzlich in der Winzigkeit eines einzigen Wimpernschlags im schwarzen Glanz ihrer Augen zu explodieren und mit leisem Funkeln wieder wie spurlos zu versinken. Er liebte diesen Moment, da er in diesem Blick die Tiefe von Gedanken ahnte, um deren willen er sie noch mehr liebte.

„Zucker? Milch?“, hörte sich Magus fragen und träumte davon, seiner Liebsten viel eher die ganze Welt zu Füßen zu legen.

Zutraulich schob sie ihm ihre Tasse über den Tisch, damit er die gewohnte Menge Zucker und Milch hinzufügen konnte. Sie schien heute Abend besonders müde zu sein.

„War es heute sehr stressig im Laden?“

Charlotte legte sofort los. Mit einem lauten Schnauben unterstrich sie den Grad ihrer Empörung.

„Absolut überfüllt. Und eine Kollegin war auch noch krank. Ich wäre sonst wirklich früher hier gewesen. Aber dafür hätte der Chef kein Verständnis gehabt. Und dabei rührt er selber keinen Finger, nicht einmal, wenn es so voll ist wie heute!"

Obschon Magus die Einzelheiten ihres Lebens in- und auswendig kannte, wurde er nie müde zum tausendsten Mal davon zu hören. Er kannte die Inkompetenz von Charlottes Chef, die Rücksichtslosigkeit einzelner Kollegen, den Zeitdruck, die mäßige Bezahlung, die fehlenden Pausen, die morgendliche Rennerei zum pünktlichen Arbeitsbeginn und die Hetze, um ebenso pünktlich wieder zu Hause zu sein und auf dem Weg noch die nötigsten Besorgungen zu erledigen. All das kannte er und nahm es als gegeben hin, weil auch Charlotte es geduldig akzeptierte. Er bewunderte ihre anscheinend unermüdliche Ausdauer, diese Dinge zu ertragen.

Aber noch mehr bestaunte er ihre Fähigkeit, sich inmitten dieser trostlosen Gleichförmigkeit den Blick für das Wesentliche zu bewahren. Charlotte hatte das Talent, das Glück auch dann zu entdecken, wenn es sich im unscheinbar Kleinsten verbarg. Und sie hatte die beneidenswerte Gabe, sich am Jubel der Anderen zu entzücken und ihn dadurch zu ihrer eigenen Freude zu machen. Ja, mehr noch: indem sie das Glück der Anderen zu ihrem Glück machte, warf sie es vervielfältigt auf ihre Umgebung zurück und bereicherte sie.

Heimlich genoss er die festlichen Momente, wenn sie ihm mit wenigen Worten ein weiteres Erlebnis ausbreitete. Mal ging es um das schüchterne Kind, das sich erst nicht entscheiden konnte und dann glücklich mit einem neuen Märchenbilderbuch nach Hause ging. Mal ging es um eine einsame, früh ergraute Stammkundin, manische Konsumentin tragischer Liebeslyrik, die sich plötzlich frisch verliebt einfand und nach Rezeptbüchern für aufwendige Gerichte verlangte. Ein unbekannter Passant schenkte einmal Charlottes übellauniger Kollegin eine einzelne Blume und brachte sie damit wenigstens einen Tag lang zum Lächeln. Der Eisverkäufer von gegenüber spendierte an einem Tag allen Kunden und Verkäuferinnen ein Eis, um die Geburt seines ersten Kindes zu feiern.

Magus hatte den Eindruck, Charlotte säße direkt an der Quelle solcher Geschichten. Oder war es so, dass sie daraus am reichhaltigsten schöpfte? Alle diese Episoden waren für ihn kleine, liebevolle Mitbringsel, versöhnliche, hoffnungsfrohe Aufheller des eigenen Alltags. Er konnte nie genug von ihnen bekommen und empfand auch eine zufällige Wiederholung nie als langweilig.

Nachdem Charlotte mit ihrem Sohn gegangen war, blieb Magus in seiner großen, stillen Wohnung alleine zurück. Der Klang ihrer Stimme vibrierte noch in seinem Ohr, der Duft ihres Parfums hing noch in der Luft. Es war wie immer schön gewesen, sie hier bei sich zu haben. Er verlor sich leicht in der Vorstellung, dass sie regelmäßig zu ihm nach Hause kommen könnte, obwohl er wusste, dass dies in der Tat eher selten und nie aufgrund eines vorher gefassten Planes passierte.

Dennoch genoss er diese Idee ausgiebig und rief sich die Schönheit und den Reichtum einzelner mit ihr erlebter Augenblicke in fortwährender Wiederholung wach. So konzentrierte er von Mal zu Mal das Destillat seiner Erinnerung, welches ihm bald intensiver schmeckte als die flüchtige Gegenwart selbst und er geriet in den gefährlichen Sog eines trügerischen Rausches, in dem die Illusion gefälliger erscheint als die unbequeme Wirklichkeit.

Es entsprach seiner Gewohnheit lange wach zu bleiben und seinen verträumten Gedanken nachzuhängen. Daher war er auch kaum überrascht als gegen Mitternacht sein Telefon klingelte und er Rons Stimme am anderen Ende der Nacht vernahm. Geduldig wie ein Buch hörte er sich Rons hastig gestammelte Entschuldigung an. Nein, konnte er seinen Cousin überzeugend beruhigen, er war wirklich nicht beleidigt.

„Das macht nichts", beteuerte er wiederholt. „Darf ich dich dennoch fragen, was dir dazwischen gekommen ist?"

Ron schluckte. Natürlich hatte er mit dieser Frage rechnen müssen und dennoch schien ihn die Aufgabe, eine plausible Erklärung zu formulieren, nun völlig zu überfordern. Magus baute ihm geduldig eine Brücke aus Schweigen.

„Das ist etwas kompliziert", erwiderte Ron schließlich nach ewigen, sprachlosen Sekunden. „Wenn du einverstanden bist, möchte ich es dir gerne persönlich erzählen. Können wir uns morgen sehen?"

„Gerne. Gleiche Uhrzeit? Gleicher Treffpunkt?"

Magus traf häufig Verabredungen zum Essen, da er fand, es gäbe keinen aufschlussreicheren Weg, um einen anderen kennenzulernen, als beim gemeinsamen Mahl. Die Art wie jemand aß und trank, ob er nur aß und trank, oder ob und wie er kostete, schmeckte, kaute, schluckte, ob hastig oder mit Bedacht, nachlässig oder andächtig, ob genießend oder oberflächlich, all dies ließ sehr tief auf den Charakter schließen.

Er war neugierig auf Ron, der ihm durch die vielen Jahre, in denen sie sich nicht gesehen hatten, fremd geworden war, und darauf, wie sie sich verstehen würden.

„Ich werde da sein“, versprach Ron und legte auf. Als Magus schlafen ging, war er gespannt, wie sich die Geschichte weiterentwickeln würde.

4

Lächelnd hob Charlotte das Kuscheltier vom Boden, das ihrem schlafenden Kind aus der Hand geglitten war, knipste die Nachttischlampe aus und schloss leise von außen die Kinderzimmertür.

Wie gut, dass Florian so schnell eingeschlafen war. Das verschaffte ihr jetzt noch etwas freie Zeit nur für sich. In der Küche summte bereits der Wasserkocher. Mit wenigen Handgriffen bereitete sie sich einen Tee. Nun durfte sie sich endlich ihrer Lektüre widmen. Das war der Moment, auf den sie sich seit Stunden gefreut hatte.

Hinter Charlotte lag wieder einmal einer dieser ganz gewöhnlichen Tage. Aufstehen, Florian wecken, die Kaffeemaschine anschmeißen, Florian ein Brot schmieren und ihn antreiben, dass er mit Waschen, Zähneputzen und Anziehen fertig wurde, zwischendurch sich selbst fertig machen, den Kaffee im Stehen trinken, Jacke und Schuhe anziehen und los. Zum Bus rennen, an der Schule aussteigen und Florian bis zum Tor begleiten, winken, erneut zum Bus rennen, kaum zu spät auf der Arbeit ankommen, den ersten Kunden begrüßen, sich gleichzeitig die Jacke ausziehen und dabei das chronisch unzufriedene Gesicht des Chefs mit einem perfekt inszenierten Lächeln überspielen. In der Mittagspause schnell ein paar Einkäufe erledigen, dem Chef einen Kaffee kochen und ihm das Einverständnis abringen, trotz der Krankheit einer Kollegin auch heute keine Überstunden zu machen, da sie ihr Kind pünktlich von der Kita abzuholen habe. Doch eine gute Viertelstunde zu spät den Buchladen verlassen, da sie noch kurz vor Ende ihrer Schicht eine besonders komplizierte Bestellung hatte annehmen müssen, da sie einfach nicht Nein sagen konnte und ihr Chef das systematisch ausnutzte, worüber sie sich jedes Mal aufs Neue ärgerte, mehr über sich selbst als über ihn. Zum Bus rennen, schon wieder, um die verlorene Zeit einzuholen und auf die letzte Sekunde Florian abholen.

Als sie endlich völlig erschöpft von der ganzen Rennerei mit ihrem Sohn zu Hause angekommen war und feststellen musste, dass sie in der Hektik ihres Aufbruchs die Einkäufe vom Mittag liegengelassen hatte, war Charlotte schon viel zu müde, um sich darüber noch aufzuregen. Schnell schob sie eine Tiefkühlpizza in den Ofen und schon hatte dieser ansonsten ziemlich ereignislose Tag seinen versöhnlichen Abschluss gefunden.

So wie dieser Tag waren alle Tage. Ihr Alltag war routiniert. Wenig spektakulär. Auslaugend. Gewöhnlich.

Sie wusste, dass ihr Leben gewöhnlich war. Tausende teilten den gleichen Tagesablauf mit ihr. Ihr alltäglicher Stress war nichts Besonderes. Ihre Ängste und

Sorgen waren nichts Besonderes. Ihr Job war nichts Besonderes. Ihre ganze Geschichte war nichts Besonderes. Sie steckte so tief drin in diesem Sumpf, den sie ihr Leben nannte, dass sie auch ihre Wünsche und Träume nicht mehr als besonders empfand. Längst schon hatte sie vergessen, dass diese früher einmal die Bedeutung fester Ziele und Pläne gehabt hatten.

Nein, davon wollte sie nichts mehr wissen. Denn eines hatte sie gelernt. Dass Träume sehr gefährlich werden konnten, vor allem wenn es die Falschen waren. Ob es ihr gefiel oder nicht, aber das hier war nun einmal ihr Leben. Und daran ließ sich auch nichts ändern. Punkt.

Behutsam balancierte sie ihre volle Tasse aus der Küche ins Wohnzimmer, stellte sie vor sich auf den niedrigen Couchtisch und nahm im Schneidersitz auf dem breiten Polster Platz. Seufzend ergriff sie ihr Buch um zu lesen.

Mochte ihr eigenes Leben auch noch so banal und unbedeutend sein, wenn sie lesend in die Tiefen fremder Geschichten eintauchte, dann gelang es ihr, dies zeitweise zu vergessen. Völlig risikolos, wie sie fand, erlebte sie fremde Welten, die ihre eigene Realität niemals berührten. Denn anders als in ihrer Realität war in ihnen von Anfang bis zum Ende der Rahmen stets klar abgesteckt. Jedem Protagonisten war seine feste Rolle zugeschrieben, die er niemals verließ. Niemals fanden diese Figuren einen Weg zu ihr nach draußen. In der Sekunde, in der sie nach ihrer Lektüre den Buchdeckel schloss, hatten sie bereits ihre Bedeutung für sie verloren.

Charlotte erinnerte sich an eine Zeit in ihrem Leben, in der das anders gewesen war. Ja, früher, da war sie so tief in ihre jeweilige Lektüre eingetaucht, dass sich die Grenzen zwischen ihrer Welt und der ihres Buches aufzulösen begannen. So eng fühlte sie sich mit den Figuren in ihren Büchern verbunden, dass sie sie wie leibhaftige Menschen zu kennen glaubte – und sich nicht gewundert hätte, ihnen auch im realen Leben zu begegnen.

Bücher, das war ihre große Leidenschaft. Zu den schönsten Kindheitserinnerungen zählte Charlotte die weiche Stimme ihrer vorlesenden Mutter, die sie in ihre ersten Bücherwelten geführt hatte. Welten, in denen das Gute immer die Oberhand behielt und die sie darum freundlich aufnahmen. Und auch wenn sie als Heranwachsende schnell lernte, dass in der Literatur, die das Leben zum Vorbild hat, nicht alles nach Wunsch verläuft, so konnte sie selbst dem ungenügendsten Ende noch etwas abgewinnen, solange nur das Buch mit ihr sprach. Bücher bewegten sie, auch noch lange nachdem sie sie zur Seite gelegt hatte. Charlotte trug die Gedanken aus ihnen heraus in ihre eigene Realität und erfuhr dadurch nicht selten echte Inspiration in ihrem Alltag.

Erlebenswert war ihr alles erschienen, was in ihren Büchern passierte. Darin war so viel vom wahren Leben die Rede, dass sie beim Lesen kaum hinterher gekommen war, um ihre Sehnsucht nach dem Leben zu stillen. Ihre Ansprüche ans Leben waren hoch gewesen. Kaum eine Leidenschaft war ihr zu abwegig erschienen, um sie nicht selbst erfahren zu wollen. Und keine Frage, von allen Leidenschaften, die sie für sich begehrt hatte, war die Liebe diejenige gewesen, die sie am sehnsuchtsvollsten erstrebte.

Was also war passiert, dass sie ihre tiefe Leidenschaft für Bücher verloren hatte? Wohin war ihr Lebenshunger verschwunden? Gab es denn für sie überhaupt noch die Sehnsucht nach Glück?

Nun, im Grunde reichte es ihr inzwischen völlig aus, zufrieden zu sein, auch wenn sie sich bei genauerem Nachdenken eingestehen musste, dass sie die Maßstäbe ihrer Zufriedenheit in den letzten Jahren sehr nach unten gesetzt hatte. Diese Zufriedenheit erschien Charlotte als ihr persönliches Höchstmaß an Glück und sie empfand sich als unbescheiden, wenn sie sich manchmal, in schwachen Stunden, nicht damit zufrieden geben konnte, morgens gesund aufzuwachen, ihr lachendes Kind zu sehen und eine Arbeit zu haben, durch die sie ihren Lebensunterhalt bestreiten konnte.

In ihren seltenen dunklen Stunden gestand sie sich ein, dass sie vor einigen Jahren noch eine andere Vorstellung von Glück gehabt hatte und mehr noch, dass sie sich damals bereits im Besitz dieses Glücks geglaubt hatte.

Glück, das hatte damals vor allem Liebe bedeutet und genau diese Liebe war zur größten Enttäuschung ihres Lebens geworden.

Sie war verliebt gewesen. Sie hatte geliebt. Sie hatte Vertrauen geschenkt. Und sie hatte sich endlos geborgen gefühlt in ihrer Überzeugung, auch geliebt zu werden. Der Schlag, den ihr die Realität versetzte, traf sie ohne jede Vorwarnung. Sie stürzte ungebremst in einen tiefen Abgrund aus Enttäuschung und Einsamkeit. Der Mann, den sie geliebt hatte, hatte sie nicht nur von Anfang bis Ende belogen und betrogen, sondern sie obendrein auch noch finanziell ruiniert. Wie in einem schlechten Film war er mit ihrer besten Freundin und ihren gesamten Ersparnissen auf und davon. Durch sein exzentrisches Auftreten war es ihm gelungen, in den kurzen Jahren ihres Zusammenseins Charlotte von ihren bisherigen Freunden und ihrer Familie zu isolieren. Systematisch hatte er um die vertrauensselige, verliebte junge Frau ein geschicktes Lügengerüst gezimmert, hatte ihr Einkünfte vorgegaukelt, wo keine waren, war Verpflichtungen eingegangen, von denen sie nichts ahnte.

Der finanzielle Schaden war enorm, aber dennoch überschaubar. Doch der emotionale Schaden war grenzenlos. Auf einmal fand sich Charlotte mit einem schlechten Leumund belastet. Sie sah keinen Ausweg, als die gemeinsam mit ihm geteilte Umgebung zu verlassen und in einer anderen Stadt völlig neu zu beginnen.

Fast wäre sie ihrer Resignation erlegen. Doch das Leben bot ihr eine ganz besondere Chance. Man hatte sie betrogen, belogen, verletzt und verlassen. Aber sie war schwanger. Sie würde einem Kind das Leben schenken. Dies war mehr als ein Trost in einer schwierigen Situation. Dies war ein echter Grund, der beste Grund überhaupt, um durchzuhalten. Sie wollte durchhalten und diese vorübergehende Krise durchstehen.

Aus dem vorübergehenden Krisenmanagement war in den vergangenen acht Jahren eine feste Einrichtung geworden. Ein zuverlässiges Gebilde, das sie nur sich selbst zu verdanken hatte. Sie war stolz darauf und dieser Stolz war die Quelle ihrer Kraft. Auf andere Quellen wollte sie sich nicht mehr verlassen.

Den aufgeschlagenen Roman im Schoß hielt Charlotte einen müden Moment lang ihre Augen geschlossen. Über all diesen Ereignissen der letzten Jahre hatten die Bücher auf einmal aufgehört, mit ihr zu sprechen. Oder hatte sie nur die Bereitschaft abgelegt, ihnen zuzuhören? Im Ergebnis war es ihr egal, denn sie hielt ihre neue Art, mit Büchern umzugehen, für ein sicheres Indiz dafür, erwachsen geworden zu sein.

Seltsam, dass es ihr gerade heute so schwer fiel, sich auf ihre Lektüre zu konzentrieren. Woher kamen auf einmal die vielen mühsam verdrängten Erinnerungen und störten ihre schwer erarbeitete Ruhe? Forschend betrachtete Charlotte das Buchcover, das auf ihren übergeschlagenen Beinen ruhte. Dieser Roman, dem sie bisher kaum Aufmerksamkeit geschenkt hatte, konnte doch kaum daran schuld sein. Vielleicht lag es daran, dass es ein Liebesroman war? Und welche Inspiration konnte sie sich schon aus einem Liebesroman holen?

Nicht, dass sie nicht bereit gewesen wäre, sich zu verlieben. Sie verliebte sich gerne und oft und, wenig überraschend, immer in die Falschen. Denn die Objekte ihrer Begierde waren niemals die Männer, mit denen sie ernsthaft das Risiko einer gemeinsamen Zukunft eingegangen wäre. Sonst hätte sie sich auch gar nicht in sie verlieben können. Einen Mann, der ihr wirklich „gefährlich" hätte werden können, ließ sie erst gar nicht an sich heran. Sie sah ihn nicht einmal. Er wurde aus ihrem Bewusstsein ausgefiltert, ehe er in den Bereich ihrer objektiven Wahrnehmung geriet.

Sich zu verlieben war ein kurzweiliger, folgenloser Zeitvertreib, ein Spiel, bei dem es darum ging, niemanden wirklich an sich heranzulassen. Ihre Beziehungen hatten daher immer nur so lange Bestand, wie niemand von ihr erwartete, dass sie ihr mühsam erobertes Leben den Regeln einer neuen Beziehung unterordnete. Panisch weigerte sie sich, „sich selbst aufzugeben", wie sie es nannte. Vertrauen nahm sie nur soweit an, wie sie selbst bereit war es zu schenken. Jeder, der ihr näher kam, erkannte bald, dass dieses Maß sehr schnell erfüllt war. Und jeder,

der ein ernsteres Interesse an ihr hatte, konnte damit auf Dauer nicht zufrieden sein.

Ganz eindeutig war ihr das Talent zur Liebe verloren gegangen, befand sie selbstkritisch. Vielleicht gelang es ihr deshalb nicht, sich in den Richtigen zu verlieben. Und vielleicht gelang es ihr deshalb auch nicht, diesen simplen Liebesroman zu genießen.

Verstimmt legte sie das Buch neben sich und nippte an ihrem Tee. Wie war sie überhaupt an dieses Buch gekommen? Ach ja, Magus hatte es ihr zugesteckt. Unbewusst strich sie über den glatten Buchrücken. Seit sie ihm einmal von ihrer einstigen Leseleidenschaft erzählt hatte, tauchte er regelmäßig mit kleinen Buchgeschenken auf. Dabei hatte sie ihm nicht verschwiegen, dass sie schon seit Jahren nicht mehr mit der früheren Hingabe gelesen hatte. Von ihrer Bücherliebe war ihr als Folge ihrer Ausbildung zur Buchhändlerin nur der Job im Buchladen geblieben. Doch hartnäckig ignorierte er ihre Einwände und versuchte sie mit immer neuen Titeln zum Lesen zu verführen. Ja, Charlotte musste zugeben, dass er bei der Auswahl seiner Bücher ein feines Gespür bewies. Das erste Mal seit langem ertappte sie sich wieder dabei, tiefer in ihre Lektüre hineinzuspüren, als sie es sich inzwischen angewöhnt hatte. Irgendetwas rief dieser Magus mit seinen Büchern in ihr wach.

Ob er ihr durch seine Geschenke etwa Avancen machen wollte? Aber nein, nicht doch. Nicht Magus. Magus war ein charmanter und zuvorkommender Mann. Der charmanteste und zuvorkommendste Mann, den sie je getroffen hatte. Wie liebevoll er sich erst neulich um Florian gekümmert hatte, als sie selbst so spät nach Hause gekommen war. Für ihren Sohn war er inzwischen ein echter Freund und, Charlotte lächelte, es gefiel ihr sich einzugestehen, dass er das inzwischen auch für sie geworden war.

Durch Zufall hatte sie erfahren, dass Magus in der Filmbranche arbeitete. Sicher war er sehr reich. Bestimmt führte er ein aufregendes Leben. Der Abstand zwischen ihnen beiden war so überwältigend groß, dass sie ihn beruhigt mit größtem Wohlgefallen betrachten konnte, ohne durch ihn in Gefahr zu geraten. Als genau der geeignetste Mann in ihrer Umgebung, in den sie sich hätte verlieben können, war er genau der Mann, in den sie sich nie verlieben würde.

Sie mochte Magus. Magus mochte sie. Dass er ihr Geschenke machte, kleine Geschenke, und sie diese annahm, war in Ordnung. Im Grunde bereitete sie ihm damit eine Freude, denn obwohl er so erfolgreich war, schien er sonst kaum Freunde zu haben.

Auch in diesem Punkt waren sie sich beide sehr ähnlich, erkannte Charlotte. Denn obwohl sie nie darüber sprachen, war offenkundig, dass sie beide ein recht einsames Leben führten.

Unschlüssig nahm sie Magus' Buch wieder zur Hand und betrachtete es wie einen Spiegel. Wie es wohl wäre, mit jemanden wie Magus zusammen zu sein? Sie kicherte. Vor ihrem inneren Auge entspann sich ein wunderschöner Kinofilm. In materieller Hinsicht wäre ihr Leben auf einen Schlag unbeschwerter. Sie sah sich verheiratet mit Teilzeitjob und mindestens einer Fernreise im Jahr. Hemmungslos fügte sie ihrem Drehbuch ein großzügiges Eigenheim hinzu, eine teure Hi-Fi-Anlage, immer funktionstüchtige Küchengeräte und ein rasantes Zweitauto in der Garage. Ihre Ausstattungswut kannte keine Grenzen. Sie fügte ihrem Traumgespinst noch ein eigenes Ankleidezimmer hinzu, in dem natürlich nicht nur die edelsten Designerklamotten hingen, sondern auch ein riesiger Schrank voller Schuhe stand. Charlotte schämte sich. Ein Mann wie Magus würde ihr selbstverständlich all diese Dinge zu Füßen legen, aber dazu müsste er sie lieben. Und sie müsste ihn lieben.

Neue Szenen taten sich vor ihrem inneren Auge auf. Szenen, in denen sie an der Seite eines vertrauten Partners einschlief, um am nächsten Morgen genauso vertraut zu erwachen, Momentaufnahmen von einem sonnigen Sonntagmorgenfrühstück am Familientisch, von guten Gesprächen, küssend beigelegten kleinen Streitereien, wiederkehrenden Ritualen, kleinen Gesten, der ehrlich gestellten Frage, wie es ihr gehe.

Ach was! Charlotte erhob sich von der Couch und warf Magus' Buch verärgert auf den Couchtisch, wo es unsanft aufschlug. Ihre Welt, das war das Hier und Jetzt, das andere waren nur Phantasien. Was hatten all diese fiktiven Figuren aus den fremden Geschichten mit ihrem Leben gemeinsam?

Ja, es ging ihr so viel besser als jeder dieser Romanfiguren. Anders als diese blassen papiernen Gestalten, für die von Anfang bis Ende kein Ausweg vorgesehen war, konnte sie ihr Leben selbst bestimmen.

Welch ein Glück! Ihr Leben war kein Buch, kein Roman. Hier hielt sie selbst die Feder in der Hand.

Seufzend griff sie nach Magus' Buch und platzierte es liebevoll im Regal. Für heute war sie eindeutig zu müde, um sich noch auf eine einzige geschriebene Zeile zu konzentrieren. Zu müde, um Herrin ihrer Gefühle zu sein. Morgen würde sie es erneut versuchen.

5

Punkt zwölf trafen sie sich bei Magus' Lieblingsitaliener. Der Wirt, der überrascht war, seinen Stammgast schon so bald wiederzusehen, eilte ihnen gleich erfreut entgegen und begrüßte sie mit einem lebhaften Handschlag. Aufmerksam führte er sie zu Magus' bevorzugtem Tisch und bat sie Platz zu nehmen. Ron, der gleich anheben wollte zu erzählen, wurde von Magus mit leicht erhobener Hand dezent aber bestimmt unterbrochen.

„Erst der Wein. Dann die Bestellung. Dann erzählst du“, arrangierte er den Ablauf.

Widerstandslos fügte sich sein Cousin in diese Inszenierung. Es war auch in seinem Sinne, die Dinge behutsam angehen zu lassen. Magus hatte recht, wenn er ihm diese langsame Gangart vorschrieb. So konnte er in Gedanken sein unglaubliches Erlebnis noch einmal Revue passieren lassen und alle Fakten ordnen, bevor er sie vor Magus ausbreitete.

Magus an seiner Seite zu wissen, war ihm auf einmal ungeheuer wichtig. Denn er war nicht nur der Einzige, den er hier kannte und dem er erzählen konnte, was passiert war, er schien ihm auch der Einzige zu sein, dem zuzutrauen war, dass er seine merkwürdige Geschichte glauben könnte. Dieser Magus, den er seit seinen Kindertagen nicht mehr gesehen hatte, rief noch immer eine besondere Vertrautheit in ihm wach. Er erinnerte sich, dass dieser Sohn seiner jung verstorbenen Tante mütterlicherseits in ihm immer schon ein besonderes brüderliches Vertrauen geweckt hatte, das er sonst zu keinem seiner zahlreichen Cousins oder Cousinen hatte aufbringen können. Magus, der stets etwas anders war als die Anderen, der zu jeder Zeit ein wenig außerhalb der Szenerie stand und mehr ein Beobachter als ein Handelnder zu sein schien, war schon damals der prädestinierte Zuhörer gewesen. Er war jemand, dem man sich gerne anvertraute, weil man unbewusst ahnte, dass ihn nichts wirklich verwunderte und dass er auch kein Interesse hatte, mit Geheimnissen hausieren zu gehen.

Gemeinsam degustierten sie den von Magus vorgeschlagenen Wein und langsam lockerte sich Rons Anspannung. Vertrauensvoll überließ er dem älteren Cousin die weitere Bestellung.

„Du scheinst mir hier häufiger zu sein. Ich verlasse mich gerne auf deine Empfehlung.“

„Ich werde dein Vertrauen in keiner Weise enttäuschen“, versprach Magus ernst und winkte den Wirt heran. Das fünfgängige Menü, das er nun bestellte, würde ihnen ausreichend Raum und Zeit für Rons Geschichte lassen. Der Wirt trat ab und Ron wusste, dass nun der Moment für seinen Einsatz gekommen war.

Präzise berichtete er: von seiner Fahrt mit der Straßenbahn, von der unerwarteten Begegnung mit der schönen Unbekannten, seiner spontanen, ihn selbst überraschenden Initiative ihr zu folgen und wie er in den befristeten Besitz des Shakespeare-Dramas *Romeo und Julia* gekommen war.

Magus rieb sich erwartungsvoll die Hände.

„Und? Das ist doch nicht alles, was dich so aus der Fassung bringt, oder?"

Ron zögerte kurz, holte tief Luft und lieferte Magus ohne einmal abzusetzen einen langen, detaillierten Abenteuerbericht, der damit endete, dass er sich nach seinem Abschied von Benvolio, so plötzlich wie man aus einem Traum erwacht, in seiner Wohnung wiedergefunden hatte.

„Nun denn", nickte Magus anerkennend. „Ich gebe zu, du bist der Erste, der mir eine solche Geschichte auftischt."

„Du glaubst mir nicht, oder?" Ron war bereit, auf Unverständnis zu stoßen und signalisierte vorsichtig seinen Rückzug. „Ich könnte es wirklich verstehen, wenn du mir nicht glaubst. Ich glaube ja selbst kaum, was mir da passiert ist."

„Und dennoch empfindest du das Ganze als völlig real, nicht wahr?"

„So real wie alles andere auch in meinem Leben."

„Dann ist ja alles klar. Ich glaube dir. Auch wenn das mindestens so verrückt klingt wie deine Geschichte. Aber warum solltest du lügen? Ich kann darin keinen Nutzen für dich sehen."

Eine Woge der Erleichterung erfasste Ron.

„Ich hatte gewünscht, aber nie gehofft, dass du das sagst", flüsterte er gerührt.

Der Wirt, der spürte, dass von ihm nur eine stumme Rolle erwartet wurde, brachte schweigend frisches Brot und Butter sowie einige Oliven und zog sich rasch wieder zurück.

Einvernehmlich begannen sie zu speisen. Alles in allem war Ron sehr froh über dieses Treffen. Schon lange hatte er nicht mehr in so vertrauter Gesellschaft gegessen. Und noch länger hatte er nicht mehr über so persönliche Dinge gesprochen. Es erstaunte ihn überhaupt nicht, dass es ausgerechnet Magus war, den er heute seit unzähligen Jahren das erste Mal wiedersah, mit dem ihm dieses außergewöhnliche Gefühl der Freundschaft und des gegenseitigen Vertrauens verband. Plötzlich erkannte er beschämt sein Versäumnis der letzten Jahre. Wie wenig hatte er sich um seine Familie gekümmert. Schlimmer noch, er hatte sich überhaupt nicht für sie, Magus eingeschlossen, interessiert.

Auf einmal war es Ron peinlich, dass seine phantastische Geschichte die einzige Grundlage ihrer wiederentdeckten Freundschaft sein sollte, und um die auf einmal schwer auf ihm lastende Sprachlosigkeit zu bannen, besann er sich der gemeinsamen familiären Bande.

Nichts wusste er über den Verbleib der weitverzweigten Familie mütterlicherseits, die er mit Magus teilte. Ihre Mütter waren Schwestern gewesen. Seine eigene Mutter, Teresa, war die jüngste von drei Mädchen, Magus' jung verstorbene Mutter Sofia war die Mittlere und Tante Hilda, bei der Magus schließlich aufgewachsen war, die Älteste. Seine Mutter war damals gerade erst offiziell verlobt und inoffiziell schwanger gewesen, also viel zu jung, um die Bürde eines Waisenkindes aufzunehmen. Ron, der ohne Geschwister aufgewachsen war, hatte sich oft ausgemalt, wie viel beständiger seine Kindheit hätte verlaufen können, wenn er mit Magus einen großen Bruder bekommen hätte. Doch im Laufe der Jahre, in denen seine Mutter zuerst frischverheiratet mit ihrem amerikanischen Ehemann, seinem Vater, in die Staaten und anschließend quer durch den Rest der Welt gezogen war, rückte diese Vorstellung immer mehr in Vergessenheit.

„Sag mal, wie geht es eigentlich der alten Großtante Agathe, auf deren Geburtstag wir uns das letzte Mal getroffen haben?" Agathe war die kaum jüngere Schwester der gemeinsamen Großmutter.

Magus hob mit Kennermiene sein Glas Pinot Grigio gegen das Licht und atmete verliebt das blumig duftende Bukett ein.

„Sie verstarb vor etwa fünf Jahren", bemerkte er ruhig und ließ sich einen Schluck auf der Zunge zergehen.

Ron, der das Gefühl hatte, die Familiengeschichte an der falschen Stelle aufgerollt zu haben, beeilte sich, an weniger verfänglicher Stelle einzuhaken.

„Und Tante Guste? Ich erinnere mich, dass sie ein kleines Sümmchen im Lotto gewonnen hatte und auf Weltreise gehen wollte."

„Gestorben bei einem Verkehrsunfall." Seelenruhig degustierte Magus weiter seinen Wein. „Sie geriet unter einen Bus."

„Wie entsetzlich. Vor allem für ihren Mann."

„Keineswegs. Er starb kurz zuvor an einem Herzinfarkt. Könntest du mir bitte das Brot reichen?", bat Magus ungerührt.

Ron wusste nicht, worüber er schockierter sein sollte. Über das tragische Ausmaß an Todesfällen in seiner Familie oder über die unbeteiligte Kaltblütigkeit seines Cousins.

„Was ist aus den beiden Söhnen von Guste geworden, die nach Berlin gegangen sind, um zu studieren?" Ron wagte eine letzte verzweifelte Anstrengung auf der Suche nach Überlebenden.

„Meinst du die zwei Lausebengel in unserem Alter, die wir heimlich Max und Moritz nannten?" Magus schnalzte lachend mit der Zunge, da ein Kellner nun gerade ihre Vorspeise, eine extragroße Portion Austern, servierte. „Mmh, ich liebe Austern sehr. Habe ich dir das schon erzählt?"

„Nein", unterbrach ihn Ron ungeduldig. „Und?"

Magus schlürfte genießerisch mit geschlossenen Augen.

„Ah, köstlich, sage ich dir."

„Was wurde aus ihnen?", fragte Ron nervös.

„Ach so." Mit wahrer Mordlust zerquetschte Magus eine Zitrone über seiner Meeresfrucht. „Tot. Alle beide." So langsam geriet er richtig in Fahrt. „Stefan, der Ältere, ist beim Eislaufen auf einem See ins Eis eingebrochen und ertrunken."

„Und Dieter, der Jüngere der beiden?", wollte Ron mit wachsendem Misstrauen wissen.

„Opfer eines Raubüberfalls." Abgebrüht setzte Magus sein blutiges Gemetzel fort.

„Was ist mit Tante Annemarie?"

„Flugzeugabsturz."

„Onkel Wilhelm?"

„Vom Blitz erschlagen."

„Cousin Jörg?"

„Ein tödlicher Schlangenbiss."

„Magus", unterbrach Ron den Amoklauf seines Cousins, „es gibt keinen Onkel Wilhelm und keinen Cousin Jörg."

„Stimmt."

Erleichtert konnte Ron auflachen.

„Bist du immer so morbide?"

„Nur wenn ich Austern esse."

„Gut, ich werde versuchen, es mir zu merken und beim nächsten Austernessen das Gespräch auf Leute lenken, deren Ableben mir weniger am Herzen liegt."

„Das wäre eine große Verantwortung, die du da auf deine Schultern laden willst", gab Magus ernst zu bedenken und schenkte ihm brüderlich nach.

Unbeschwert setzten sie ihr Mahl fort. Der Kellner kam erneut und überließ ihnen die Weinkarte, damit sie den richtigen Begleiter für den nächsten Gang auswählen konnten.

„Ohne unter Mordverdacht zu geraten, aber was ist nun wirklich aus ihnen geworden?", fragte Ron, als ihnen die Goldbrasse serviert wurde, und sie immer noch diskutierten, ob es besser sei für den nächsten Gang, das Lamm, beim Pinot zu bleiben oder zu Magus' Lieblingswein, den Montepulciano, zu wechseln.

„Tante Agathe wird dieses Jahr 92 und als ich sie das letzte Mal vor einer guten Woche sah, drohte sie mir wie immer mit Enterbung, wenn ich nicht bald solide werde und mit Ehefrau und Kindern aufwarte. Da sie im gleichen Maße starrköpfig wie verarmt ist, gelingt es mir, ihre Drohungen ungerührt entgegenzunehmen, obwohl ich weder Ehefrau noch legitime Kinder vorzuweisen habe.

Ansonsten ist sie mir mit ihrem sarkastischen, wenig rücksichtsvollen Humor die am wenigsten langweilige Verwandte. Wir sollten ein Glas Montepulciano auf ihr Wohl trinken, finde ich."

Dies wurde heiterer Auftakt eines ausführlichen Austausches von Familienanekdoten. Das gemeinsame Lachen über die gleichen Geschichten erwärmte wohltuend Magus' Herz. Beim Digestif – der Kellner hatte ihnen mit den Worten „Geht aufs Haus" einen großzügig eingeschenkten Grappa serviert – wurde Ron seltsam still. Ernst starrte er in sein Glas.

„Weißt du, eigentlich war ich nie wirklich in dieser Familie zu Hause. Meine Eltern sind ständig um die Welt gezogen, mit mir im Schlepptau. Ich hatte nie die Gelegenheit die Verwandtschaft mehr als vom Hörensagen kennenzulernen. Diese Personen sind für mich im Grunde nur blasse Kindheitserinnerungen und überzeichnete Geschichten, die mir meine Mutter erzählt hat."

Magus verstand sofort, was sein Cousin meinte. Obwohl er inmitten einer großen Familie aufgewachsen war, hatte auch er sich den anderen nie wirklich zugehörig gefühlt. Er war ebenso ein Fremdkörper wie Ron. Melancholisch beschwert durch das üppige Mahl, den reichhaltigen Genuss von Wein und die wärmende Nähe eines Seelenverwandten, spürte Magus auf einmal die Einsamkeit seines ganzen bisherigen Lebens in sich aufwallen. Seine Sehnsucht nach Nähe wuchs ins Unermessliche. Versunken in sich selbst nickte er.

„Ja, und auch wenn man regelmäßig Kontakt zu ihnen hat, dann bleibt da trotzdem noch immer diese Distanz. Ihr Leben bleibt dir fremd. Sie könnten ebenso gut Fiktionen sein. Fiktionen wie die Figuren aus deinem Buch – und dann stünden sie dir vielleicht sogar näher."

„Moment mal", unterbrach ihn Ron leicht aufgebracht. „Worauf spielst du an? Das war keine Fiktion. Ich habe diese Frau gesehen. Ich bin ihr gefolgt. Sie war für mich genauso real, wie ich es jetzt hier für dich bin."

Lustvoll sog Magus den blumigen Duft des Grappas ein, nippte selbstvergessen an seinem Glas und ließ sich abrundend als Antwort auf die gelungene Komposition des bisher Erzählten den wohllautenden Klang Shakespearescher Worte auf der Zunge zergehen.

„Verliebte und Verrückte sind beide von so berauschendem Gehirn, so bildungsreicher Phantasie, die wahrnimmt, was nie die kühlere Vernunft begreift." Hoch befriedigt lehnte er sich zurück und wandte seine Aufmerksamkeit wieder Ron zu.

„Also gut, mein Junge, dann kommen wir jetzt mal zum eigentlichen Punkt unseres Treffens: Wie bekommen wir dich zum Happy End der Geschichte? Wie sollen wir deine Traumfrau finden?"

„Wir? Also glaubst du mir und willst mir helfen?"

„Verliebt und verrückt genug sind wir beide zusammen. Lass uns die kühle Vernunft umgehen und uns unsere eigene Phantasie bilden. Es muss einen Weg geben, deine Schöne aus der Geschichte herauszulocken. Gerne wollen wir ihr Angebot annehmen und das Spiel mitspielen. Aber lass uns den Verlauf der Dinge mitbestimmen."

„Was also rätst du mir?"

„Du weißt es doch bereits."

„Ich soll weiterlesen?"

„Auf jeden Fall! Und auf keinen Fall darfst du vergessen, mir ausführlich zu berichten!"

6

Veronas Kirchturmuhren schlugen zehn. Die Dunkelheit hatte sich bereits wie ein schützender Mantel über die Stadt gelegt, als Ron in den verschwörerischen Schatten der schmalen Kirchgasse trat.

„Auf dich ist Verlass, mein Freund", empfing ihn flüsternd Benvolios gedämpfter Bariton. Die ihn umgebenden Männer, sechs bis zehn an der Zahl, fügten stumm nickend und sparsam murmelnd ihren Gruß hinzu. Benvolio reichte ihm eine schlichte Maske.

„Ist das der Kerl?", nörgelte ein schlaksiger, kaum der Pubertät entwachsener junger Mann mit betont gelangweilter Stimme. Benvolio beeilte sich dem spät dazugekommenen Ron seinen jungen Freund Romeo vorzustellen, der ein Gesicht zog, als gehe ihn die ganze Parade am wenigsten an. Ron fühlte sich verpflichtet, dem Jungen, der dieser Geschichte immerhin zu fünfzig Prozent seinen Namen lieh, mindestens ein höfliches Interesse entgegenzubringen.

Dies also war der sagenumwobene Romeo? Der Inbegriff der kompromisslosen, bis zur letzten tödlichen Konsequenz gehenden Leidenschaft? Das Bild der wahren Liebe? Das Vorbild aller Liebenden? Was hatte sich Shakespeare nur gedacht?

Romeo, der Rons prüfenden Blick unbehaglich auf sich zu spüren schien, setzte die mitgebrachte Maske auf. Ein kräftiger blonder Bär von einem Mann, den Ron, was das Alter betraf, zwischen Romeo und Benvolio ansiedelte, löste sich nun ebenfalls aus der Gruppe und kam auf Ron zu.

„Da Ihr meinen Freund Romeo nun kennt, möchte auch ich mich Euch kurz vorstellen. Man nennt mich Mercutio. Benvolio berichtete, dass Ihr ihm heute Morgen das Leben rettetet. So fühlt Euch willkommen in unserer kleinen tapferen Schar." Mercutio drückte ihm kraftvoll die rechte Hand und schlug ihm kameradschaftlich mit seiner schweren Pranke auf die linke Schulter.

„Leider habe ich den festlichen Tanz heute Morgen verpasst. Doch zum Fest heute Abend mischen wir uns jetzt gemeinsam unter die tanzende Menge", brummte er gutmütig und deutete mit seinen muskulösen Beinen einige überraschend zierliche Tanzschritte an.

„Ich mag nicht springen; gebt mir eine Fackel! Da ich finster bin, so will ich leuchten", meldete sich der schlechtgelaunte Romeo zurück.

„Nein, du musst tanzen, lieber Romeo", sagte der gutherzige Mercutio und verbeugte sich anmutig wie eine fassbauchige Elfe vor seinem schmollenden Kameraden. Die umstehenden Männer begannen zu grinsen.

Romeo fühlte sich durch die gute Laune der anderen nur noch mehr in seiner einsamen Rolle bestätigt.

„Mich drückt ein Herz von Blei zu Boden, dass ich kaum mich regen kann."

Mercutio gab nicht auf. Gutmütig hüpfte er um den schmalen Jungen herum, gab seinen trübsinnigen Worten aufmunternde Antworten und fuhr noch damit fort, bis die kleine Gruppe in Masken, von Benvolio angeführt, das Haus Capulets erreichte. Das Fest war bereits in vollem Gange. Aus den großen weitgeöffneten Fenstern floss taghell und verschwenderisch das Licht hunderter Kerzen und erweckte die bunten Fresken der reichbemalten Fassade zu phantasievollem Leben. Der schwere Duft gewürzter Speisen hing in der Luft und durch das vom Wein beseelte Lachen vieler Stimmen hob soeben der goldene Glanz zahlreicher Posaunen an, deren Tremolo den Beginn des musikalischen Teils des Festes ankündigte. Im Trubel eines ständigen Kommens und Gehens gelangte die kleine Gruppe um Benvolio ungestört ins Innere des Palazzos.

Staunend fand sich Ron inmitten eines prachtvollen Festsaales wieder. An den Wänden hingen kunstvolle Tapisserien, auf denen sich das bunte Treiben höfischen Lebens tummelte, dessen farbiges Abbild sich nun auch hier vor seinen Augen in diesem Saal abspielte. Alle anwesenden Damen und Herren waren in auffallend kostbare Gewänder gekleidet. Das Licht der Kerzen spielte mit dem funkelnden Schmuck der Damen, der zierliche Ohren, gelockte Haare und bezaubernde Dekolletés zierte.

Er war froh darüber, dass die Maske sein Gesicht verbarg, denn er wusste, sein grenzenloses Entzücken hätte ihn verraten. Vergleichbares kannte er von alten Gemälden und vom Besuch alter Schlösser und Museen. Aber in dieser Vollkommenheit hatte eine solche Gesamtkomposition bisher nur in seiner Phantasie existiert. Mehr noch, das war kein Bild, das sich ihm, dem bewundernden Zaungast, präsentierte. Das hier war echt. Er war mitten drin. Er war ein Teil dieses Bildes. Alles entsprach genau seiner Vorstellung. Er hörte den Klang der Stimmen, das Lachen, das Flüstern und Tuscheln, das fröhliche Gespräch, die zahlreichen Schritte, das Stimmen der Instrumente, das Klirren von Gläsern, das Rascheln von Brokat und das Knistern von Seide. Er spürte die Hitze von hunderten Kerzen, die ihm den Schweiß auf die Stirn trieb. Er fühlte jede Berührung, wenn man ihn im Gedränge an der Schulter streifte. Er roch das blumige Parfum der Gäste und den scharfen Schweiß aus den Poren der Dienstleute, die mit Tabletts herumgingen, um den zimtduftenden Gewürzwein zu verteilen.

In seine Betrachtung versunken hatte er unbemerkt seine Begleiter aus den Augen verloren und suchte nun nach den Masken Benvolios oder Mercutios. Ob sich in diesem Getümmel auch seine schöne Unbekannte befand? Er hatte es nicht eilig, denn obwohl es ihm fast unmöglich schien, hier jemanden ausfindig zu machen, blieb ihm dafür eine ganze Nacht Zeit. Ganz sicher würde diese Festgesellschaft noch lange nicht auseinandergehen.

Durch einige auffordernde Takte lud die Musik zum Tanz ein. Die Menge trat zurück und gab in der Mitte des Saales großzügig eine kreisförmige Fläche frei, auf der sich zeremoniell einige Damen und Herren paarweise formierten. Zu den Klängen einer festlichen Pavane schritten die Tänzer würdevoll einher, neigten sich graziös lächelnd dem Tanzpartner oder auch dem Publikum zu. Die hoheitsvollen Töne der Pavane verklangen und eine heitere Gaillarde ließ die Tänzer ausgelassen herumspringen. Immer mehr Paare gesellten sich auf die Tanzfläche.

Rons Blick fiel auf ein sehr junges, ausnehmend anmutiges Mädchen, die wie er etwas abwartend in die laute Menge blickte, als suche sie jemanden. Neugierig setzte er sich in Bewegung, um näher an sie heranzukommen. Ihr ganzes Auftreten hob sie deutlich von den anderen ab. Ob er sie ansprechen sollte? Von ihr konnte er vielleicht mehr erfahren! Nur noch wenige Schritte trennten ihn von ihr, als er den sanften Druck einer Hand auf seiner Schulter spürte. Überrascht fuhr er herum. Ein verschmitztes Lächeln aus leuchtend grünen Augen traf ihn und hielt ihn zurück.

Da stand sie. Direkt vor ihm. Kein Zweifel, dass sie es war. Sie war es, die ihn gefunden hatte. Vertraut, so als habe sie in ihm einen alten Bekannten getroffen, rückte sie nun ganz dicht an ihn heran, um ihm etwas zuzuflüstern.

„Wir wollen den Fortgang der Geschichte doch nicht stören“, hauchte sie ihm geheimnisvoll ins Ohr. „Das ist Julia. Die Tochter des Hauses. Sie ist reizend, nicht wahr?“

Ron drehte sich noch einmal kurz nach dem jungen Mädchen um und sah, dass diese gerade mit einem jungen Kavalier zur Tanzfläche schritt.

„Sie ist sehr jung“, stimmte Ron gedankenverloren zu, überwältigt durch die Flut der über ihn hereinbrechenden Fragen.

„Sehr, sehr jung“, nickte seine schöne Unbekannte ebenso kurz wie nachdenklich und strahlte Ron dann auffordernd an.

„Und nun seid Ihr hier. Seid Ihr überrascht?“

„Das kann man wohl sagen.“ Ron betrachtete sie jetzt genauer. Ihre grünen Augen funkelten tatsächlich wie leuchtende Smaragde, in denen sich der feierliche Glanz der Festbeleuchtung spiegelte. Amüsiert erwiderte sie seinen Blick. Ein leichtes Erröten auf ihrem zarten Gesicht ließ ihn ihre Erregung erahnen. Das leichte Beben ihrer auffallend ebenmäßigen Nasenflügel verriet ihm ihr mühsam gezügeltes Temperament. Unter einem zarten golddurchwirkten Haarnetz schimmerten ihre rotblonden Locken. Der grüne Samtstoff ihres Ballkleides fächerte sich in mantelartigen Falten um ihre schmale Figur. Die lang herabfallenden weiten Ärmel durchbrach der seidige Glanz eines goldfarbenen Stoffes, der die zarten Handgelenke eng umfasste und in einer zierlichen Spitze auf dem Rücken einer sehr gepflegten wohlgeformten Hand endete.

Leicht verlegen lenkte sie Rons Aufmerksamkeit auf das längst zur Nebenhandlung degradierte Hauptgeschehen zurück.

„Der alte Capulet scheut keine Kosten und Mühen, um Julia noch heute Abend ihrem Bräutigam genehm zu machen."

Mit einem kaum sichtbaren Kopfnicken wies sie in eine Ecke des Raumes, in der Ron das trockene Gesicht des hageren Grafen von heute Vormittag wiedererkannte. Capulet beobachtete mit stolzem Wohlgefallen seine Tochter Julia und flüsterte dabei auf einen Mann mittleren Alters ein, der augenfällig von höchstem adligem Stande war.

„Graf Paris", soufflierte sie ihm flüsternd. „Er hat heute um die schöne Julia angehalten und Capulet denkt sehr daran, die Hand seiner Tochter für diese mehr als vorteilhafte Verbindung herzugeben."

Schulter an Schulter standen sie und beobachteten gemeinsam den offiziellen Verlauf des Schauspiels. Händereibend verfolgte Graf Capulet den Prinzen, der sich gerade anschickte, Julias Tänzer abzulösen, als ihm ein maskierter Jüngling etwas ungelenk in den Weg trat und die Hand Julias ergriff. Mit der Gewissheit des Überlegenen zog sich Prinz Paris lachend zurück und wandte sich wieder Capulet zu, auf dessen blassen Gesicht sich nun ein rötlicher Schleier der Verärgerung abzeichnete. Paris, der die Verärgerung seines Gastgebers spürte, schlug dem Grafen gönnerhaft auf die Schulter und lachte großmütig wie ein Erwachsener über einen kindlichen Streich.

„Romeo", flüsterte Ron seiner Nachbarin zu, denn er hatte gerade die Maske von Benvolios Freund wiedererkannt.

„So habt Ihr Euch bereits mit den Gegebenheiten dieser Geschichte vertraut gemacht?", wunderte sie sich kurz, lächelte aber sogleich verstehend. „Ihr seid mit ihm hierhergekommen."

„Ja und nein. Eigentlich hat mich Benvolio hierhergebracht. Und nein, die Begebenheiten sind mir alles andere als klar. Wie kommt Ihr hierher? Wer seid Ihr? Und warum seid Ihr hier?"

„So viele Fragen, mein fremder Freund. Und wem bitte schön soll ich alle diese Fragen beantworten? Ich kenne Euch ja gar nicht." Ein wenig pikiert tadelte sie sein ungestümes Vorpreschen. „Außerdem sollte die Frage doch wohl eher lauten, warum seid *Ihr* hier?", fuhr sie mit arrogantem Hochmut fort. Ihre plötzliche Kühle versetzte ihm einen feinen Nadelstich direkt ins Herz.

Ron begriff, dass er sie nicht drängen durfte. Er beschloss behutsamer vorzugehen. Es war zu vermuten, dass sich die Gesten der guten Erziehung auch auf die Regeln in dieser Geschichte anwenden ließen. So nahm er Haltung an, um sich der Dame vorzustellen. Galant neigte er den Kopf und deutete so eine Verbeugung an.

„Mein Name ist Ronaldo. Ich bin fremd in dieser Stadt, aber mein Freund Benvolio …“

„Ich höre den Klang meines Namens?“, drang in diesem Moment der wohlvertraute Bariton an sein Ohr. „Ah, wie ich sehe, mein lieber Ronaldo, habt Ihr bereits eine bezaubernde Bekanntschaft gemacht. Ich grüße Euch, liebe Rosalia.“

Übertrieben tief senkte Benvolio sein Haupt vor Rons Gesprächspartnerin, die seine Geste mit einem nicht weniger theatralischen Knicks erwiderte.

Die Musik verströmte immer heftiger ihre ausgelassene Heiterkeit und mehr und mehr Paare drängten zum Tanz in die Mitte des Saals. Nur noch mit gestrecktem Hals konnte Ron Romeo und Julia ausmachen, die ihre Blicke völlig ineinander versunken hatten und sich intensiv unterhielten.

Auch Benvolio und Rosalia warfen sich in ein lebhaftes Wortgefecht. Völlig unerwartet spürte Ron den unbequemen Stachel seiner eigenen Eifersucht. Sie beachteten ihn kaum noch und er fühlte sich ein wenig wie das fünfte Rad am Wagen.

„Es ist eine Freude, Euch hier zu sehen, mein lieber Benvolio, obgleich – eine Überraschung ist es nicht. Ich sah bereits Euren Freund Romeo und glaubt mir, dass er sich bis hierhin wacker geschlagen hat.“

Mit einer leichten Kopfdrehung lenkte sie Benvolios Aufmerksamkeit in Richtung der sich gerade entflammenden Leidenschaft.

„Mir scheint, Ihr seht’s mit Wohlgefallen, dass dort eine neue Liebe entbrennt. Sagt, war er Euch so lästig mit seiner Bewunderung, dass Ihr ihn an seine eigene Feindin abtreten wollt?“, heizte Benvolio Rosalias Temperament noch stärker auf.

„War Euch sein Liebeskummer denn so lästig, dass Ihr ihn heute Abend ausgerechnet hierher bringen musstet, um ihm genau dieser Blutsfeindin zuzuspielen?“, zischte Rosalia mühsam beherrscht zurück.

„Ach was“, winkte Benvolio großzügig ab. „Ohne Euren Ruhm schmälern zu wollen, aber ein Mann, der die vollendete Blüte und den scharfen Witz einer Rose durch die zahme Knospe und den lauen Duft eines Veilchens ersetzen kann, ist nicht wirklich in Gefahr. Schon morgen wird er sich in eine Tulpe verlieben. Und übermorgen in ein noch farbloseres Gemüse.“

„Auch wenn Ihr glaubt, mir mit Euren botanischen Vergleichen zu schmeicheln, mein lieber Benvolio, ein so guter Gärtner seid Ihr nicht, denn Ihr unterschätzt doch gewaltig die Kräfte der Natur.“

„So sehr ich meinen Freund Romeo auch wie meinen eigenen Bruder liebe, aber ich glaube nicht, dass er ein wahres Talent zur Liebe hat.“

„Ein wahres Talent zur Liebe vielleicht nicht, aber ein Talent zur wahren Liebe schon."

Benvolios herzliches Lachen dröhnte übermütig durch den Saal.

„Gerne gebe ich mich so klug geführtem Worte aus solch schönem Mund geschlagen", lachte er entwaffnend und fügte mit seinem jungenhaften Grinsen zwinkernd hinzu. „Für heute Abend auf jeden Fall."

Rosalia schwieg vielsagend und wandte sich mit prüfendem Blick wieder Ron zu.

„Und Ihr, fremder Ronaldo? Wie führt Ihr Euch in der Liebe? Oder ist es vielmehr die Liebe, die Euch führt?"

Ron errötete ungewollt und diesmal war es an Rosalia mitleidsvoll die Stimme zu senken.

„Ach, erst Romeo und nun dieser Bursche hier. Diese ganze Verliebtheit ist ansteckend wie die Grippe. Lieber Benvolio, darf ich Euch bitten, mich zum Tanze zu bitten. Da mir von Eurer Seite das geringere Risiko droht, nehme ich lieber mit Euch die Gefahr eines Schnupfens in Kauf als von anderer Seite eine größere Bedrohung."

Strahlend wie ein Sieger reichte ihr Benvolio seinen Arm, auf den sie anmutig leicht ihre Hand legte. Noch einmal sah sie sich zu Ron um.

„Lasst Euch von mir nicht beirren, fremder Freund. Vergesst nicht, wozu Ihr hier seid."

Vergnügt schritten die beiden auf die Tanzfläche, um sich unter die anderen Paare zu mischen. Etwas ratlos verfolgte Ron das fremde Treiben. Nein, er hatte nicht vergessen wozu er hier war. Doch nun, da er sie gefunden hatte, schien ihm alles noch viel rätselhafter zu sein als vorher. Rosalia selbst war ihm ein Rätsel. Und überhaupt war noch keine seiner Fragen beantwortet worden. Mehr als zu Beginn stand er am Anfang.

Diese Rosalia hatte ihn völlig verwirrt. Benvolio hatte recht, sie war ein richtiges Weib. Bezaubernd. Begehrenswert. Widersprüchlich. Anziehend. Schön. Aber das war es nicht, was sie ihm so faszinierend machte. Viele der hier anwesenden Damen waren glänzendere Schönheiten. Waren makelloser in ihrer Physiognomie. Was dieser Frau ihre Faszination verlieh, war, dass sie anders war als all die Anderen um sie herum. Sie versprühte Geist und Kraft. In ihren Worten lagen Wissen und Witz. Sie strahlte eine Überlegenheit aus, die sie von der übrigen Szenerie abhob. Ihr Auftritt war keine dekorative Staffage, um ein stimmiges Gesamtbild abzurunden. Ron ahnte, dass sie mehr sprach, mehr als den Text einer vorgegebenen Rolle. Wenn dem so war, dann hatten sie beide etwas gemeinsam und Ron hoffte, dass auch sie diese Übereinstimmung spüren konnte.

Es schien ihm durchaus ein kleines Risiko wert, herauszufinden, worin ihre Besonderheit lag.

Die letzten Takte eines ausgelassenen Canario verstummten und das allgemein einsetzende Gemurmel ließ erkennen, dass die Musiker eine Pause eingelegt hatten. Um der stickigen Hitze verbrauchter Luft zu entfliehen, zog es die meisten Gäste zu den hohen weit geöffneten Fenstern.

Am gegenüberliegenden Ende des Saales erblickte Ron unter den Damen auch Rosalia, die gerade ohne Begleitung in der Nähe einer Balkontür stand und ihn ihrerseits völlig ungeniert betrachtete. Dies war seine Gelegenheit. Mit schnellen Schritten durchmaß er den großen Raum in ihrer Richtung.

Atemlos durch seine Erregung packte ihn Benvolio am Arm und zog ihn mit sich.

„Wir müssen gehen. Man hat uns entdeckt."

„Nur eine Minute", widersetzte sich Ron dem Druck von Benvolios starkem Griff.

„Keine Sekunde. Sonst droht uns Gefahr." Und unter dem überraschten Blick Rosalias zog ihn der Freund schnell nach draußen ins Freie.

7

So leicht hast du dich von deiner Suche abbringen lassen?“ Magus klang ehrlich enttäuscht. Ron hatte ihn bereits am frühen Vormittag zu sich nach Hause gebeten. Nun saß er mit nonchalant übereinandergeschlagenen Beinen in seinem teuren beigefarbenen Anzug auf einem sperrigen Klappstuhl und fühlte sich in der frisch renovierten und noch sehr karg und notdürftig eingerichteten Wohnung wie ein Außerirdischer. Fahrig lief Ron auf und ab.

„Ehe ich mich versah, war ich draußen. Außerhalb. Daheim“, rief Ron atemlos und verschwieg beschämt, dass er vor allem bedauerte, kein Wort mehr mit Rosalia gesprochen zu haben. Irgendwie hatte er sich von ihr eine Erklärung versprochen, die seine Situation hätte erhellen können. Ratlos schwiegen sie beide.

„Es hilft nichts. Du musst da irgendwie wieder rein“, bestimmte Magus.

„Nichts lieber als das. Aber ich habe keinen Schimmer wie. Jedes Mal, wenn ich das Buch aufschlage, dann lese ich von Seite zu Seite die jedem bekannte Geschichte. Aber niemand weicht auch nur einen Ton weit von Shakespeares Vorgabe ab. Verstehst du? Ich komme nicht mehr rein!“

Ron war verwirrt. Noch immer fühlte er sich völlig benommen. Dieser phantastische Sprung mitten hinein in eine fremde Welt hatte all seine Sinne berührt. Er hatte sein Lektüreabenteuer im wahrsten Sinne des Wortes *erlebt*. Er hatte es gesehen und gehört, es gerochen und geschmeckt und am eigenen Körper gespürt. Benvolios Stoß gegen seine Schulter hatte sogar einen blauen Fleck hinterlassen. Seine Eindrücke waren so unmittelbar gewesen, dass er an ihrer Echtheit keinen Zweifel hatte. Und gerade das verwirrte Ron. Denn obwohl er sich seiner Eindrücke absolut sicher war, konnte er sich keinen Reim darauf machen, wie seine Erlebnisse rational zu erklären waren. Sein Abenteuer war Wirklichkeit und konnte es doch eigentlich nicht sein. Er steckte fest in diesem Widerspruch und wusste keinen Weg heraus. Durfte er sich selber noch trauen? Und wie vertrauenswürdig war die Welt um ihn herum, die er bisher immer fraglos als real angenommen hatte?

Auch in Bezug auf Rosalia war er keinen Schritt weitergekommen. Zwar kannte er jetzt den Namen seiner schönen Unbekannten, aber sie selbst war ihm rätselhafter denn je. Was war das für eine Frau, die man in seiner eigenen Realität in einer Straßenbahn traf, nur um ihr kurz darauf in der fremden Welt eines Buches auf einem Festball erneut zu begegnen? In einer vor mehr als vierhundert Jahren für ein Bühnenstück entworfenen Fiktion, die sich so selbstverständlich um ihn gefügt hatte, dass er aus dem Staunen gar nicht mehr herausgekommen war. Rosalia dagegen schien ihm völlig unbeeindruckt vom Wechsel zwischen beiden Welten gewesen zu sein. Sie hatte sich in seiner Welt ebenso souverän bewegt wie in der des Shakespeare-Stückes. War diese von Shakespeare geschaffene Realität denn überhaupt ihre Welt? Noch nicht einmal das konnte sich Ron mit Sicherheit beantworten.

Erschöpft ließ er sich auf einen zweiten Klappstuhl gegenüber von Magus fallen und fuhr sich mit einer müden Geste über die Augen. Sein Kopf schmerzte. Doch so verkatert er sich jetzt auch noch fühlte, so mysteriös ihm seine Geschichte auch war, in einem war er sich sicher: Rosalia hatte sich echt angefühlt. In seiner Welt ebenso wie in der ihren. Zweimal hatte er sie gesehen. Zweimal hatte er in ihre Augen geblickt, ihre Nähe gespürt. Er hatte mit ihr gesprochen. Sie hatte ihn berührt. Ihn angelächelt. Nein, sie war so wenig eine Fiktion wie er selbst. Und auch seine Gefühle für sie waren echt.

Und Rosalia, auch darin war er sich sicher, kannte das Geheimnis. Wenn er nur mit ihr sprechen könnte! Sie war der Schlüssel. Löste er Rosalias Geheimnis, dann löste er das Geheimnis um die Geschichte, die ihm selbst widerfahren war.

Zum Glück war er nicht allein. In Magus hatte er einen Verbündeten, der genauso eindringlich wie er selbst an der Auflösung der Geschichte interessiert war. Es war schon erstaunlich, wie schnell der ihm gestern noch fast unbekannte Cousin zum engsten Vertrauten in seiner Herzensangelegenheit geworden war. Es war eine Wohltat, mit diesem Verwandten sprechen zu können, der ihn so gut verstand. Mitfühlend und geduldig nahm Magus jedes Wort mit der allergrößten Selbstverständlichkeit an. Ron spürte, dass Magus in ihm lesen konnte wie in einem offenen Buch.

Nachdenklich schwiegen sie eine Weile, dann erhob sich Magus von seinem Stuhl.

„Keine Sorge, mein Freund", verabschiedete er sich, „sobald ich eine brauchbare Idee habe, um dich zu unterstützen, melde ich mich." Magus ging und ließ Ron allein zurück.

Daheim in seinem Appartement setzte er sich nachdenklich an seinen Schreibtisch.

„Rosalia", dachte er und schloss die Augen. „Wie darf ich dich mir vorstellen? Du bist schön, ohne Frage. Du bist klug, was sonst. Aber was ist dein wahres Geheimnis?"

Die Türklingel riss ihn aus seinen Gedanken und er sprang auf. Draußen stand Charlotte. Entwaffnend lächelnd hielt sie ihm ein Päckchen entgegen.

„Hallo, Nachbar", sagte sie sanft und Magus' Herz machte einen ungewollten Freudensprung. „Der Postbote hat dies hier bei mir abgegeben. Ist für Sie."

Mechanisch nahm er das Poststück entgegen, ohne Charlotte dabei aus den Augen zu lassen.

„Alles in Ordnung?“, amüsierte sie sich über Magus weltfremde Art. „Störe ich gerade? Sie arbeiten sicher an etwas.“

„Ja, äh, nein … danke“, stammelte Magus und ohrfeigte sich innerlich für seine Ungeschicklichkeit.

„Na dann“, nickte sie freundlich und wandte sich zum Gehen.

„Kennen Sie *Romeo und Julia*?“, platzte es aus Magus heraus.

„Das Bühnenstück?“ Charlotte hielt in ihrer Bewegung inne und sah ihn fragend an. „Ich habe es mal gelesen. Meinen Sie das mit ‚kennen‘?“

„Und ist Ihnen dabei eine Rosalia aufgefallen?“

„Rosalia“, wiederholte Charlotte nachdenklich. „Also, um ehrlich zu sein, eher nicht. Hätte sie mir denn auffallen müssen?“

„Mmh“, machte Magus nachdenklich und unternahm keine Anstalten seinem Schweigen noch etwas hinzuzufügen. Charlotte begriff, dass im Moment nicht mehr aus ihrem Nachbarn herauszuholen war. Schulterzuckend ging sie zur Treppe, blieb aber auf dem Absatz stehen und blickte noch einmal zu Magus zurück.

„Rosalia, ja? Klingt sympathisch.“ In ihren braunen Augen funkelte es schelmisch. „Ich werde mal nachlesen und auf sie achten.“ Zwinkernd hob sie die Hand zu einem angedeuteten Winken und hüpfte leichtfüßig die Treppe hinab. Magus starrte noch eine Zeit lang auf den Treppenabsatz, auf dem sie eben noch gestanden hatte. Der Gedanke, dass Charlotte Gefallen an der Figur der Rosalia finden könnte, gefiel ihm und brachte ihm Rosalia noch etwas näher.

8

Noch völlig traumtrunken erwachte Rosalia in ihrem breiten weißseidigen Bett, reckte sich genussvoll und spürte mit allen Sinnen der festen Spannung ihres Körpers im zarten Weich der Kissen nach. Unbeschwert schwatzend stieß ihre Zofe die laut klappernden Fensterläden auf und ließ einen strahlenden Morgen ins Zimmer fließen. Mit sonniger Gutmütigkeit fragte die rundliche Alte nach Rosalias Wünschen zum Frühstück und gab im gleichen Atemzug den neusten Klatsch aus der Nachbarschaft bekannt.

Anders als sonst lullte sie der melodische Singsang ihrer Zofe heute nicht ein. Die blendend weiße Helligkeit des neuen Tages und das eifrige Gezwitscher der Morgenschwalben ließen sie aufschrecken.

Wie lange hatte sie geschlafen? Mit einem Satz sprang sie auf. War denn nicht gestern Abend etwas absolut Unglaubliches passiert? Wie konnte sie ruhig in ihrem Bett liegen, wenn doch auf einmal alles anders war – einfach alles anders sein musste! Auch wenn sie das Geschehene nicht wirklich begriff, die Veränderung, die damit einherging, musste für sie einfach real werden. Ohne benennen zu können, welcher Art die Veränderung war, ohne sie sich wirklich vorstellen zu können, sehnte sie sie trotzdem herbei.

„Nun muss einfach etwas passieren!“, dachte sie. Die Vorstellung, dass alles nur ein Traum, eine Einbildung, eine krankhafte Illusion gewesen sein könnte, wies sie bang von sich.

Eine völlig neue Erregung ergriff sie. Eine atemlose, noch nie dagewesene Lebendigkeit beseelte sie. Völlig berauscht von der Intensität dieser Erfahrung lief sie im Zimmer umher, eilte barfüßig zum Fenster, sah hinunter auf die Straße. Besorgt über so viel jugendliche und vor allem undamenhafte Unbesonnenheit tapste ihr die alte Zofe schweratmig nach, trug ihr die Pantoffeln hinterher, half ihr beim Ankleiden und wollte mit zärtlich mütterlichen Händen die langen rotblonden Locken frisieren. Doch mit einem ungeduldigen Fingerzeig wimmelte Rosalia die ihr heute lästigen Vertraulichkeiten ab und entließ die treue Alte, die sich kopfschüttelnd von ihrer schönen Herrin entfernte.

Rosalia hastete zum Frühstück. Nur keine Zeit verlieren. Kein großes Mahl. Nein, keine Termine heute. Kein Ausgehen und bitte keine Besucher! So lautete ihre strikte Anweisung an das gesamte Personal. Sie fühle sich unpässlich und werde sich zurückziehen.

Während draußen vor dem Palazzo ein unnachahmlich schöner Sommertag blaute, durchquerte Rosalia den Licht durchfluteten Salon völlig achtlos und verschwand in der Stille ihres Schlafgemachs. Dort wandte sie sich einer unauffälligen niedrigen Tür neben der Rückwand ihres Bettes zu. Mit zittrigen Fingern zog sie einen kleinen Schlüssel aus der Tasche ihres Kleides, entriegelte klickend einen verborgenen Schließmechanismus, griff nach der vor sich hin glimmenden Öllampe, die neben ihrem Bett stand, und schlüpfte durch die niedrige Öffnung. Mit routinierter Geschicklichkeit entzündete sie den bereitstehenden mehrarmigen Leuchter, der die kleine Kammer aus ihrer heimlichen Schwärze in ein mildes goldenes Licht hineinhob. Die kleine Geheimkammer wuchs zu einem passablen Kabinett heran, dessen viele Spiegel den Kerzenschein so geschickt reflektierten, dass sich trotz der fehlenden Fenster eine dämmrige Helle einstellte.

Ein Blick in den sparsam eingerichteten Raum verriet sofort dessen offensichtliche Bestimmung. Rosalia hatte sich ein Studierzimmer eingerichtet, eine heimliche Bibliothek, deren Wände mit zahlreichen bücherbestückten Regalen ausgestattet waren. Ein breitgepolsterter Sessel erlaubte ihr eine entspannte Lektüre im Sitzen, ein kleines Pult mit Tintenfass verriet, dass sie darüber hinaus auch eigene Notizen fertigte. Erst seit einigen Monaten verbarg sie sorgfältig das Geheimnis ihrer außergewöhnlichen Leseleidenschaft. Dabei genoss eine Dame ihres Standes in der Veroneser Gesellschaft durchaus hohes Ansehen, wenn sie sich auch öffentlich den schönen Künsten widmete. Die Brisanz ihrer Lektüre allerdings erforderte strikteste Geheimhaltung.

Es waren keine antiklerikalen Schriften, die sie las, auch keine erotischen Romane, keine subversiven Reden oder umstürzlerischen Philosophien.

Es war viel schlimmer. Rosalia las Bücher, die es in ihrer Welt gar nicht hätte geben dürfen. Sie stammten nicht von hier. Sie kamen aus einer Welt, die außerhalb ihrer eigenen lag und die bis vor kurzem sogar weit außerhalb jeder ihrer Vorstellungen gelegen hatte. Diese Bücher gehörten nicht hierher und ihre Existenz erklären zu müssen, hätte Rosalia in eine unvorstellbar heikle, ja gefährliche Lage gebracht.

Aber auch ohne die ständige Bedrohung entdeckt zu werden, hatte sich ihre Lage in der letzten Zeit dramatisch verändert. Die Lektüre dieser Bücher zwang sie in mehrfacher Hinsicht zu einem Doppelleben. Seit ihr das erste dieser fremden, von außen kommenden Bücher in die Hände gefallen war, hatte sich ihr Weltbild völlig verwandelt. Die Grenzen, in denen sie lebte, waren nun nicht mehr alleine geographischer Natur. Ihre leicht überschaubare Heimatstadt mit der von Grund auf klug angelegten Architektur, mit seinen ihr wohlbekannten Einwohnern, mit den sich alltäglich wiederholenden Geschehnissen, den immer gleichen Gesprächsthemen, dieses behagliche Städtchen, das sich sicher hinter robusten Stadtmauern geschützt wusste und um das sich im milden Klima sanfte pinienbewachsene Hügel ausdehnten, war ihr auf einen Schlag klein und eng geworden. Da draußen gab es eine Welt, die so unüberschaubar größer und vielfältiger war, als sie es sich je hätte erträumen können.

Diese Außenwelt war unvorstellbar und gleichzeitig doch möglich. In diesem Widerspruch, das ahnte sie bereits konfus, lagen ganze Welten begründet. Neue, noch nie gedachte, unentdeckte Welten. Ihr bisher versagt gebliebene Möglichkeiten. Ihre Traurigkeit darüber wuchs sich aus zu einem zornigen Schmerz, gegen den es in der ihr bekannten Welt kein Gegenmittel gab. Nur mühsam hielt sie ihre Wut in Schranken. Nun, da sie die Fesseln gesehen hatte, die ihr Leben einschränkten, fiel es ihr täglich schwerer, diese noch zu erdulden.

Dabei hatte alles nur mit einer kleinen, scheinbar harmlosen Begegnung begonnen. Es war an einem Tag, der wie alle anderen Tage davor und wie alle anderen Tage danach hätte sein sollen, als sie eine zunächst lediglich sonderbare Beobachtung machte.

Eine Frau, die sie in der Stadt noch nie zuvor gesehen hatte, schlenderte mit auffällig aufmerksamem Blick durch die enge Gasse, die auch Rosalia gerade in ihrer Sänfte durchquerte. War sie vielleicht eine jener gewissen Damen von zweifelhaftem Ruf, die auf der Suche nach Kundschaft ein größtmögliches Maß an Auffälligkeit zur Schau trug? Oder war sie gar keine Dame, sondern eines von diesen ausgezehrten weiblichen Geschöpfen, die ihr Dasein als Wäscherin, Dienstmagd oder Bettlerin fristeten und für die vornehme Zurückhaltung eine Attitüde war, für die ihnen jede Kraft fehlte. Nein, diese Person hier war anders. Dem Zustand ihrer Kleidung nach hätte sie eine wohlhabende Adlige sein können. Doch Rosalia kannte keine einzige adlige Dame, die sich derart offen im einsamen Netz von Veronas Nebenstraßen bewegt hätte. Eine Adlige, die auf ihren Ruf bedacht war, ließ sich wie sie hinter diskret verschlossenen Vorhängen einer Sänfte durch zweifelhafte Straßen tragen oder sie huschte heimlich und verschleiert im anonymen Schutz ihres weiten Mantels durch die verschwiegenen Sträßchen.

Diese Person hier entsprach keinem ihr bekannten Schema. Diese Fremde war völlig anders. Selbstbewusst durchschritt sie die Straße, musterte ungeniert ihr entgegenkommende Passanten, bewunderte offen die Architektur der Häuser und freute sich dabei auffallend an den landesüblichen Details. Gleichzeitig war die hübsche dunkelhaarige Besucherin auffallend gepflegt, wirkte gebildet und vornehm. Keine Frage, diese Frau kam nicht von hier. Sie musste von weit her angereist sein, da sie so offensichtlich mit den einfachsten Sitten der Stadt nicht vertraut war.

Rosalias Neugier war geweckt. Sie wollte die Fremde ansprechen, um mehr über sie zu erfahren. Vielleicht war sie sogar froh, in Rosalia die Gastfreundschaft einer Einheimischen zu finden, die sie dezent über die üblichen Anstandsregeln informierte und ihr so auf schwesterliche Weise aus einer Verlegenheit half. Zwar schien sich die Fremde noch keiner Verlegenheit bewusst zu sein, aber es würde nicht lange dauern und ihr sonderbares Verhalten könnte auch anderen Personen auffallen. Kurzentschlossen befahl sie ihren Trägern anzuhalten und sprang aus der Sänfte.

Mit unverstelltem Interesse sah ihr die Fremde entgegen. So viel ungenierte Offenheit verblüffte Rosalia. Mit einem höflichen Lächeln überbrückte sie ihre plötzliche Verlegenheit und erntete als Antwort ein selbstsicheres Nicken. Rosalia war irritiert.

„Ihr seid ganz offensichtlich nicht von hier und es schien mir, als suchtet Ihr den rechten Weg", bot sie sich höflich an.

„Oh, ich weiß schon, wohin ich will", beteuerte die Angesprochene, „aber vielen Dank für die Hilfe."

Ratlos schwieg Rosalia, unternahm dann aber gleich einen weiteren Versuch.

„Es ist nicht ganz ungefährlich, sich hier alleine ohne Begleitung …"

„Gefährlich?", unterbrach sie die Fremde scherzend und winkte ab. „Ach nein, gefährlich ist es sicher nicht. Aber trotzdem vielen Dank für die Hilfe."

„Nun gut." Rosalia zuckte mit den Schultern. Wenn man ihren Rat nicht brauchte, dann würde sie ihn niemandem aufzwingen. Sie hatte sich offensichtlich getäuscht. Diese Fremde hier kam ganz gut allein zurecht. Zögernd wandte sie sich ab, um zu gehen.

„Aber ein wenig Unterhaltung wäre mir schon recht", lenkte die Fremde gut gelaunt ein.

„Unterhaltung?", echote Rosalia ungläubig und sah sich verwundert in der kaum belebten Gasse um. „Hier sucht Ihr Unterhaltung?"

„Ja, ich meine, ein wenig Gesellschaft würde ich sehr begrüßen", kam ihr die Fremde entgegen. „Ich bin Charlotte. Darf ich fragen, mit wem ich es zu tun habe?"

„Mein Name ist Rosalia Gelmetti."

„Rosalia. Wie schön", lächelte die Besucherin fast so, als habe sie Rosalia bereits erwartet. „Dann wisst Ihr sicher alles über die beiden Familien Montague und Capulet?"

Diese Frage erheiterte Rosalia, denn in die Rolle der Stadtführerin schlüpfte sie gerne.

„Meine Liebe, die ganze Stadt kennt kaum ein anderes Thema als diese beiden Häuser und ihre Fehde."

„Dann stimmt es, dass sich die beiden Familien feind sind?"

„Normale Feinde benehmen sich weniger gemein als diese beiden Sippen es in ihrer unnatürlichen Feindschaft tun."

„So kennt Ihr die Beteiligten?“, hakte Charlotte aufmerksam nach.

„In Verona ist niemand unbeteiligt an der Geschichte dieses Streites. Aber woher wisst Ihr davon, Carlotta?“

„Nun, ich habe davon gele … gehört.“

Rosalia zeigte sich betroffen. Dann verdarb dieser grässliche Streit wirklich schon den guten Ruf ihrer Heimatstadt? Ihre Gedanken trieben auf einmal in eine völlig neue Richtung. Nachdenklich hängte sie sich bei der Fremden ein und führte sie schlendernd in Richtung des nächsten Platzes. Dumm und stumm wie Schatten folgten die ihrer Bestimmung beraubten Sänftenträger dem ungleichen Frauenpaar in gebührendem Abstand.

„Was genau erzählt man sich?“

Charlottes unbeschwerter Redefluss versiegte abrupt. Ein unbestimmter Schleier der Zurückhaltung legte sich über ihr offenes Lächeln. Überrascht sah Rosalia, dass sich die eben noch selbstbewusste Fremde auf einmal merkwürdig unbehaglich gab.

„Na ja, diese Sache von Romeo und seiner Geliebten“, deutete Charlotte vorsichtig an.

„Von wem?“, unterbrach sie Rosalia.

„Romeo?“, versuchte es Charlotte noch einmal.

„Doch nicht etwa Romeo Montague?!“, empörte sich die schöne Veroneserin.

„Eben dieser“, antwortete Charlotte.

Rosalia explodierte.

„Dieser selbstsüchtige Jüngling! Dieser unverfrorene Bengel! Dieser freche Hund!“ Rosalia war außer sich. Sie kochte vor Wut. Sollte es dieses gerade erst seiner väterlichen Aufsicht entwachsende Kind tatsächlich gewagt haben, ihren Namen in Verbindung mit dem seinen über die Grenzen ihrer Stadt hinauszutragen?! Verleitete Ignoranz wirklich derart rücksichtslos zu abgebrühter Arroganz? Was glaubte er eigentlich, wie viel Mühe und Disziplin es eine ehrbare, unverheiratete junge Frau kostete, nicht in üble Nachrede zu geraten? Ungehemmt ließ sie ihren lautstarken Hasstiraden freien Lauf. Doch dann begriff Rosalia, dass ihr Ausbruch die Fremde irritieren musste. Woher sollte sie als Außenstehende auch wissen, wie viele Scherereien ihr die penetranten Annäherungsversuche dieses Schürzenjägers bereits eingebrockt hatten?

„Ihr solltet wissen, Carlotta, was immer Ihr über Romeo gehört habt, muss nicht unbedingt der Wahrheit entsprechen.“

„Wie Ihr meint“, lenkte Charlotte eingeschüchtert ein. Rosalias Zorn entfacht zu haben, schien ihr offensichtlich unangenehm zu sein. „Was immer man mir über Romeo und diese Julia erzählt hat oder erzählen wird …“, setzte sie entgegenkommend an.

„Sagtet Ihr Julia?" Erneut unterbrach sie Rosalia.

„Ja, bereits zu Beginn erwähnte ich …"

„Ihr sagtet, Romeo und seine Geliebte."

„Genau. Und Julia."

„Aber welche Julia?"

„Na, *die* Julia eben, die aus dem Hause Capulet", erwiderte Charlotte leicht verwirrt.

Eine Sekunde lang blieb Rosalia stumm, dann brach sie in schallendes Gelächter aus, wie über einen besonders gelungenen Scherz. Julia Capulet, dieses blasse Kind? Der mögliche Wahrheitsgehalt dieser Idee verblüffte sie. Das war die Lösung! Die unerfahrene Julia musste einfach dem unermüdlichen Charme eines Romeos bedingungslos erliegen. Und der heißblütige Romeo musste der scheuen Schüchternheit Julias verfallen, nur aus dem einzigen Grund, weil sie ihm so schicksalsergeben erlag. Was für ein hübsches Paar! Das gleiche naive Temperament. Die gleichen unverbrauchten Illusionen. Die beiden waren wie füreinander geschaffen.

Erleichtert ergriff sie Charlottes Hand, deren Blicke zwar noch immer fragend auf ihr ruhten, die aber zumindest ihre Begeisterung für diese Wendung der Geschichte mit ihr zu teilen schien.

„Und von Romeo und Julia erzählt man sich?", lachte Rosalia noch immer. Es war kaum zu glauben. Wie konnte ihr diese Neuigkeit bisher entgangen sein? Erheitert gluckste sie vor sich hin. Da war sie so fest versponnen gewesen in ihrem Zorn gegenüber dem lästigen Verehrer, so starr eingesperrt in ihrer eigenen engen Gedankenwelt, dass sie den entscheidenden Teil der Botschaft fast überhört hätte. Da musste wirklich erst eine Fremde auftauchen, um sie auf das Naheliegendste zu bringen. Um sie aus ihrem eingebildeten Dilemma zu befreien. Dankbar strahlte sie Charlotte an. Vor ihrem inneren Auge entspann sich bereits konsequent der mögliche Verlauf der Dinge.

Zugegeben, Romeo und Julia würden einen mächtigen Fürsprecher brauchen oder miteinander heimlich fliehen müssen, denn ihre beiden Familien waren seit Generationen bis aufs Blut verfeindet. Rosalia lächelte. Sie hatte mächtige Gönner und um die Gefälligkeit, den lästigen Romeo loszuwerden, war sie bereit, sich zu einer demütigen Bitte im Dienste der Liebe herabzulassen, um einem von ihren einflussreichen Verehrern die Gunst zu gewähren, ihr eine Freude zu bereiten.

„Romeo und Julia", wiederholte sie nun ernsthaft.

„Genau", nickte Charlotte bestätigend.

„Aber sagt, meine liebe Carlotta, wie kam es, dass Romeo und Julia füreinander entbrennen konnten? Und woher kennt Ihr Julia Capulet? Davon müsst Ihr mir genauer erzählen“, bat Rosalia und lud ihre neue Freundin zu sich nach Hause ein.

Nur wenige Fußminuten später standen sie vor Rosalias Haus, einem feudalen Palazzo, das den übrigen Prachtbauten in nichts nachstand. Man erwartete sie bereits. Ein grauhaariger Diener hielt ihnen ehrerbietig die breite, mit Schnitzereien versehene Tür auf. Mit großzügiger Geste bat Rosalia ihren Gast zuerst einzutreten. Obwohl Charlotte nur verstohlen um sich sah, war ihre Bewunderung offensichtlich. Charlottes ehrfürchtiges Staunen erfüllte Rosalia mit Stolz. War dieser Palazzo, dieses prächtige Gebäude, nicht Ausdruck ihrer herausragenden Stellung in der Stadt und in der Veroneser Gesellschaft? Symbolisierte er nicht den Wert ihrer Person, ihren herausragenden Rang und auch den exquisiten Grad ihrer Kultiviertheit? Mit Befriedigung registrierte sie Charlottes heimliche Blicke, die bezaubert alle Möbel, Teppiche, Skulpturen und Bilder streiften. Unaufgefordert führte sie ihre Besucherin durch alle Räume und mit jedem weiteren entzückten Lob der Fremden fühlte sie sich selbst lebendiger und beschwingter.

Nach diesem ausführlichen Rundgang bot Rosalia ihrem Gast eine Stärkung an. In einem kleinen Salon nahmen beide Frauen Platz. Rosalia klatschte kurz in die Hände. Wortlos traten Diener ein, brachten auf silbernen Tabletts Obst, Brot und Wein, verteilten flink die in reich verzierten Schalen und Karaffen angerichteten und frisch duftenden Leckereien vor den zufriedenen Augen der Hausherrin und Gastgeberin und zogen sich wort- und blicklos wie Statisten wieder zurück. Schon während ihres Rundgangs war das Gespräch der beiden Frauen in einen vertraulichen Plauderton gefallen, deren freundschaftliche Melodie sie nun mühelos wieder aufnahmen. Mit ihrem Haus hatte Rosalia ihrem Gast mehr als nur ihr Heim geöffnet. Vertraulich enthüllte sie der neuen Freundin ihr Seelenleben. Wortreich berichtete sie von der großen Enttäuschung, die ihr erst vor kurzem widerfahren war. Der von ihr geliebte Mann hatte, ohne sie vorzuwarnen, eine andere geehelicht und ihr dadurch nicht nur das Herz gebrochen, sondern sie auch in aller Öffentlichkeit zum Gespött gemacht. Denn in der überschaubaren Veroneser Gesellschaft waren niemandem ihre verliebten Hoffnungen ein Geheimnis geblieben. Doch noch während überall Spott und Häme um ihren Namen kreisten, hatte sie für sich einen ehernen Entschluss gefasst. Von nun an würde sie ein der Liebe völlig abgewandtes Leben führen, um in Zukunft bereits im Ansatz alle weiteren Risiken und Komplikationen zu vermeiden, die sich aus einer neuerlichen Liebesgeschichte ergeben könnten. Ihre konsequente Hartnäckigkeit hatte sich rasch ausgezahlt. Schon nach kurzer Zeit war das Interesse an ihrer Geschichte erloschen. Indem sie niemandem einen Anlass zu neuen Gerüchten gab, vergaß man schnell, dass die in kühler Schönheit und in spitzzüngiger

Grausamkeit unnachahmliche Rosalia jemals gefehlt haben könnte. Ihre beispielhafte Tugendhaftigkeit war bald in aller Munde und ließ auch die geringste Andeutung, die einen Zweifel an ihrer Ehrbarkeit äußerte, verstummen. Mit ihrer unnahbaren Anmut und ihrem messerscharfen Witz schlug sie, so beeindruckend wie erbarmungslos, jeden Verehrer in die Flucht.

Trotzdem oder gerade deshalb gab es immer wieder Verehrer, die sich dadurch besonders herausgefordert sahen. Amüsiert berichtete sie Charlotte von den vielen vergeblichen Versuchen, die um ihretwillen unternommen worden waren. Die anekdotenreiche Auflistung dieser verliebten Bemühungen war ebenso endlos wie abwechslungsreich. Das komplette Repertoire männlicher Annäherungsversuche war darin enthalten: das rührend unbeholfene Gestammel jugendlicher Adelssöhne genauso wie das kunstvoll abgefasste Poem eines angesehenen Dichterfürsten, die heimlich zugespielten Briefe und die öffentlich zelebrierten Blumengrüße, die fürstlichen Geschenke und die großzügigen Spenden, die in ihrem Namen dem Armenhaus der Stadt gestiftet wurden, die nächtlich dargebrachten Serenaden unter ihrem Schlafzimmerfenster, die vermeintlich feurigen Blicke seniler Greise in der Kirche, die süß schmeckenden Schmeicheleien und die feurigen Wortduelle.

Rosalia gestand, dass sie sich inzwischen mit dem allergrößten Vergnügen in der Rolle der Unnahbaren inszenierte. Ja, mehr noch. Schon längst war die anfangs vor allem zweckmäßige Verstellung zu einem perfektionierten Spiel gereift, in das sie inzwischen so mühelos schlüpfte wie in eine zweite Haut. Wie köstlich es war, die machtvolle Überlegenheit der Unnahbaren zu zelebrieren, die gegen jede Verliebtheit immun war.

„Die Schönheit ist's, was Stolz die Weiber macht, die Tugend ist's, warum man sie bewundert", bestätigte Charlotte Rosalias Ausführungen und verschwieg sorgfältig, dass dieses Zitat aus einem anderen Stück Shakespeares stammte.

„Besser hätte ich selbst es nicht sagen können, liebste Carlotta", freute sich Rosalia über die Zustimmung ihrer neuen Freundin und fuhr mit ihrem Bericht fort.

Vor diesem Hintergrund war es auch zu der bereits angedeuteten „Affäre Romeo" gekommen, die Romeo allerdings nie für sich als Affäre verbuchen konnte, so unverschämt und hartnäckig er es bei ihr auch versucht hatte.

Diesem hitzköpfigen Heißsporn war es als Erstem gelungen, sie beinahe um ihre mühsam erworbene Gelassenheit zu bringen. Nicht weil er in ihrem Herzen eine verliebte Regung entfacht hätte, sondern weil sich dieser Lümmel einen Dreck um die unantastbarsten Regeln des öffentlichen Anstandes scherte. Nachdem er sie nur ein paar Mal zufällig in der Öffentlichkeit gesehen hatte, verlor er sich in den Wahn, sie sei das Schicksal seines Lebens. Je abweisender sie sich ihm gegenüber verhielt, desto hartnäckiger verteidigte er seinen Liebesschwur. Seine selbstsüchtige Hingabe war so anstrengend zu ertragen, dass sie sogar die Lust verlor aus dem Haus zu gehen. Überall begegnete sie ihm. Er lauerte ihr auf. Er schlich ihr nach. Er verfolgte sie. Wie zufällig tauchte er auf Gesellschaften auf, die er früher gemieden hätte, nur um sie dort zu treffen, ging zur gleichen Zeit in die Messe oder zur Beichte, kreuzte ihren Weg bei ihrem wöchentlichen Marktspaziergang, den sie mit ihrer mütterlichen Zofe gemeinsam unternahm. Wiederholt trat er nachts unter ihrem Fenster auf, war einmal sogar waghalsig bei Vollmond auf ihren Balkon geturnt und von dort von ihrer Dienerin wie ein streunender Kater mit unsanften Tritten und deftigen Schimpfkanonaden nach unten gescheucht worden.

Das Kapitel, das nun folgte, war für Rosalia nicht minder unangenehm. Denn als Verlierer zeigte sich Romeo ebenso maßlos wie er als Verliebter gewesen war. Durch üble Nachrede versuchte er sich an ihr zu rächen. Überall bezichtigte er sie eine maliziöse Verführerin zu sein, eine eiskalte Herzensbrecherin, die ihre unschuldigen Opfer mit süßen Lügen anlockte, um sich dann an ihren Herzensqualen zu ergötzen. Seine verbalen Übertreibungen amüsierten die Veroneser nicht wenig. Allerdings wurde man seiner bald überdrüssig. Der gute Romeo, der sich selbst so schamlos als tragisches Liebesopfer inszenierte, hinterließ bei allen eher das Bild eines beleidigten Kindes.

„Kurz gesagt", schloss Rosalia ihren ausführlichen Bericht, „niemand, der etwas auf sich hielt, nahm diesen liebestollen Verrückten noch ernst. Um sich als der große Held der Liebe zu beweisen, muss er jetzt wohl oder übel noch warten."

„Oder auch nicht", fiel Charlotte ein. „Denn jetzt, da er sein Auge auf Julia geworfen hat, kann er ja sein ganzes Repertoire an Verführungskunststückchen erneut aufkochen. Ich mag gar nicht glauben, dass er so wenig originell ist und es immer wieder nach der gleichen Masche versucht."

„Liebe Carlotta, ich bin die Letzte, die ihn entschuldigen möchte. Aber er ist ein Mann, na ja, fast jedenfalls. Ihr seid doch nicht wirklich überrascht?"

Kopfschüttelnd gab Charlotte sich geschlagen.

„Nein", bekannte sie wehmütig, „aber ich bin eine Frau und hoffe immer noch, dass es Männer gibt, die anders sind. Na ja, dass es wenigstens *einen* gibt, der es ist."

„Vielleicht ist Romeo ja dieser eine für Julia. Und wenn nicht, dann ist sie vielleicht die eine richtige für ihn. Allein schon aus persönlichen Gründen möchte ich das liebend gerne herausfinden."

Mit diebischem Vergnügen begann Rosalia sich ein Rendezvous zwischen diesen beiden auszumalen. Verspielt pickte sie sich einen Pinienkern aus einer kleinen vergoldeten Schale, hielt ihn prüfend wie einen kostbaren Diamanten zwischen Zeigefinger und Daumen und schob ihn dann mit einem spitzbübischen Lächeln in den Mund.

„Sagt, Carlotta, gibt es für ein heimliches Tête-à-tête eine passendere Kulisse als einen mondbeschienenen Balkon? Ein Kuss in dieser entrückten Höhe, entrückt Romeo weiter meiner Nähe und erhöht beider Liebe zu weiteren Küssen. Julia wird Romeo bewundern für seine Liebe. Und Romeo wird sie lieben wegen ihrer Bewunderung. Und am Ende bewundern sie sich gegenseitig und lieben sich dafür umso mehr!"

Voller Vorfreude rieb sich Rosalia die Hände und sprang begeistert auf.

„Ja, liebe Carlotta, so wird es sein. Romeo und Julia sind füreinander wie geschaffen. Genauso wird es sich zwischen den beiden abspielen. Ich muss es ja schließlich wissen. Diesmal wird es funktionieren und dann bin ich endlich und endgültig diesen Quälgeist los."

Zustimmend nickte Charlotte.

Rosalia musste ihrer Begeisterung durch Bewegung Raum geben. Mit ihrem Weinkelch in der Hand schlenderte sie zum Fenster und warf einen verträumten Blick auf das ihr allzu bekannte Verona. Nun, da sich ihr Problem bald in Luft auflösen würde, schien ihr der Himmel noch blauer, die Sonne noch strahlender, die Menschen noch fröhlicher, alles schien einfach noch schöner als sonst zu sein. Mit einer tänzerischen Drehung wandte sie sich wieder ihrem Gast zu.

Wer war diese Fremde eigentlich, der sie hier so unbefangen ihr Herz ausschüttete? Erstaunt erkannte Rosalia, wie belebend sie die Gegenwart der Anderen empfand. Welch ein kraftvoller Zauber von dieser aufmerksamen Beobachterin ausging, die Rosalia und allem um sie herum, jedem Wort, jedem Ding, jedem Detail, durch ihr Schauen und Zuhören erst eine völlig neue Bedeutung gab. Rosalias Lust zu erzählen, sich darzustellen, die andere an ihrem Leben teilhaben zu lassen, wurde durch das Interesse ihrer Besucherin immer stärker entfacht. Schon jetzt ahnte Rosalia, dass es ihr schwerfallen würde, diese in kurzer Zeit so kostbar gewordene Freundin nach deren Besuch einfach wieder gehen zu lassen. Nach diesen wenigen, gemeinsam verbrachten Stunden kam ihr die Gegenwart der Anderen bereits unverzichtbar vor.

Erhitzt rieb sich Rosalia die Wangen. Ihre Haut glühte. Ihr ganzer Körper kribbelte. Ihr Herz schlug so heftig als wollte es nach draußen springen. Taumelnd erreichte sie wieder ihren Sitzplatz und ließ sich in die schweren seidenen Kissen sinken, benommen und klar zugleich, so als stünde sie neben sich und könne sich mit fremden Augen sehen. Das also war das Bild, das sie Carlotta von sich gegeben hatte. Alles das, was Rosalia Gelmetti war, hatte sie in ihrer Geschichte zusammengefasst. War das wirklich alles? War sie nicht mehr als nur diese Geschichte? Da waren doch noch so viele Träume und Wünsche in ihr. So viele Pläne, die sie bis jetzt noch nicht einmal geschmiedet hatte. Ihre Heimatstadt Verona erschien ihr auf einmal beschränkt und klein. Die Welt jenseits der engen Stadtgrenzen musste doch noch so viel faszinierender sein. Rosalia schwindelte der Kopf. Unfassbar groß erschien ihr diese Welt plötzlich und sich darin vorzustellen, wirkte wie ein Rausch auf sie. Noch nie gedachte Fragen stürzten auf sie ein. Eine brennende Gier nach Neuem, nach allem, was außerhalb ihrer bisher bekannten Welt lag, erfasste sie. Eine unbändige Lust, einen Blick hinter die Kulissen zu wagen, denn als solche sah sie auf einmal die vertrauten Straßen und Gebäude ihrer Stadt. Ob ihre Besucherin Antworten auf ihre vielen Fragen hatte? Liebend gerne hätte sie gewusst, woher ihr Gast eigentlich kam.

Aufmerksam folgte Charlotte dem ergreifenden Schauspiel, das Rosalia ihr bot. Doch obwohl sie sich selbst die allergrößte Zurückhaltung auferlegte, stand das große Geheimnis, das sie vor ihrer Gastgeberin verbarg, nunmehr deutlich spürbar im Raum. Rosalia *konnte* ihre Fragen nicht länger zurückhalten.

„Nun habe ich Euch so viel von mir erzählt“, begann sie zaghaft. „Wollt Ihr mir denn nicht wenigstens verraten, woher Ihr kommt?“

Charlottes sparsames Nicken verriet, dass diese Frage sie nicht überraschte. Ihre Antwort kam kühl und überlegt daher, als gelte es eine unangenehme Wahrheit zurückzuhalten.

„Liebe Rosalia, das ist wahrhaftig eine lange Geschichte. Zu umfangreich für diesen Rahmen hier, fürchte ich.“

„Liebste Carlotta, ich bin darauf gefasst, über den Rahmen hinauszuschauen. Ja, ich brenne sogar darauf, den Rahmen zu überschreiten! Alles, was Ihr mir an Neuem, hier noch nicht Bekanntem zu bieten habt, soll mir von Herzen willkommen sein.“

Charlotte schwieg betreten. Verlegen wich sie Rosalias bittenden Blicken aus. Sie hatte sich innerlich bereits von ihrer Gastgeberin verabschiedet. Sehr deutlich war zu sehen, wie sehr sie einen Vorwand herbeisehnte, um ihren Besuch allmählich zu beenden.

Rosalia seufzte. Charlottes Geschichte würde wohl ein Geheimnis bleiben. Woher auch immer diese Frau ihre Informationen über Romeo und Julia und über den Streit ihrer beiden Familien hatte, sie, Rosalia, verfügte über keine vergleichbare Quelle, die ihr Charlottes Hintergrund erhellt hätte. So blieb ihr keine andere Wahl, als sie einfach wieder ziehen zu lassen und sich in den unvermeidlichen Abschied zu fügen.

Ungeduldig rutschte Charlotte auf ihrem Sitzkissen hin und her. Längst schon schien ihr der Besuch nicht mehr das anfängliche Vergnügen zu bereiten. Sie grübelte wohl bereits über die richtigen Abschiedsworte nach. Es war an Rosalia ihrer Rolle als Gastgeberin gerecht zu werden und die Verabschiedung einzuleiten. Also erhob sie sich.

„Ich glaube, es ist spät geworden, meine teure Freundin. Es wäre nicht recht von mir, Euch noch länger zurückzuhalten. Aber eines möchte ich Euch doch noch fragen. Seid Ihr Euch wirklich sicher, dass es mit Romeo und Julia eine ernste Sache ist? Kann ich ernsthaft hoffen, in Zukunft nicht mehr von Romeo belästigt zu werden?"

„Oh, ja. Das kann ich mit Sicherheit sagen. Die Sache mit Romeo und Julia ist ernst. Todernst." Erleichtert darüber, endlich eine unverfängliche Antwort geben zu können, plauderte Charlotte unvorsichtig weiter. „So ernst, dass es kein gutes Ende nehmen wird", rutschte es ihr heraus. Auch sie war aufgestanden. Mit ihren Gedanken war sie bereits in einer weit entrückten Ferne. Abwesend strich sie sich den Rock glatt und warf einen letzten Blick aus dem großen Fenster, unter dem sich das immer gleichförmige Leben Veronas abspielte.

Rosalia wunderte sich inzwischen nicht mehr wirklich über diesen weiteren unerklärlichen Wissensvorsprung der Fremden. Es gab so vieles, was sie nicht wusste. Viel mehr als ihr je zuvor bewusst gewesen war. Carlotta war im Grunde nur ein Geheimnis von vielen. Und auch sie, Rosalia Gelmetti, hatte an sich selbst etwas Neues, etwas ihr bisher Unbekanntes festgestellt. Sie war mehr als nur eine Geschichte, die man einer Fremden zusammenfassend erzählen konnte. Sie war auch ein noch unbeschriebenes Blatt! Nicht ihre bereits festgeschriebene Vergangenheit zählte, sondern ihre Zukunft, die jetzt begann und die alleine in ihren Händen lag. Auf einmal hatte sie es eilig, ihren Gast zu verabschieden.

„Vielen Dank für Euren Besuch, liebe Carlotta. Ihr sollt mir immer willkommen sein. Ich gestehe, dass ich noch viele Fragen an Euch gehabt hätte. Aber jetzt ist es wohl an der Zeit für jede von uns beiden, ihren eigenen Weg zu gehen."

Charlotte zögerte kurz, doch dann nahm sie Rosalia zaghaft in die Arme, unsicher, ob diese Berührung nicht schon zuviel Nähe herstellte. Einige Sekunden lang schien sie um Beherrschung zu ringen. Dann ließ sie ihre Gastgeberin los, hauchte ihr einen schwesterlichen Kuss auf die Wange und trat etwas beschämt wieder zurück.

„Gerne würde ich Euch wieder besuchen. Nur leider kann ich nicht sagen, ob das möglich sein wird. Doch als besonderen Dank möchte ich Euch ein kleines Geschenk überreichen. Lebt wohl Rosalia Gelmetti. Ganz sicher werde ich Euch nicht vergessen."

Aus den Falten ihres weiten Umhangs zog sie ein schmales, in Leder gebundenes Päckchen hervor, das sie Rosalia in die Hände legte.

„Es ist nur wenig, aber ich bin ganz sicher, dass es wenigstens einige Eurer Fragen beantworten wird.“

Rosalia öffnete ihrem Gast leicht verdutzt die Tür, das mysteriöse Päckchen in den Händen. Der Tag neigte sich bereits seinem Ende entgegen. Das geschäftige Treiben auf der Straße war zu seiner gewohnten abendlichen Ruhe gekommen. Ohne sich noch einmal umzudrehen, trat Charlotte hinaus und entfernte sich schnell von Rosalias Haus. Lange sah diese der schlanken Gestalt noch nach, die sich wie ein letztes Abschiedswort im nächtlichen Schweigen auflöste.

Schwermütig wie schon lange nicht mehr kehrte sie zurück in den großen Salon, um dort vor dem Schlafen gehen über das Geschehene nachzudenken. Das kleine Paket, das ihr Charlotte zum Abschied gegeben hatte, wog schwer und fest in ihren Händen. Nachdenklich nahm sie Platz auf der Bank, die sie gerade noch mit ihrer Besucherin geteilt hatte. Neugierig wickelte sie das geheimnisvolle Etwas aus seiner ledernen Hülle. Ein Buch. Sie hielt ein Buch in den Händen. Verblüfft las sie den Titel: *Romeo und Julia* von William Shakespeare. Ein Streich? Ein Scherz, dessen Pointe sie nicht verstand?

Die Lektüre verstärkte ihre Verwirrung noch mehr. Auf den ersten Blick erkannte sie in den Beschreibungen ihre Heimatstadt. Viele der genannten Personen waren ihr persönlich vertraut. Sich selbst fand sie recht treffend, wenn auch oberflächlich, beschrieben. Romeo war ausgezeichnet getroffen. Ebenso sein Freund Benvolio. Die Begegnung zwischen Romeo und Julia verlief kaum anders, als sie sie selbst vor ihrem inneren Auge heraufbeschworen hatte und der stürmische Verlauf ihrer Liebe überraschte sie so wenig wie sie das tragische Ende bestürzte.

Woher kannte dieser William Shakespeare all diese Leute, mit denen auch sie so vertraut war? Welch freche Anmaßung von diesem Dichter, aus ihrem Leben ein Stück zu komponieren! Doch musste sie zugeben, dass es ein überaus beeindruckendes Werk war, da er alles so genau traf. Wie köstlich lebendig ihm das geschriebene Wort gelang, gerade so als sei es eben noch mit frischem Atem aus warmen Lippen gesprochen worden. Warum bloß hatte sie von solcher Meisterschaft noch nie gehört? Wenn er sie und die übrigen Bürger Veronas so gut kannte, dann musste er doch direkt unter ihnen sein? Und woher kannte Carlotta diesen Shakespeare? Immerhin war jetzt klar, woher sie von Romeo und Julia gewusst hatte. Shakespeare hatte es ihr sicher erzählt. Aber warum hatte sie nicht gewagt, darüber mit ihr zu sprechen? Romeo und Julia! Plötzlich erfasste sie ein Geistesblitz. Die Schlussfolgerung, die sich ihr offenbarte, ließ ihren Verstand schier explodieren. Die Angst vor der eigenen Courage packte sie. War es denn überhaupt erlaubt, so etwas zu denken? Doch für ein Zurück war es nun zu spät. Sie war sich sicher: Das alles war noch gar nicht passiert. Das meiste in dieser

Geschichte stand noch bevor. Das, was sie da las, war der vorbestimmte Lauf des Geschehens.

Diese Erkenntnis versetze ihr einen Schock. Und doch musste sie ihre Theorie zuerst beweisen.

In den nächsten Tagen verfolgte sie atemlos alles, was geschah. Mit der überlegenen Distanz der Zuschauerin begann sie ihre Umgebung völlig neu zu betrachten. Erstaunt erkannte sie, dass William Shakespeare in allem ein penibler Beobachter gewesen sein musste. Alles an der Geschichte um Romeo und Julia stimmte und alles an dieser Geschichte bestimmte das Leben um sie herum.

Noch hatte sie das Rätsel nicht völlig gelöst. Aber den einmal begonnenen Gedanken zu Ende zu denken, fiel ihr jetzt leicht. Wenn dieser Shakespeare etwas beobachtet hatte, das noch gar nicht geschehen war, dann hatte er am Ende gar nichts beobachtet – sondern … das alles erfunden?

Rosalia schwindelte der Kopf. Ob ihr der eigene Verstand bloß einen üblen Streich spielte? Die Versuchung, sich dieser bequemen Erklärung hinzugeben, war überaus verlockend. Doch ihr Verstand war dazu nicht mehr bereit. Sie war nicht verrückt. Sie war so klar bei Verstand wie noch nie zuvor.

Nun denn, wenn Shakespeare der Schöpfer dieser Geschichte war, dann war ihre ganze Welt nichts weiter als die Erfindung eines fremden Dichters. Die Wahrheit tat weh und doch dachte sie sie mutig zu Ende. Dann war auch sie selbst nur ein kleiner Teil in dieser Geschichte, ein unbedeutendes Geschöpf einer fremden Phantasie.

Kaum hatte sie begonnen ihre Welt zu hinterfragen, da erkannte sie staunend deren schlichte Zweidimensionalität. Einer Theaterkulisse gleich war Verona über sie gespannt. Alle Menschen darin agierten ohne Abweichung nach einem vorgegebenen Muster, wie Schauspieler in einem Bühnenstück.

Rosalia begann sie auf die Probe zu stellen. Doch was immer sie tat, sie konnte keinen dazu bewegen, wirklich langfristig von seiner Rolle abzuweichen. Reizte sie ihre Zofe mit grausamer Launenhaftigkeit an einem Tag bis aufs Blut, so blieb die gute Seele ihr bereits vom nächsten Tage an unbeirrt treu und hündisch ergeben wie zuvor.

Turtelte sie an einem Tage mit Romeo und verhieß ihm mit liebreizenden Küssen die Erfüllung seiner kühnsten Träume, so warb er bereits am nächsten Tag erneut um sie, als habe er nichts von ihr gewonnen als schroffe Ablehnung und als hinge sein Leben von ihrem Lächeln ab.

Einmal gelang es ihr sogar mit Hilfe des Bischofs die beiden alten Fürsten Montague und Capulet zu einem gemeinsamen Essen auf dem neutralen Boden ihres Hauses zu bewegen. Mit jedem Schluck Wein schmolz die Feindschaft der Alten mehr zu einem peinlichen Gefühl der Verlegenheit zusammen. Mit wohlklingenden Versprechungen über die große und vor allem friedliche Zukunft ihrer beiden von nun an verbündeten Häuser entledigten sie sich der belastenden Vergangenheit. Man versprach sogar den überfälligen Frieden vor Gott und den Menschen durch den Bund einer Hochzeit offiziell zu besiegeln. Doch bereits am nächsten Tage konnte sich keiner, der Bischof eingeschlossen, an diesen diplomatischen Erfolg erinnern. Die selbstzerstörerische Fehde der beiden großen Häuser vergiftete weiter den Frieden der Stadt.

Rosalia musste sich eingestehen, dass ihre Welt ein fest in sich geschlossenes Gefüge war, dessen enge Grenzen ihrem Leben keine echten Alternativen boten. Die kleine Hinterlassenschaft Carlottas hatte ihr zwar die Augen geöffnet, aber glücklich hatte sie sie kaum gemacht. Zwar tröstete sie sich manchmal damit, den anderen, die sie so völlig bis auf ihren wenig tiefen Grund durchschaute, überlegen zu sein. Aber da sie ihr Geheimnis auch niemandem mitteilen konnte, ohne Gefahr zu laufen im Irrenhaus zu landen, versank sie tiefer und tiefer in ihrer Einsamkeit, in der sie sich wie das einzige lebendige und denkende Wesen der Welt vorkam.

Es war frustrierend, dass sie, egal was sie unternahm, nichts am Status quo verändern konnte. Oder doch? Hatte sie wirklich schon alles versucht? Ihre ganze bisherige Energie hatte sie darauf verwandt, ihre Umgebung zu beeinflussen. Aber was war mit ihr selbst? Mit ihrem eigenen Leben?

Sie musste Verona verlassen. Tagelang reifte der Gedanke an Flucht in ihr. Ihr Ziel war kein Geringeres als dies: bis zu den Grenzen ihrer Welt vorzustoßen, um sie zu überschreiten. Ein Reitausflug sollte ihr zum Vorwand dienen, die Stadt ohne größeres Aufsehen zu verlassen. Heimlich nähte sie Goldmünzen in das Futter ihrer Reitkleidung, um auf ihrer Reise ins Ungewisse Proviant und Unterkunft bezahlen zu können.

An einem strahlenden Vormittag verließ Rosalia zu Pferd den Innenhof ihres Anwesens. Mit schwerem Herzen gab sie ihrer treuen Zofe letzte Anweisungen für das Abendessen. Nur mühsam hielt sie ihre Tränen zurück, als diese ihr winkend einen letzten Gruß hinterherrief. Voller Abschiedsschmerz warf sie einen letzten Blick zurück auf ihr Zuhause, das sie mit der festen Absicht verließ, es niemals wiederzusehen. Beherrscht hielt Rosalia alle Regungen zurück. Das Risiko, ihren Plan zu verraten, wollte sie um keinen Preis eingehen. Mit leichtem Gepäck in der Satteltasche und schweren Goldreserven in ihrer Kleidung ritt sie durch das offene Stadttor.

Kaum hatte sie die Stadtmauern hinter sich gelassen, fühlte sie sich frei. Die frische Luft umspielte sie wie Samt und Seide und ihr Pferd trabte leicht dahin. Das sanfte Grün der Hügel schmeichelte ihrem städtischen Auge. Ein lauer Lufthauch trug den Duft von Thymian und Rosmarin an sie heran. Mühelos kam sie vorwärts. Der Vormittag wich der Mittagsstunde. Doch Rosalia wagte noch nicht zu rasten. Zuvor wollte sie die bekannte Umgebung hinter sich gelassen haben, um ihren Fuß erst auf völlig neues Land zu setzen. Allmählich ermüdend setzte sie ihren Ritt fort. Noch immer wechselte sich eine bekannte Aussicht mit der nächsten ab. Sie ritt und ritt und das vertraute Auf und Ab der grünen Hügel wollte einfach kein Ende nehmen. Waren sich diese Ausblicke nur alle so ähnlich oder hatte sie soeben den gleichen Punkt zum zweiten Mal passiert? Eine ungute Ahnung beschlich sie.

Der Nachmittag brach an und immer unerbittlicher trieb Rosalia ihr Pferd voran. Anstelle von Erschöpfung machte sich Panik in ihr breit. Zum dritten Mal, da war sie sich sicher, passierte sie nun schon die gleiche Stelle. Dieser Olivenbaum dort kam ihr inzwischen allzu bekannt vor. Rosalia glaubte im Muster seiner knorrigen Rinde sogar eine hämisch grinsende Fratze zu erkennen. Ritt sie im Kreis? Wütend wendete sie und galoppierte in die entgegengesetzte Richtung davon.

Die Sonne ging gerade unter als sie zum wiederholten Male auf eine ihr bekannte Wegkreuzung stieß. Laut aufheulend vor Wut ließ sie sich aus dem Sattel zu Boden gleiten. Langgestreckt, mit dem Gesicht im Gras, lag sie da und ließ ihren Tränen freien Lauf. Verzweifelt schlug sie mit ihren Fäusten auf den Boden ein. Es war ihr nicht gelungen dem Bann der Stadt zu entkommen. Lange lag sie so da, hingestreckt und hilflos. Die Kühle der Nacht brach über sie herein. Erst als ihr Pferd ungeduldig zu schnauben begann, rappelte sie sich mit steifen Gliedern auf und trat, die Zügel in der Hand, zu Fuß den Heimweg an. Sie hatte es nun nicht mehr eilig. Ohne auf den Weg zu achten, erreichte sie im Morgengrauen das Stadttor Veronas.

Völlig aufgelöst vor Sorge empfing sie ihre Dienerschaft wie die verloren geglaubte Tochter. Eifrig beseitigte man die Spuren ihres Abenteuers. Die Zofe half Rosalia aus ihrer verschmutzten Kleidung, verband ihr die blutig aufgeschürften Hände und begleitete sie in ihr Schlafzimmer.

„Es ist so gut, dass Ihr wieder hier seid, meine kleine Herrin“, flüsterte sie ihr tröstend ins Ohr, während sie die Decke, unter der Rosalia lag, glatt strich. Mit einem Satz war Rosalia aus dem Bett.

„Hinaus! Sofort!“, schrie sie außer sich vor Zorn. Erschrocken wich die Alte zurück. Noch nie hatte sie Rosalia so außer sich erlebt. Wie eine Fremde stand die junge Frau vor ihr. Ängstlich verließ die Zofe den Raum.

Erschöpft bis tief in ihr Innerstes kroch Rosalia wieder ins Bett zurück. Schlafen wollte sie, nichts als schlafen. Und vergessen.

Qualvolle Tage folgten. Natürlich konnte sie nicht vergessen. Der Gedanke an Flucht wurde, nun da sie fürchten musste, einer Illusion erlegen zu sein, zu einer besonders schmerzlichen fixen Idee. Nichts war mehr so wie zuvor. Und doch konnte es niemals anders sein. Wie ein Schatten ihrer selbst strich sie durch ihre eigene Geschichte. In ihre Erinnerung an Carlotta mischte sich nun auch Wut. Was war das für ein fragwürdiger Freundschaftsdienst, den ihr die Andere da erwiesen hatte? Fordernd richtete sie ihre innere Stimme an die Unerreichbare, das begonnene Werk an ihr fortzusetzen oder ihr doch wenigstens Hilfe zukommen zu lassen. Doch lange Zeit geschah rein gar nichts.

Erst Tage, vielleicht Wochen später – Rosalia hätte es gar nicht genau sagen können, da jeder Begriff von Zeit für sie in dieser Geschichte ohne Ausweg sowieso keine Rolle spielte – fand sie eines Abends neben sich auf der Sitzbank im Salon ein weiteres kleines Buch. Für einen Augenblick glaubte Rosalia, ihr Herz bleibe stehen. Schnell ließ sie diesen Gruß in den Falten ihres Kleides verschwinden und schloss sich in ihrem Schlafzimmer ein. Keine Sekunde zweifelte Rosalia an der Urheberschaft dieses Geschenkes. Carlotta hatte sie nicht vergessen! Irgendwo da draußen gab es jemanden, der an ihrem Schicksal Anteil nahm. Und mit diesem jemand gab es auch eine Welt, die hinter den Grenzen der ihren lag!

Hoffnungsvoll betrachtete Rosalia das kleine Buch in ihrer Hand. Also war die Grenze zwischen ihrer Welt und der da draußen nicht völlig undurchlässig. Sie durfte noch immer hoffen, eines Tages einen Ausweg zu finden.

Von nun an folgten in unregelmäßigen Abständen immer neue Buchgrüße. Anfangs war ihr das Geschriebene so fremd und verwirrend, dass sie die Bücher, nachdem sie sie aufmerksam studiert hatte, immer ratlos zur Seite legte.

Zwar fand sie in diesen Büchern keinen Weg, um ihrem Schauplatz zu entkommen, aber ihr öffnete sich der Ausblick auf eine völlig neue, unvorstellbar große weite Welt, in der sogar das Unbegreifbare seinen festen Platz hatte. Immer mehr las sie. So lernte sie sowohl fremde Orte als auch andere Zeiten kennen, denn viele dieser Bücher hatten ihren Schauplatz in der Zukunft.

Doch nun war plötzlich auf dem Ball am gestrigen Abend etwas absolut Neues eingetroffen. Etwas Unvorhersehbares. Etwas, dass sie sofort an Carlottas Besuch erinnerte und doch so völlig anders war.

Ihr war dieser Fremde begegnet. Dieser Ronaldo. Alleine die Tatsache, dass es offenbar einem weiteren Fremden gelungen war, in ihre kleine, enge Welt vorzudringen, dem ersten Fremden seit Carlotta, war bemerkenswert. Und dass dieser Fremde auf die gleiche Weise fremd war wie Carlotta, daran zweifelte Rosalia keine Sekunde.

Völlig neu war indes, dass Rosalia ihn bereits kannte. Als sie ihn erblickte, musste sie ihre ganze Beherrschung zusammennehmen, um nicht aus der Rolle zu fallen. Sie hatte ihn wiedererkannt, weil sie bereits von ihm gelesen hatte.

Befremdlich fand sie lediglich, dass er sich ein wenig wie ein Trottel benahm. Fast hätte er den Verlauf der Handlung gestört, indem er das Treffen zwischen Romeo und Julia sabotierte. Wusste er denn nicht, wo er war? War ihm etwa gar nicht bewusst, wie außergewöhnlich sein Auftauchen an diesem Ort war und dass es ratsam sein könnte, sich vorsichtig zu benehmen? Es irritierte Rosalia, dass er, der den weiten Weg von seiner zu ihrer Welt geschafft hatte, so wenig Geschick bewies. Wenn er sich einerseits daran erinnerte, sie bereits gesehen zu haben, dann sollte er andererseits doch auch spüren, dass sie als Einzige an diesem Ort seine Besonderheit durchschaute.

Was diesen Ronaldo so interessant für sie machte, war weder seine gut gebaute Statur noch sein gewinnend hübsches Gesicht oder sein melancholischer Blick. Für all diese fast schon klischeehaften Attribute eines jugendlichen Helden hatte sie kaum einen Blick.

Nein, was sie in ihm sah, war viel bedeutender. So wie sie in seine Welt gelangen konnte, indem sie von ihm las, so war er offensichtlich nun auch zu ihr gelangt. Er war der buchstäbliche Beweis für einen Durchgang, eine Verbindungstür zwischen ihren zwei Welten. Sein unerwartetes Auftauchen hatte ihre Hoffnung von Neuem entfacht, dass es einen Ausweg gab. Einen Weg, der ganz hinausführte. Hinaus über die Grenzen jeder bereits abgefassten Geschichte. Hinaus in eine Welt, in der ihr noch nichts vorgeschrieben war. Vielleicht war dieser Ronaldo auf der gleichen Suche wie sie?

Schade, dass er ihr so plötzlich entwischt war. Unbeabsichtigt hatte ihr dieser Benvolio einen dicken Strich durch die Rechnung gemacht. Von Ronaldo hätte sie bestimmt so manches erfahren können. Rosalia brannte darauf ihn wiederzusehen. Aber nun wusste sie, wo sie zu suchen hatte. Voller Ungeduld zitterten ihre Hände, als sie den ihr bereits bekannten Buchtitel aus dem Schrank in ihrer Kammer zog und noch im Stehen zu lesen begann.

9

Ron war wieder auf dem Weg in die Bibliothek. Mochte sein, dass sein Cousin es gut mit ihm meinte, aber diese herablassende Einmischung verärgerte ihn. So blöd war er nun auch nicht, als dass es ihm nicht selbst eingefallen wäre, erneut die Bibliothek aufzusuchen, um dort Nachforschungen anzustellen. Natürlich war er dankbar für die angebotene Unterstützung. Aber was bedeutete das schon? Alles, was Magus bisher geleistet hatte, war, sich entspannt zurückzulehnen und ihm zuzuhören. Wobei er sich offensichtlich königlich darüber amüsierte, sich immer neue Szenarien für Rons Geschichte auszudenken. Dabei tat er, als läge ihm Rons Suche so sehr am Herzen als sei es seine eigene. Ja, im Denken war Magus wirklich groß. Aber konnte er sich auch nur annähernd in seine, in Rons verzweifelte Lage versetzen? Wer von ihnen beiden war hier denn der Verliebte?

So sympathisch ihm Magus trotz allem noch immer war, so sehr er einen Freund wie ihn schätzte und brauchte, so sehr er sich ihm auf brüderliche Art verbunden fühlte – er spürte instinktiv, dass in Magus' Hang ihn zu bevormunden, in seiner Distanzlosigkeit, genau der Graben lag, der sie beide voneinander trennte. Je mehr Magus seiner Verbundenheit Ausdruck verlieh und Rons Abenteuer zu einem gemeinsamen Erlebnis heraufbeschwor, desto mehr kam es Ron so vor, als verzerre Magus dabei die Realität nach eigenem Gutdünken und drücke Rons Geschichte in Wahrheit nur seinen eigenen Stempel auf. Früher oder später würde er sich Magus' Einfluss entziehen müssen. Doch noch brauchte er ihn. So sah er großzügig über Magus' besserwisserische Art hinweg und ließ ihn im Glauben, die vorzügliche Idee, in die Bibliothek zurückzukehren, sei allein seinem brillanten Geist entsprungen.

Das kleine Buch in seiner Manteltasche hüpfte mit jedem festen Schritt, den er auf das graue Pflaster setzte, aufgeregt auf und ab. Beruhigend legte er seine Hand auf den vorderen Umschlag und tätschelte es zerstreut. Es war Freitagnachmittag und bereits am Tumult in der Eingangshalle erkannte Ron, dass es heute voller und lauter sein würde als bei seinem ersten Besuch. Mit Glück ergatterte er ein freies Fach, um seinen Mantel einzuschließen. Zunächst einmal wollte er das entliehene Buch zurückgeben. Dabei konnte er vielleicht nach seiner Fremden Ausschau halten. Einen besseren Plan hatte er nicht. Er musste einfach darauf vertrauten, im richtigen Moment improvisieren zu können.

„Schon zurück, Herr Hiker?“

Es war die gleiche junge Bibliothekarin, die ihm auch den Ausleihausweis ausgestellt hatte. Ihr forscher Blick machte ihn verlegen.

„Oder haben Sie es am Ende gar nicht gelesen?“ Ihr vorwurfsvoller Tonfall ließ keinen Zweifel daran, dass ihr diese Tatsache wie ein unverzeihlicher Frevel erschienen wäre.

„Nein, nein. Im Gegenteil“, beeilte sich Ron zu seiner Verteidigung vorzubringen. „Ich habe es so ausführlich gelesen, wie kein anderes Buch in meinem Leben zuvor.“

„Na dann.“ Wohlwollend nickend nahm sie ihm das Buch aus der Hand, registrierte die ordnungsgemäße Rückgabe mit ihrem Scanner und stellte es in ein Regal hinter sich.

Ratlos blieb Ron vor ihr stehen. Ob ihm diese Fremde einen Hinweis zu seiner weiteren Suche geben konnte? Vielleicht wusste sie, was in solchen Fällen zu tun war? Sie hatte beim letzten Mal so verschwörerisch geblinzelt, erinnerte sich Ron. Vielleicht ereigneten sich solche Situationen sogar häufiger als man dachte.

„Gibt es noch etwas?“ Nur schlecht verbarg sie ein Schmunzeln.

Sie musste ihn wirklich für einen Trottel halten, dachte Ron. Aber immerhin schien sie eine gewisse Sympathie für ihn zu hegen.

„Herr Hiker“, gab sie mit gespielter Strenge zu bedenken. „Sie halten den ganzen Betrieb auf.“

„Ach so. ’tschuldigung“, räusperte sich Ron schüchtern. Umständlich kramte er seinen Bibliotheksausweis hervor. „Meinen Sie, ich könnte mir ein weiteres Buch mitnehmen?“

„Vielleicht haben Sie es noch nicht bemerkt. Aber wir sind hier in einer Bibliothek. Die Bücher hier sind genau dazu da.“

„Würden Sie mir eines empfehlen?“, flüsterte Ron, einer plötzlichen Eingebung folgend. Die Bibliothekarin schwieg für den Bruchteil einer Sekunde, als überlegte sie.

„Da Sie so nett fragen“, lächelte sie ihn an, „sehr gerne. Immerhin bin auch ich genau dazu da.“

Wie aus dem Nichts holte sie unter ihrer Theke einen hell gebundenen Band hervor und zog ihn über ihren Scanner.

„Versuchen Sie es damit.“

Fragend sah Ron auf den ihm unbekannten Titel: *Eugen Onegin* von Alexander Puschkin.

„Sind Sie sich sicher?“ Nur zögernd griff er nach dem Buch.

Die junge Bibliothekarin nickte bestimmt.

„So sicher, wie ich hier stehe, Herr Hiker. Genauso sicher. Bis bald.“

Ohne noch einmal aufzublicken, verabschiedete sich Ron mit einem Nicken, holte seinen Mantel aus dem Schließfach und räumte gedankenverloren das Feld.

Hatte ihn sein Gang in die Bibliothek weitergebracht? Er konnte es nicht sagen. Mit neuen Fragen anstelle von Antworten machte er sich auf den Heimweg. Und seltsamerweise bewegte ihn in diesem Moment vor allem die eine Frage: Wie würde Magus seine Buchauswahl beurteilen?

Teil II: In der Nähe von Sankt Petersburg

1

Begleitet vom Schellen der Glöckchen glitt der Schlitten im fröhlichen Trab über die weite weiße Ebene. Heiteres Peitschenknallen feuerte den kraftvollen Takt der Hufe an. Nur das Schnaufen der dampfenden Nüstern und das muntere Schnalzen des breitrückigen Kutschers erinnerte Ron daran, dass er nicht das einzige lebendige Wesen in dieser winterlichen Kulisse war. In der klirrend kalten und blauen Luft hing die Sonne wie ein blasser orangefarbener Lampion. Zu einem unförmigen Paket verpackt in Mantel, Mütze, Schal und eingehüllt in unzählige pelzgesteppte Decken ließ er die flache, mit wenigen Birkenforsten durchsetzte Landschaft an sich vorüberziehen. Alle Farben und Formen waren unter der weißen Schneedecke verschwunden. Verborgen alle Grenzen zwischen kultiviertem Land und wilder, offener Steppe. Versteckt die Spuren menschlicher Wege. Unbeschriebenes weißes Neuland tat sich vor ihm auf.

Sein Gesicht brannte im eisigen Fahrtwind. Die beißende Kälte hielt seinen Verstand wach. Wie der glitzernd aufgeworfene Pulverschnee wirbelten seine Erinnerungen umher. Das gleichförmige Dahingleiten des Schlittens ermüdete seine Sinne. Träge ließ er sich in seine Kissen zurücksinken. Was war nicht alles passiert in den letzten Wochen? Gegen den Schlaf ankämpfend rekapitulierte Ron die wichtigsten Etappen seines bisherigen Russlandabenteuers.

Noch sehr genau erinnerte er sich an sein Befremden, als er von der Bibliothek zurückgekommen war, in der Tasche ein Buch, von dem er zuvor noch nie etwas gehört hatte. Ausgerechnet dieser ihm völlig unbekannte Titel sollte ihm weiterhelfen, einen Weg zu Rosalia zu finden? Ratlos war er Magus gegenübergetreten. Überschwänglich hatte dieser ihn beglückwünscht und sofort von den Vorzügen des russischen Autors Puschkin zu schwärmen begonnen, in dessen Hände er sich gefahrlos begeben könnte. Dass ihm die Romanfigur des Eugen Onegin wie angegossen passen würde, hatte Magus prognostiziert. Eine Identität wie eine zweite Haut. Wie geschaffen für ihn und seine Suche.

Dann der letzte gemeinsam mit Magus verbrachte Abend. Sein Cousin hatte verkündet, die nächste Etappe von Rons Lektüre solle feierlich eingeleitet werden. Einen besonders ausgefallenen Rahmen dazu hatte er ebenfalls ausfindig gemacht. Ein Taxi brachte sie zu einem russischen Restaurant, einer weit abgelegenen, windschiefen Hütte, die wie das Haus der Baba Jaga mitten im Wald lag.

Ähnlich märchenhaft klangen auch die Angebote auf der Speisekarte, die die Illusion, sich an einem weit entfernten Ort zu befinden, noch verstärkten. Magus, der gewillt war, kein einziges Klischee auszulassen, hatte alles bestellt, was die Küche hergab: Kaviar und eingelegte saure Gurken, Borschtsch, mit Fisch und Fleisch gefüllte Piroggen, Heringssalat, Krautrouladen, Pfannkuchen und noch vieles mehr. Dass sie dazu einen Wodka nach dem nächsten leerten, verstand sich ebenfalls von selbst.

Der *Eugen Onegin*, meinte Magus irgendwann satt und schon leicht betrunken, sei ein wahrer Glücksgriff für Ron, was er sicher sehr bald merken würde. Rons Augenbrauen formten ein vages Fragezeichen.

In gewisser Weise seien Ron und Eugen Seelenverwandte, dozierte Magus weiter und es würde ihm, also Ron, bestimmt leicht fallen in die Rolle des Titelhelden zu schlüpfen. Denn nur auf diese Weise könne er direkten Einfluss nehmen und die Suche nach seiner schönen Unbekannten erfolgreicher als bisher fortsetzten.

„In die Rolle des Titelhelden schlüpfen?“, lallte Ron, selbst nicht mehr ganz nüchtern, und verschluckte sich prustend am „Aber“, mit dem er seinen Einwand einleiten wollte.

„Ganz richtig“, bestätigte ihn Magus zufrieden und goss ihm großzügig aus der bereitgestellten Wodkaflasche nach.

„Das ist nur logisch. In *Romeo und Julia* warst du nur ein unbeteiligter Zuschauer. Kein Wunder, dass du so leicht aus der Geschichte gerutscht bist. Aber hier kannst du selbst eine wichtige Rolle spielen.“

„Schön und gut“, gab Ron zu bedenken, „nur dass ich Puschkins Buch überhaupt nicht kenne.“

Magus strahlte.

„Wunderbar! Dann kannst du dich einfach durch die Geschichte treiben lassen. Ich bin sicher, der gute Alexander Sergejewitsch wird dich da schon durchlotsen. Ein Autor lässt seinen Helden doch nicht im Stich.“

Äußerst jovial klopfte er Ron auf die Schulter.

„Na ja“, grübelte Ron, noch immer nicht völlig überzeugt, da ihm einfiel, was literarischen Helden üblicherweise so alles passieren konnte. Immerhin fand auch Romeo kein wirklich beneidenswertes Ende.

„Sei völlig unbesorgt. Eugen Onegin kommt praktisch unversehrt aus der Geschichte raus. Absolut kein Schaden an Körper und Gesundheit. Außerdem musst du ja auch nicht bis zum Ende dabei bleiben. Es geht doch nur darum, diese Frau wiederzufinden!“

„Und mit ihr zu sprechen. Und sie davon zu überzeugen, sich mit mir auch außerhalb der Geschichte treffen zu wollen!“

„Und alles Weitere werden wir dann schon meistern. Ein Schritt nach dem anderen. Na sdorowje!“ Magus hob sein Glas, als sei nun alles geklärt. Ron stimmte nachdenklich in den Trinkspruch mit ein und trank ergeben seinen Wodka.

Irgendwie hatte ihn sein Cousin in dieser Nacht mit dem Taxi wieder zurück in seine Wohnung verfrachtet, wo er dann auch sofort begonnen hatte, Puschkins Buch zu lesen. Ob es am Wodka lag, an Magus’ Überredungskunst oder an Rons eigener Bereitschaft und Neugier, sich auf das neue Kapitel seines Abenteuers einzulassen, konnte er selbst nicht mit Bestimmtheit sagen, aber der Zauber des Buches hatte ihn wie ein Blitz getroffen. Kaum zu glauben, wie recht Magus im Hinblick auf die Identität des Eugen Onegin behalten sollte. Schon kurze Zeit später konnte er sich kaum mehr vorstellen, in einem Buch je einer authentischeren Existenz begegnet zu sein. Die Biographie des Romanhelden, in dessen Haut Ron fast ohne zu zögern schlüpfte, war zu einem untrennbaren Gespinst mit seiner eigenen Vergangenheit verknäult. Schnell war Ron so tief in die Welt dieses russischen Romans versunken, dass er sich seiner ursprünglichen Welt nicht mehr stärker als einer fernen Fiktion gewahr wurde. Hatte Magus recht gehabt, was die Seelenverwandtschaft zwischen Ron und Eugen Onegin anging?

Gleich zu Beginn seiner Lektüre hatte man ihn zu einem sterbenden Onkel gerufen, der nun, da er die Identität Eugen Onegins angenommen hatte, sein Onkel war. Doch weder als Ron noch als Eugen empfand er echtes Mitgefühl oder gar Trauer um den Todgeweihten. Eher war der verpflichtende Besuch eine lästige Unterbrechung, die ihn von wichtigeren Dingen abzuhalten schien.

„Wenn nur, o Gott, die Qual nicht wäre, dass man nicht loskommt Tag und Nacht von unbequemer Krankenwacht!“, dachte Ron und war sonderbar peinlich berührt von der Tatsache, wie wenig unangenehm ihm sein Mangel an wahrer Anteilnahme wirklich war und wie sehr er sich insgeheim wünschte, der Onkel möge schnell sterben.

Völlig auf sich gestellt, in einer ihm absolut unbekannten Umgebung, ohne jede Ahnung, was von ihm erwartet wurde, fühlte er sich dennoch erstaunlich wohl. Sein distanziertes Betrachten und Abwarten war doch nichts anderes als eine neue Form der Freiheit. Er genoss diese völlige Unabhängigkeit von den Gesetzen und Bürden seines bisherigen Alltags. Hatte er sich denn nicht erst vor kurzem einen neuen Job und einen neuen Wohnort gesucht, um genau diesen Ausgangspunkt der Unabhängigkeit zu erreichen? Hier fand er eine Freiheit vor sich ausgebreitet, die ihn erfrischte wie der Inhalt eines noch nicht geschriebenen Buches.

Erstmals gelang es ihm ohne Selbstmitleid und kummervolle Vorwürfe sein bisheriges Leben zu betrachten. Bis dahin war sich Ron sicher gewesen, die denkbar unglücklichste Kindheit aller Kindheiten erlebt zu haben. Die Ehe seiner Eltern war von Anfang an zum Scheitern verurteilt gewesen. Sein Vater, ein junger amerikanischer Offizier, hatte sich während eines kurzen Aufenthalts in Deutschland auf ein Techtelmechtel mit Rons Mutter eingelassen. Wäre sie nicht schwanger geworden, hätten sie unbeschadet als Freunde auseinandergehen können. So aber fühlten sie sich unnötigerweise dazu verpflichtet, ihre beiden Biographien durch ein Eheversprechen miteinander zu verbinden.

Kurz nach Rons Geburt verabschiedete sich das junge Paar von seiner deutschen Verwandtschaft und zog in die USA. Jedoch nur um von dort erneut aufzubrechen, denn die diplomatische Karriere seines Vaters zwang die kleine Familie fortan fast jährlich dazu, in ein weiteres neues Land überzusiedeln.

Nachdem der Reiz des Abenteuers verblasst war, der jedem neuen Leben anhaftet, bevor es zur Routine wird, erkannte Rons Mutter das tragische Ausmaß ihres Fehlers, den sie mit ihrem Jawort besiegelt hatte. Nur war sie zu jung und zu unerfahren und ein wenig zu bequem, um aus dieser Erkenntnis eine womöglich unbequeme Konsequenz zu ziehen.

Rons Vater dagegen akzeptierte keine Irrtümer. Sie passten nicht in sein Weltbild. Er liebte vor allem sein Vaterland, seinen Beruf, seine Ehre, seinen Sohn und vielleicht auch die Mutter seines Sohnes, in etwa genau dieser Reihenfolge. Platz für persönliche Spekulationen und intime Zweifel gab es bei ihm nicht. In seine Arbeit setzte er den Großteil seiner Kraft. Den Rest seiner überschüssigen Energie ließ er in seine sportlichen Aktivitäten fließen, die er einsam und eisern wie eine selbstauferlegte Buße betrieb. So war er in seinen raren privaten Momenten meist zu müde und zu erschöpft für jedwede Diskussion. Seiner Frau gegenüber verhielt er sich passiv und das bodenlose Schweigen in seiner Ehe deutete er fälschlicherweise als ein Zeichen stummen Einvernehmens.

Zu Anfang litt Rons Mutter und litt noch mehr, da sie bei ihrem Mann keine Anzeichen eines Leidens ausmachen konnte. Sogar diese letzte Gemeinsamkeit versagte er ihr. Doch war diese Wut das letzte ehrliche Gefühl, das sie für ihren Gatten empfand. Als diese Wut schließlich erlosch, erlosch mit ihr auch das Interesse an allem, was mit ihm zusammenhing. Zwar erfüllte Rons Mutter penibel ihre familiären Pflichten, aber ihre Bestätigung suchte sie außerhalb der Familie. So wuchs Ron in der Obhut ständig wechselnder Kindermädchen und Erzieher auf, die er häufiger zu Gesicht bekam als seine eigenen Eltern. Geborgenheit kannte er zwar kaum, aber an materiellen oder geistigen Gütern mangelte es ihm nie. Er lernte schnell und gerne und wurde zu einem frühreifen und aufsässigen Kind, das man aus Bequemlichkeit schon früh sich selbst überließ.

Jedes neue Maß an Unabhängigkeit, das sich ein Heranwachsender erst mühsam erwerben muss, fiel Ron wie von selbst zu. Jahr für Jahr übertrat er die wichtigsten Grenzen des Erwachsenwerdens vor seiner Zeit und als er schließlich in der ersehnten Erwachsenenwelt angekommen war, blickte er desillusioniert auf eine langweilige Öde, die ihm nun keine nennenswerten Überraschungen mehr bieten konnte.

Durch die vielen Aufenthalte im Ausland, die meist abwesenden Eltern, die ständig wechselnden Lehrer und Altersgenossen war er, egal wohin er auch kam, immer ein Fremder unter Fremden gewesen. Verloren ohne den Kompass einer treuen Freundschaft oder beständigen Liebe, immer genötigt sich in einer neuen Umgebung zu orientieren, blieb er ein Suchender ohne echten Fixpunkt.

Seinem Entschluss in Deutschland, in der Heimatstadt seiner Mutter, Fuß zu fassen, hatte die Sehnsucht zu Grunde gelegen, endlich zur Ruhe zu kommen.

Nun hatte die Begegnung mit Rosalia alle seine sorgfältig vorbereiteten Pläne schlagartig über den Haufen geworfen. Das Leben selbst hatte ihm ein neues rätselhaftes Kapitel aufgeschlagen. Und das erste Mal in seinem Leben trieb Ron eine echte, tief in seinem Herzen empfundene Motivation zu seinem Ziel. Unverhofft stand er inmitten des größten Abenteuers seines Lebens. Kopflos hatte er sich darin verrannt, verstrickt, ja sogar verloren. Und nun war er sogar gestrandet. War in die Abgeschiedenheit eines fernen russischen Romans getrieben worden, ohne eine Vorstellung davon zu haben, welche Rolle er darin zu spielen hatte.

Vielleicht hatte Magus recht gehabt, als er sagte, er sollte sich einfach dem Fluss der Geschichte ergeben. Alles Weitere würde sich finden. Ja, er war angekommen an einem Punkt, an dem er die Handlung einfach geschehen lassen wollte. Etwas anderes blieb ihm sowieso nicht zu tun. In diesem Sinne passte dieser Eugen Onegin hervorragend zu ihm. Auch Onegin hatte die Tatenlosigkeit zu seiner Maxime erhoben. Wie Ron hatte auch Onegin eine bewegte Biographie vorzuweisen. Wie Ron war auch Onegin auf der Flucht vor dem Überdruss seines bisherigen Lebens und suchte nach einem neuen Anfang. Die Abkehr von den ermüdenden und vergeblichen Turbulenzen des Alltags erschien beiden als ein willkommener Ausweg. Die ausgesuchte Abgeschiedenheit der Romanhandlung beschenkte Ron wie Eugen Onegin mit dem idealen Ort der ersehnten Ruhe und inneren Einkehr.

Der dramaturgisch notwenige Tod des Onkels hatte Ron in der Gestalt Onegins zum Erben erheblicher finanzieller Mittel und eines abgelegenen Landgutes gemacht. Den kurzweiligen Angeboten der Petersburger Großstadt schenkte er daher nur oberflächlich seine Aufmerksamkeit und kehrte ihnen schnell den Rücken. Hier stand ihm eine perfekte ländliche Idylle zur Verfügung. Alleine, nur von einem Dutzend Bediensteter umgeben, vergaß er fast den Grund seiner seltsamen, zum Stillstand geratenen Reise. Die Zeit selbst ignorierte diesen Ort schon seit langem. Veränderungen von außen hatten ihn seit Generationen nicht mehr berührt. Ron tauchte ab in das stille Wasser des Müßiggangs, dessen ruhige Strömung seine Sinne angenehm besänftigte. Nie spürte er die Nähe der Gefahr, in die er sich dabei begab.

Die Versuchung umschmeichelte ihn so heimlich und zutraulich, dass er ihrer gar nicht gewahr wurde. Dies war ein Ort, an dem man leicht der Vergesslichkeit und dem Vergessen selbst anheim fallen konnte. Wie war sein Name? Ron? Wie nannten ihn die Leute? Onegin? War es ihm vielleicht möglich als Onegin fortzusetzen, was dieser Ron, den hier sowieso keiner kannte, begonnen hatte? Wer würde den Unterschied schon bemerken, wenn er ihn bereits selbst kaum noch spürte? Seine eigenen Konturen verschwammen immer stärker mit denen Onegins. Gleichgültig verfolgte er im Spiegel, wie sich sein Abbild von Mal zu Mal dem Antlitz des anderen anglich. Bereitwillig tauchte er hinab in die Hülle einer fremden Existenz, die eine fremde Phantasie geschaffen hatte. Ohne Bedauern war er bereit, sich selbst zu verlieren.

Doch Ron irrte, wenn er sich bereits am Ende der Geschichte wähnte. Heimlich wachte sein Autor über ihn und dirigierte geschickt die Wendungen seines Schicksals. Wladimir Lenskij betrat die Szene, indem er sich als neu zugezogener Gutsherr auf dem benachbarten Landsitz einrichtete.

Der Unterschied zwischen den beiden Männern hätte nicht größer sein können, die Grundlage ihrer Freundschaft nicht idealer. Nichts verband sie, was ihrer Zuneigung im Wege stehen konnte. Ein lebensbejahender Schwärmer und unverbrauchter Idealist der eine, ein ernüchterter Schweiger und müder Skeptiker der andere. Beide galten in der alteingesessenen Gutsherrennachbarschaft als Sonderlinge.

Dem extrovertierten Lenskij schien es daher als das Natürlichste der Welt, im einzig anwesenden männlichen Altersgenossen seines Standes einen Freund zu sehen. So viel unerschütterlich-naiver Glauben und kindliche Liebestreue ließen Ron keine Wahl. Klug und besonnen nahm er Lenskijs Freundschaft als das an, was sie war: als ein Geschenk, das nur ein Narr zurückgewiesen hätte. Wladimir Lenskij war die perfekte Ergänzung all dessen, was sowohl Ron als auch Onegin fehlte.

Zusammen ritten sie aus, gingen auf die Jagd, durchstreiften das Land, tranken abends Cognac vor dem Kamin, tauschten Bücher aus ihren Bibliotheken und Anekdoten aus ihren Leben. Unvoreingenommen und ehrlich stritten sie oft und immer heftig und fühlten sich dadurch beide frei genug, einander umso mehr zu schätzen und zu mögen.

Nicht lange zögerte Wladimir Lenskij damit, dem Freund sein bewegendstes Geheimnis anzuvertrauen. Er war verliebt und so gut wie verlobt und nun, da er sich auf dem Landsitz seiner Vorväter niedergelassen hatte, stand der zarten Fortsetzung seiner Werbung um die Nachbarstochter Olga Larina nichts mehr im Wege.

Ron kam nicht umhin, über dieses schüchtern vorgebrachte Geständnis amüsiert zu sein. Verliebtheit in dieser ausgeprägten Form hatte etwas unterhaltsam Pathologisches. Zwar waren Geisteskrankheiten nachweisbar nicht ansteckend, aber ihre Auswirkungen auf die Umwelt waren dennoch deutlich spürbar. Immerhin erklärten sich für Ron nun einige Absonderlichkeiten des Freundes, sein plötzliches Abgelenktsein in manchen Momenten, seine schwärmerische, fast rührselige Ader, seine kreativen Ausbrüche – Lenskij hielt sich für einen Dichter! Sollte er nur seine Erfahrungen machen. Dummheiten ließen sich bekanntermaßen sowieso nie durch gute Ratschläge abwenden. Er gönnte ihm seine Verliebtheit, wünschte ihm neidlos Glück und war erleichtert im Windschatten solcher Leidenschaften von ähnlichen Torheiten verschont zu bleiben. Nein, mit der Liebe wollte er nichts zu tun haben.

Er war glücklich, so wie die Umstände um ihn herum waren. So viel unkomplizierte Gelassenheit war ihm noch nie widerfahren. Würde man von ihm erwarten seine sicher überschaubare Rolle in dieser Geschichte aufzugeben (Ron erinnerte sich kaum noch daran, dass es dazu einen Grund geben könnte), dann würde er sich mit der ganzen Schwere seiner Passivität dagegenstemmen.

Seit Lenskij ihm den Grund seiner Herzensunruhe gestanden hatte, war dessen Umtriebigkeit nicht mehr zu bremsen. Da er es für seine brüderliche Pflicht hielt, den einsamen Freund gerade jetzt nicht zu vernachlässigen und ihn am Rausch seines Glückes teilhaben zu lassen, gab er sich die größte Mühe, ihn noch ausführlicher als bisher über alles zu informieren. Wie eine aufdringliche Wolke aus Parfüm waberte seine Verliebtheit vor ihm her, hinterließ überall klebrig hingetropfte Spuren seiner Mitteilsamkeit, über die Ron nur mit gespielter Nachsicht hinwegsehen konnte. Hektisch hin- und hergerissen zwischen seinem Wunsch bei Olga zu sein und gleichzeitig den Freund dabei nicht zu kurz kommen zu lassen, war er ständig auf dem Sprung.

„Schon fort? Ein Kreuz mit euch Poeten!“, beschwerte sich Ron, als Lenskij, der soeben erst in seinem Kaminzimmer Platz genommen hatte, auch schon wieder aufsprang, um sich zu verabschieden. Sie hatten gerade erst ein paar flüchtige Begrüßungsformeln getauscht und Ron, der insgeheim gehofft hatte, den Freund für ein belebendes Streitgespräch und ein gemeinsames Abendessen gewinnen zu können, kam noch nicht einmal dazu, seine Einladung auszusprechen.

„Leb wohl, Onegin, höchste Zeit." Lenskij überprüfte rasch den Sitz seiner modisch geschnittenen Weste. Draußen im Hof wartete abfahrbereit seine Equipage.

„Schön, schön, du sollst dich nicht verspäten. Doch wohin eilst du? Gib Bescheid", gab sich Ron interessiert, obwohl er die Antwort bereits ahnte.

„Zu Larins."

„Hm ... Gesteh mal ehrlich: Ist's auf die Dauer nicht beschwerlich, dies Hocken in Familie, sprich?"

Lenskij kam nicht umhin, über das besorgt skeptische Gesicht seines eigenbrötlerischen Freundes zu lachen. Wie sollte er ihm nur begreiflich machen, was für ein Glück seine Olga für ihn war. Wie wenig Abwechslung nötig war, wenn man mit der Liebe seines Lebens zusammen sein konnte. Wie erträglich ihm die Fürsorge ihrer etwas anstrengenden aber wohlmeinenden Mutter wurde, da sie hinter dem Bild Olgas an Bedeutung verlor. Ron, der voraussah, sein Freund könne zu einer Ode über das Glück der Liebe anheben, erstickte dessen aufwallende Erregung im Keime.

„Himmelst du schon wieder? Freund bitte keine Schäferlieder! Du fährst nun, schade. Noch ein Wort: Hör Lenskij, könnt ich wohl mal dort die Phyllis sehn, die all dein Dichten beherrscht, die selbst im Traum dir nah, in Vers und Lied et cetera? Stell mich doch vor."

„Du scherzt."

„Mitnichten!"

„Dann gern."

„Wann also?"

„Gleich, steig ein. Wir werden sehr willkommen sein."

Wer von den beiden überraschter war, als sie kurz darauf nebeneinander die Equipage teilten, ließ sich kaum sagen. Fröhlich und ausgelassen wie schon lange nicht mehr fühlten sich beide. Ron, den auf einmal eine spitzbübische Lust gepackt hatte, dem Freund einen gelungenen Streich zu spielen, fand sich plötzlich in seiner eigenen heimlichen Neugier verstrickt. Nun würde er jene Olga kennenlernen, von der er schon so viel gehört hatte, dass er sie bereits zu kennen glaubte. Wenn er großzügig die Übertreibungen des verliebten Lenskij abzog, blieb immerhin noch ein nettes Ding übrig. Leidlich hübsch mit höflichen Manieren. Ein wenig einfältig durch den beschränkten Horizont ihrer buchstäblich ländlichen Existenz und überholten Epoche. Eine Abwechslung in seinem allmählich zur Routine gewordenen Alltag würde dieser spontane Ausflug auf jeden Fall sein.

2

Warten. Warten. Warten. Hatte ihn etwas aufgehalten? Worauf wartete er bloß? Aber vielleicht wartete er gar nicht. Vielleicht war nur sie es, die wartete. Er, der gar nicht wusste, dass er erwartet wurde, ließ sich einfach nur Zeit. Und Zeit, davon gab es hier buchstäblich unendlich viel. Eine ungelesene Wüste aus Zeit. Zeit in jeder Richtung.

Ob Ron die Umstände genoss, die er hier vorfand? Aus eigener Anschauung wusste Rosalia, dass auch die Ereignislosigkeit ihren Reiz hatte. Erlag er vielleicht in diesem Moment der Versuchung in diese zeitlose Kulisse abzusinken? Ironie des Schicksals, da sie gerade versuchte, einem festgesteckten Rahmen wie diesem zu entkommen.

Man müsste ihn warnen. Doch konnte sie das nur, wenn sie wieder aufeinander trafen. Und solange er sich nicht auf sie zu bewegte, waren ihr durch den festgeschriebenen Lauf der Ereignisse wortwörtlich die Möglichkeiten entzogen, selbst aktiv zu werden. Sie musste abwarten und das Beste daraus machen.

Immerhin konnte sie sich jetzt sicher sein, dass er noch immer nicht Bescheid wusste. Er war wohl noch genauso ahnungslos wie bei ihrer letzten Begegnung auf dem Ball im Hause Capulets. Aber diesmal würde es klappen. Mit der nächsten Begegnung schon würde er klarer sehen. Nur wie sollte sie bis dahin ihre wachsende Ungeduld bezwingen?

Wenigstens war ihr Wladimir Lenskij ein netter Trost. So leidenschaftlich und so zartfühlend zugleich war sie bereits lange nicht mehr umschwärmt worden. Zurückhaltend, liebenswert und niemals fordernd legte er ihr jeden Tag einen neuen Beweis seiner ritterlichen Treue zu Füßen. Seine dichterischen Versuche waren im Vergleich zu denen Shakespeares zwar ein wenig plump, aber seine kindliche Unbeholfenheit errang ihr warmherziges Mitgefühl mühelos. Gerührt verzieh sie ihm jede Unzulänglichkeit, spätestens dann, wenn er sie wieder sehnsuchtsvoll schmachtend „meine Olga" nannte.

Der fremde Name war der schwierigste Teil ihrer Rolle. Der Rest forderte von ihr kaum Verstellung. Sie war ohnehin geübt darin, der Versuchung zu widerstehen, über Dinge zu sprechen, die sie nicht wissen konnte. Abgesehen davon bestand bei den anwesenden Statisten kaum Gefahr verstanden bzw. missverstanden zu werden.

Der Wechsel hinüber in diese andere Welt war Rosalia leicht gefallen. Die Romanhandlung des *Eugen Onegin* war ihr, Charlotte sei Dank, durch gründliche Lektüre bestens vertraut und nun, da sie sich sicher sein durfte, Ron genau hier zwischen diesen Zeilen erneut zu begegnen, folgte sie den Regieanweisungen, die sie lenkten, mit freiem Herzen. Die Rolle der Olga passte ihr zwar nicht ganz so recht, aber unter dem gegebenen Repertoire an Protagonisten war ihr Olga die angenehmste Alternative.

Die übrige Besetzung war leidlich langweilig. Die Mutter etwas zu anstrengend in ihrer Einfalt und leider ohne eine Spur von Witz.

Als völlig enttäuschend empfand Rosalia die hochgerühmte Tatjana, die Titelheldin, die Olgas Schwester war. Langweilig, ohne Talent zur Lebensfreude, melancholisch, schweigsam, unsicher in ihren Umgangsformen, schnell errötend, unerträglich sanft und ohne Temperament. Rosalia konnte keinen nennenswerten Unterhaltungswert an ihr ausmachen.

Aber in das Muster der großen Liebenden mochte diese Tatjana wohl schon passen. Mitleidsvoll erinnerte sich Rosalia an die kleine Julia Capulet. Oh ja, Tatjana und Julia, diese beide waren wie zwei Scherenschnitte ein und derselben Person. Eindimensional. Ohne eigenes Profil. Schatten einer idealisierten Leidenschaft. Hatten diese zarten Pflänzchen erst einmal die Witterung des Verliebtseins aufgenommen, entzogen sie ihr, einer Wüstenpflanze gleich, die nur einmal im Leben ein paar Tropfen Regen empfängt, alle Energie, um in verführerischster Üppigkeit betörende Blüten hervorzutreiben. Nach Liebe dürstend kletteten sie sich dann an das Objekt ihrer fatalen Begierde, wuchsen rasch zu tragischer Größe empor, um kurz darauf ihrem unglücklichen und meist unfruchtbaren Ende entgegen zu welken. Ihr Auftritt war dabei meist so spektakulär, dass man sich an sie später nur noch in Verbindung mit dieser einen entscheidenden Phase erinnerte und man in ihnen fälschlicherweise immer nur das leidenschaftliche und schöne Geschöpf sah, das sie dabei ausnahmsweise dargestellt hatten, ohne zu bemerken, dass sie die meiste Zeit ihres Lebens ein völlig unscheinbares uninteressantes, langweiliges Schattendasein geführt hatten, das keinem Autor auch nur die Tinte einer Fußzeile wert gewesen war.

Nein, so wollte Rosalia weder sein noch enden. Eine derart zwanghafte Liebe war ihr ein Gräuel. Ihre Idee von Liebe war ein Bild der Freiheit, war ein Weg zu einem erfüllteren Leben. Ein Vordringen in eine neue Welt. Die Liebe, die sie bei Julia oder Tatjana gesehen hatte, hieß Zwang, Verzicht, machte das Leben zum Gefängnis oder führte gar zum unseligen Tod.

Zum Glück war sie hier nur ein Gast, dieser Roman nur eine Zwischenstation. Sie war auf Durchreise mit völlig eigenen Zielen. Als Rosalia hatte sie sich ganz zurückzunehmen. Viel zu gefährlich wäre es gewesen, die vorgeschriebene Handlung zu beeinflussen. Nur so wie die Dinge jetzt lagen, konnte sie sicher sein, dass sie Ron wiedersehen würde. Also hieß es abwarten. Sich in Geduld zu üben. Zeit spielte sowieso keine Rolle. Und als Mittel gegen ihre Langeweile reichte vorerst noch Wladimir Lenskij aus. Zum Glück hatte sie ihn für heute Nachmittag zum Tee bestellt. Er hatte immer so putzige Einfälle, die sie zum Lachen brachten. Und bei allem hing er so aufmerksam an ihren Lippen, dass er sicher mühelos dazu zu bewegen war, ihr ihren Wunsch nach einem heiteren Tanzabend von den Augen abzulesen und der Mutter als seinen eigenen Vorschlag zu präsentieren. Ihm würde Frau Larina nichts abschlagen können. Die Witwe war viel zu vernarrt in den schmucken, galanten Verehrer ihrer jüngsten Tochter. Der Ball würde bereits fest beschlossen sein, sobald er nur die Andeutung eines Vorschlages dazu gemacht hatte. Allein die Planung und Gestaltung eines solchen Abends konnte eine Menge Abwechslung bringen. Vielleicht zeigten sich an einem solchen Abend auch noch ein paar interessante neue Figuren.

Etwas besänftigt kehrte sie ihrem Ausblick am Fenster den Rücken und nahm vor ihrer Frisierkommode Platz. Dann würde sie sich eben noch ein wenig hübsch machen, bevor er kam.

Das Hufgeklapper trabender Pferde verriet Lenskijs Ankunft und rief Rosalia erneut ans Fenster. Mehr Stimmen als sonst mischten sich unter die der ihn begrüßenden Dienerschaft. Lenskij hatte jemanden mitgebracht. Groß und dunkel stand der Fremde im Hof. Elegant und distanziert betrachtete er das aufgeregte Treiben, ein kaum sichtbares, leicht spöttisches Schmunzeln umspielte seinen schmalen Mund. Mit gelassenem Wohlgefallen ruhte sein dunkler Blick auf der ländlichen Szenerie.

Rosalia blieb die Luft weg. Endlich war es soweit. Er war angekommen! Und sein Auftritt als Eugen Onegin war so perfekt, dass sie allen Grund gehabt hätte in ihm nur die seelenlose Romanfigur zu sehen, die er darstellte. Doch es bestand kein Zweifel. Keine noch so perfekte Verkleidung hätte ihr je sein wahres Wesen verbergen können. Kaum hatte er die Szene betreten, da spürte sie auch schon wieder die unbändige Energie in sich, die sie bis hierher getrieben hatte. Das Blut in ihren Adern pochte vor Lebenslust. Bewundernd folgte sie jeder seiner Bewegungen. Selbstsicher wie eine eigene Haut trug er Onegins Existenz, verlieh ihm Atem, Bewegung, Gefühl und Gedanken. Hier betrat kein Fremder die Szene. Ron fühlte sich in dieser Umgebung so sicher wie zu Hause. Ungewollt schlug Rosalias Herz ein wenig schneller, als sie gemeinsam mit Tatjana und der Mutter vor das Haus trat, um die Gäste zu begrüßen. Im Trubel der allgemeinen Überraschung verbarg sie ihre eigene Aufgeregtheit und im heiteren Austausch der folgenden Höflichkeiten verflüchtigten sich ihre bisherigen Sorgen schnell. Man stellte sich vor, verbeugte und begrüßte sich gemäß der herrschenden Sitten. Frau Larina bat mit überschwänglicher Herzlichkeit beide Herren ins Haus zum Tee. Die Töchter folgten Seite an Seite.

Rosalia lauerte auf ein Signal des Wiedererkennens. Hatte nicht ein überraschter Funke in seinen Augen aufgeblitzt? Suchte er nicht den Bruchteil einer Sekunde länger als erwartet nach Worten der Begrüßung, als man sie ihm als Olga Dimitrijewna Larina vorstellte. Sie wollte nicht daran zweifeln, dass er sie erkannt hatte. Wie beherrscht er die ruhige Würde seiner Rolle gewahrt hatte. Gelassen ruhte sein fragender Blick auf ihr. Aufmerksam verfolgte er jedes ihrer gesprochenen Worte als verberge sie darin für ihn einen versteckten Hinweis.

Doch sie dachte nicht daran, ihm jetzt so schnell nachzugeben. Mochte er ruhig noch ein wenig zappeln und zweifeln. Nun hatte er zu warten. Heiter und unbeschwert spielte sie die Olga, flirtete ungeniert mit dem verliebten Lenskij, versprühte übermütig Lebensfreude und Charme, steckte sogar die stille Tatjana zu einigen Ausbrüchen schüchterner Heiterkeit an und zwang die Witwe Larina zu einem gespielt ernsten Tadel, hinter dem der gluckenhafte Mutterstolz nur mangelhaft verborgen blieb.

An ein Gespräch unter vier Augen war keine Sekunde lang zu denken. Rons Anspannung verwandelte sich zusehends in nervöse Energie. Betont unaufmerksam übersah sie seine wachsende Unruhe. Erregt wie ein Raubtier strich er um die eine große Frage herum, die ihn mehr als alles andere beschäftigte. Doch sie gefiel sich in der Rolle der Naiven, die keine noch so auffällige Andeutung bemerken wollte. Im Gegenteil: Seine wachsende Verwirrung fachte ihre Spiellaune immer weiter an. Voller Unbefangenheit fragte sie nach den nebensächlichsten Details aus seinem Petersburger Leben und trieb ihn mit kindischen Kommentaren dazu in höfliche Verzweiflung.

„Sagen Sie, lieber Onegin, was denken Sie über die Petersburger Bälle? Ist die Toilette der Damen dort wirklich so beispiellos exquisit, wie man sagt?“

„Die Damen in Petersburg sind beispielhaft exquisit in ihrer Eleganz. Aber der Wert dieser Bälle liegt doch eher an den Begegnungen, die weniger das Auge sondern mehr den Geist erfreuen.“

Rons Eifer eine möglichst elegante und tiefsinnige Antwort zu formulieren war rührend, fand Rosalia.

„Sie meinen die Gespräche?“, hakte sie nach.

Ron nickte voller Andeutung.

„Ach, wie langweilig, also neigt man dazu, den schönsten Tanzabend durch angestrengtes Gerede zu beschweren?“ Hell auflachend wandte sie sich Lenskij zu.

„Lieber Wladimir Petrowitsch, erinnern Sie mich daran, dass wir das auf den Einladungskarten nicht vergessen zu vermerken: ‚Sätze, die länger sind als fünf Worte, sind verboten. Ein Übertönen der musikalischen Fröhlichkeit durch Gerede wird mit Nachtanzen bestraft.‘“

„Olga“, tadelte Mutter Larina den kindischen Übereifer ihrer jüngsten Tochter. „Bring unserem neuen Gast Herrn Onegin bitte als Erstem den Tee.“

Gut gelaunt hüpfte Rosalia auf, als habe sie den scharfen Tadel weder verstanden noch bemerkt.

„Lassen Sie sich bitte helfen, Olga Dimitrijewna.“

Galant erhob sich Ron und gesellte sich neben sie an das Teetischchen. Seite an Seite bereiteten sie Tasse um Tasse und platzierten sie wie einstudiert auf das dazu bereitgestellte Tablett. Tatjana, ihre Mutter und Lenskij beachteten das harmonische Zusammenspiel nur kurz und wandten sich wieder dem Austausch alltäglicher Neuigkeiten zu.

„Sie leben hier in einer hübschen Umgebung“, lobte Ron die ländliche Idylle.

„So hübsch langweilig wie eine Theaterkulisse“, flüsterte Rosalia.

„Oder wie die unveränderliche Ausstattung eines Romans?“

„Zum Glück bieten die meisten Romane in der Regel doch wesentlich mehr Abwechslung als das gleichförmige Leben auf dem Lande.“

„So lesen sie gerne, Olga?“ Behutsam verzögerte Ron die Aussprache des Namens Olga, als liege in dieser Anrede seine eigentliche Frage begründet. Forschend sah er Rosalia dabei in die Augen.

„Ich lese um meinen Horizont zu erweitern. Denn Stillstand und Langeweile sind weder im Leben noch in Romanen sehr romantisch. Sie sehen, Herr Onegin, ich lese, weil ich kaum eine andere Wahl habe, um mir die Zeit zu vertreiben.“

„Was lesen Sie dabei am liebsten?“

„Ach, lieber Herr Onegin, wie sollte ich Ihnen das alles aufzählen. Ich lese, wie's kommt und mich unterhält. Kaum gelesen hab ich's auch schon wieder vergessen. Diese Romanzen ähneln sich doch sowieso alle. Man trifft sich, verliebt sich, bricht sich das Herz und stirbt oder geht davon. Meist stirbt die Frau und der Mann geht. Das ist etwas ungerecht, finde ich, aber recht unterhaltsam und zum Glück hat's mit dem wahren Leben wenig zu tun. Da wird auch geliebt und gelitten. Aber man stirbt nicht gleich und leider geht man auch nicht immer fort. Man gewöhnt sich daran und findet's am Ende gar nicht mehr so schlimm oder liest ab und an ein Buch, um sich davon abzulenken.“

„Unsere Olga ist längst nicht so ein Bücherwurm wie unsere Tatjana“, unterbrach die Witwe Larina mit ihrem lauten Einwand das auffallend vertraulich werdende Getuschel der beiden jungen Leute.

„Das Lesen haben die Mädchen von mir“, fuhr sie theatralisch seufzend fort. „Als junges Mädchen war ich regelrecht süchtig nach Liebesromanen. Für die sentimentale Herzensbildung mag das ganz nützlich sein, aber junge Mädchen sollten nicht zu viel lesen, meine ich. Das macht sie nur schwermütig und krank. Daher lege ich sehr viel Wert darauf, dass sie auch noch andere häusliche Qualitäten entwickeln. Meine Mädchen musizieren auch ganz ausgezeichnet. Tatjana, möchtest du unserem lieben Gast nicht etwas auf dem Piano vorspielen?"

Frau Larina strahlte selbstzufrieden über die eigene Geschicklichkeit, mit der sie die Aufmerksamkeit des attraktiven und wohlhabenden Junggesellen auf die Vorzüge ihrer älteren unverheirateten Tochter gelenkt hatte.

Tatjana nickte errötend und schlich zum Piano. Mit einer sowohl anmutigen wie natürlichen Geste hob sie zärtlich die schwere Klappe über der Tastatur. Mit ihren filigranen, flinken Händen entlockte sie dem Instrument eine zarte, schwermütige russische Weise, deren anrührende Klänge sich sofort wie wärmendes Kerzenlicht im Raum verteilten. Alle Gespräche verstummten und tief berührt lauschte jeder ihrer gefühlvollen Interpretation. Nur die Witwe Larina zeigte sich ungehalten.

„Nein, mein liebes Kind, wie oft habe ich dir schon gesagt, nicht dieses derbe russische Zeug. Spiel uns etwas Heiteres, etwas mehr *comme il faut*."

Mit unverändert gleichmütigem Lächeln, hinter dem sie ihren Ungehorsam geduldig verbarg, begann Tatjana sofort mit der präzisen Perfektion eines Automaten einige Lieder Rameaus und Couperins herunterzuspielen. Die kleine Runde spendete ihr höflich Applaus und setzte ungezwungen ihre Gespräche fort. Derart munter und nichtssagend verplauderte man den Nachmittag und die frühen Vorabendstunden bis Frau Larina die beiden Herren beherzt aufforderte, zum Abendessen zu bleiben und damit deren Aufbruch einleitete. Die Höflichkeit gebot den Besuch zu beenden, aber nicht ohne eine Gegeneinladung ausgesprochen zu haben, der die Damen Larin gerne zusagten.

Ratlos und verwirrt fand sich Ron auf der Rückfahrt an Lenskijs Seite wieder. Die Equipage flog durch das fahle Dämmerlicht. Wieso hatte sie ihn so herb abblitzen lassen? Sollte er sich getäuscht haben? Olga und Rosalia, sollte das alles etwa ein Produkt seiner eigenen Phantasie sein? Genährt durch die Lektüre zweier Romane? Nein, es gab keinen Zweifel. Sie war es und er hatte sie wiedergefunden!

Ron schmunzelte. Von allen anwesenden Personen war sie neben ihm die Einzige, die nicht war, was sie vorgab zu sein. Also teilten sie ein Geheimnis. Diesmal musste es ihm gelingen, mit ihr zu sprechen, bevor eine unerwartete Wendung sie wieder trennte. Was für ein Spiel spielte sie nur mit ihm? Immerzu war sie ihm ausgewichen. Geschickt hatte sie die schützende Nähe der Anderen gesucht, sobald er die Distanz zu ihr zu verringern suchte. Überlegen hatte sie ihn vorgeführt. Sie war geschickt. Sie war geheimnisvoll und widersprüchlich. Sie war reizend. Und reizvoll. Rons lethargische Absichtslosigkeit fand ein schlagartiges Ende. Ab sofort hatte er sein Ziel wieder klar vor Augen.

„Und!?“ Freund Lenskij riss Ron aus seinen Gedanken. „Wie fandest du sie?“

Ron, der keine Lust hatte ausgerechnet mit Lenskij die Vorzüge der vermeintlichen Olga zu besprechen, täuschte Müdigkeit und Langeweile vor.

„Also dir als Dichter sollte die stille Tatjana doch eher gefallen“, gähnte er. Ron war nicht gewillt seinem Freund Lenskij sein Interesse an Olga zu offenbaren. Er ahnte, dass sich daraus gefährliche Komplikationen ergeben könnten.

„Nun ja, hübsch ist deine Olga, wie ein *Rosenlärvchen.* Aber sie scheint mir doch ein wenig oberflächlich zu sein, mein lieber Wladimir. Ihr fehlt es an Tiefe oder auch an Reife.“

Nicht sehr geschickt aber wirkungsvoll hatte er damit fürs Erste die Bedrohung eines Streites gebannt. Verdrossen schwieg Lenskij, bis sie sich beide wortkarg voneinander verabschiedeten.

3

Verdammt!"

Unzufrieden legte Magus seine Arbeit zur Seite. Dabei hatte alles einen so vielversprechenden Anfang genommen. Er hatte sich alles so schön zurechtgelegt. Und nun das! Verdammt!

Wer hatte hier eigentlich das Sagen? Wie kam diese Rosalia nur dazu, sich ihre Rolle derart selbständig zurechtzulegen. Bis vor kurzem war sie kaum mehr als ein Schatten gewesen, bestenfalls eine Randbemerkung, noch nicht einmal eine echte Nebenrolle. Wer hatte ihr nur so viel Selbstbewusstsein verliehen? Nun gut, ja, er selbst war wohl daran schuld. Aber hatte er sie dazu aufgefordert, in die Dramaturgie seiner Geschichte einzugreifen? Wer erlaubte ihr, den armen Ron derart zu verwirren?

Ach, es war ein Fehler gewesen, sich Rosalia auszusuchen. Wie viel besser wäre er mit einer wie Tatjana fertig geworden. Wie sanft und angenehm, wie zurückhaltend und gehorsam ihm dieses Geschöpf erschien. Sie war in dieser Geschichte seine wahre Favoritin. Sensibel und klug, belesen und gebildet. Wie wenig oberflächlich im Vergleich zu all den anderen Figuren. Wie natürlich der Zauber ihrer warmherzigen Schönheit. Von allen Akteuren war sie doch ganz offensichtlich das kostbarste Wesen in der Geschichte. Sie war es wert, geliebt zu werden. Jeder Leser, der nicht völlig gefühllos und blind war, musste das doch erkennen. Vor seinem inneren Auge nahm Tatjana das Gesicht Charlottes an.

Magus seufzte. Ja, er liebte Charlotte von ganzem Herzen. Nur ihr zuliebe rackerte er sich mit dieser Geschichte ab. Nur für sie wollte er alle seine Empfindungen in dieses Buch legen.

Doch wie sollte ihm das gelingen, solange Rosalia sich seinen Vorgaben widersetzte? Sie hatte Tatjana für sich nicht einmal in Erwägung gezogen. Hatte sich einfach selbst die Rolle der Olga ausgesucht. Eigensinnig hatte sie ihm die Fäden aus der Hand genommen, die er bereits so sicher zum Happy End versponnen geglaubt hatte. Verdammt!

„Du solltest das Fluchen unterlassen, mein lieber Freund", unterbrach ihn sein bis dahin stummer Gast. „Es wird dich nicht weiterbringen."

„Du hast gut reden, Alexeij, du hast ja keine Ahnung, wie ich mich fühle." Magus war ehrlich verärgert über die ungebetene Einmischung.

„Mitnichten. Keiner weiß besser als ich, wie du dich fühlst", lachte der Andere gelassen. „Also gut, dann fluch noch eine Runde weiter. Mach deinem Herzen Luft. Aber mach deinen Zorn nicht zum Selbstzweck."

Schwerfällig ließ sich Magus neben seinen Gast auf die Couch fallen.

„Du hast ja recht“, gestand er kleinlaut. „Aber was soll ich jetzt machen?“

„Wenn du nicht auf direktem Weg zum Ziel kommst, dann nimm einen Umweg.“

„Aber mein schöner perfekter Plan …“

„Sei flexibel. Das Leben lässt sich nicht so einfach dirigieren und berechnen. Es folgt seinen eigenen Gesetzen.“

„Das Leben? Aber wir reden doch hier von der Kunst.“

„Na, du bist mir ja ein schöner Künstler, wenn du meinst, das voneinander trennen zu können.“ Alexeij Sergejewitsch Puschkin schüttelte ungläubig seinen lockigen Kopf.

„Eine schöne Hilfe hab ich mir mit dir ins Haus geholt.“ Seufzend erhob sich Magus und stellte sich ans Fenster. Das in der Sonne glänzende Grün der Kastanien spendete ihm heute keinen Trost. Und auch das ausgelassene Lachen der vor dem Haus spielenden Kinder wirkte nicht ansteckend auf ihn.

„Was hast du erwartet?“, beschwerte sich sein Gast ein wenig eingeschnappt. „Dachtest du, du hauchst einer Geschichte deine Phantasie ein und dann passiert nichts weiter? So ist das nun einmal, wenn man die Dinge zum Leben erweckt.“

„Ich hatte mir alles so schön zurechtgelegt und nun bin ich gezwungen umzudisponieren.“

„Na und? Warum sollte die Kunst anderen Gesetzen gehorchen als das Leben? Kunst ist ein Teil des Lebens.“

„Kunst ist etwas, wohinter ich mich verstecke, um dem Leben nicht zu sehr ausgesetzt zu sein“, murmelte Magus leise vor sich hin.

„Mein Lieber! Du machst dir allzu viele Illusionen. Sieh mich an. Auch ich bin doch nur ein Produkt deiner Phantasie. Du führst Selbstgespräche, nur um nicht zugeben zu müssen, was du längst weißt.“

„So? Was weiß ich denn deiner werten Meinung nach so genau?“

„Dass es nicht mehr rückgängig zu machen ist. Dass es gereicht hat, die sorgfältig bewachten Tore deiner abgeschiedenen Fluchtburg nur ein einziges Mal zu öffnen, um richtig nach draußen zu sehen. Die Liebe findet ihren Weg hinein auch in die finsterste Herzensgrube, alleine durch den kleinsten unscheinbarsten Blick, den du wirfst. Entscheidend sind nicht die Größe oder die Ausdauer des Blickes. Sondern alleine das Interesse, das er weckt. Du selbst hast der Liebe Einlass gewährt. Nun breitet sie sich aus und du staunst über die Konsequenzen.“

„Aber es ist so verwirrend. Wenn ich doch nur klarer sehen könnte …“ Gereizt lief Magus durch den Raum.

„Nicht umsonst habe ich mir von einem bereits vorgefassten Roman einen sicheren Rahmen versprochen. Wieso fällt es mir so schwer, der festgelegten Handlung zu folgen? Woran sonst könnte ich mich denn sicher orientieren?"

„An gar nichts", antwortete Puschkin süffisant. „Sicherheit ist eine Illusion. Da macht die Kunst keine Ausnahme. Die Geschichte ist festgeschrieben, sagst du? Mag sein, aber dein Problem liegt zwischen den Zeilen. Es ist deine eigene Interpretation. Du hast dir einen Rahmen geliehen und malst nun ein eigenes Bild darin. Du bist völlig frei in der Wahl deiner Mittel und kommst mit dieser Freiheit nicht zurecht. Und jetzt, wo dir das Ergebnis nicht gefällt, schimpfst du auf den armen Rahmen."

Puschkin erhob sich nun ebenfalls und stellte sich neben Magus ans Fenster. Gemeinsam blickten sie eine Weile schweigend hinaus. Durch das offene Fenster flutete in sanften grünen Wogen amselfröhliche Stille ins Zimmer.

„Die Realität entspricht nicht deinem Wunschdenken? Mein Lieber, dieses Los teilst du nahezu mit der gesamten Menschheit. Aber du hast die Chance das zu ändern. Geh hinaus! Draußen ist der vielleicht schönste Tag des Jahres. Vergiss deine Arbeit für den Rest des Tages und genieße die Schönheiten um dich herum. Sieh den Frauen nach. Sie sind hübsch, die Frauen in deiner Stadt. Beachtest du sie überhaupt jemals? Sie bewegen sich so frei und selbstbewusst. Ein Blick ist nichts Böses. Kein Grund sich in Eifersucht zu verlieren …"

„… oder ein Duell vom Zaune zu brechen und sich dafür eine Kugel ins Herz jagen zu lassen."

Gereizt legte Magus es darauf an, den anderen zu verletzen, dessen ausufernde Weitschweifigkeit ihn immer weiter von seinem eigentlichen Problem abbrachte. Puschkin blieb davon völlig unbeeindruckt.

„Eine Kugel in den Bauch", berichtigte er ungerührt. „Obwohl das mit dem Herzen zu einer viel romantischeren Legendenbildung geführt hätte", fügte er verschmitzt hinzu.

Schweigend verharrte Magus vor dem Fenster, um seiner inneren Stimme keine weitere Nahrung zu liefern. Umsonst.

Er begann zu ahnen, dass er an diesem Tag sowieso nicht mehr weiterkommen würde. Ernsthaft stellte er das gesamte Projekt in Frage. Diese willkürliche Diskussion hatte ihm nur weitere Energie entzogen und ihm klar gemacht, wie sehr er sich im Kreise drehte. Es war sinnlos mit sich selbst zu streiten. Auf diese Weise verausgabte man sich nur ohne Chance auf einen Sieg.

Kopfschüttelnd nahm Puschkin wieder seinen Platz auf der Couch ein und lehnte sich erschöpft zurück. Er schien ebenfalls keine Lust mehr zu haben und begann bereits zu verblassen, als es an der Tür klingelte.

Magus schreckte aus seinen Gedanken hoch. Ohne Vorstellung, wer ihn um diese Zeit unterbrechen könnte, eilte er zur Tür.

„Hallo Nachbar!"

Es war Charlotte. Über ihrer Jeans und dem enganliegenden weißen T-Shirt trug sie eine bunt gemusterte Küchenschürze. Ihre langen dunklen Locken hatte sie zu einem wippenden Pferdeschwanz zusammengebunden. Lächelnd strich sie sich eine Haarsträhne hinters Ohr, die sich aus ihrem Zopf gestohlen hatte und rieb sich dabei unabsichtlich einen Mehlfleck auf ihre Wange.

„Ich weiß, ich bediene jetzt jedes Klischee, aber mir ist in der Tat der Zucker ausgegangen. Ich backe gerade. Flo hat morgen Geburtstag. Könnten Sie mir vielleicht mit einer Tasse aushelfen?"

Völlig begriffsstutzig sah er sie an, hörte den lächelnden Klang ihrer Stimme und verstand zunächst kein Wort von dem, was sie sagte.

„Magus? Habe ich Sie bei etwas Wichtigem unterbrochen? Ich störe Sie offenbar bei Ihrer Arbeit."

„Ja. Nein. Ich meine, Sie stören nicht." Ohne erfasst zu haben, was sie von ihm wollte, trat er zur Seite, um sie hereinzulassen.

„Das ist nett von Ihnen. Sie helfen mir damit wirklich sehr." Unbefangen plaudernd folgte Charlotte ihm ins Wohnzimmer und ließ sich von ihm die Tasse aus der Hand nehmen.

„Ich habe mir extra frei genommen, damit ich den Kindergeburtstag etwas vorbereiten kann. Kuchen backen. Die Wohnung dekorieren. Florian hat sich eine Motto-Party gewünscht. Sie wissen schon."

Er hatte keine Ahnung, wovon sie da sprach. An eigene Kindergeburtstage konnte er sich nicht erinnern. Zumindest nicht als Ereignisse, die besonders erinnernswert gewesen wären. Höflich nickte er und eilte in die Küche. Als er zurück kam, hatte Charlotte auf der Couch Platz genommen und hielt das Buch in der Hand, das er dort liegen gelassen hatte. Neugierig musterte sie den Einband.

„Schon gelesen?", hörte sich Magus fragen.

„Ein schönes Buch", erwiderte Charlotte. „Und doch so traurig. Wenn ich darüber nachdenke, dann müsste ich eigentlich antworten, dass ich es fürchterlich finde."

„Puschkin? Fürchterlich?" Magus konnte mit ihren Worten zunächst gar nichts anfangen.

Charlotte drehte das Büchlein hin und her und begann es taxierend in ihrer Hand zu wiegen.

„Nein, dem guten Puschkin mag ich keine Vorwürfe machen", sagte sie als ob sie über einen guten Bekannten spräche und Magus Herz klopfte mit einem Mal noch schneller. Verstohlen sah er zu seinem Schreibtisch hinüber und stellte erleichtert fest, dass Charlotte den verblassten Geist, der an seiner Schreibtischkante gelehnt stand und mit lässig verschränkten Armen zu ihnen hinüber sah, offenbar nicht bemerken konnte. Anerkennend hatte Puschkin die Augenbrauen in die Höhe gezogen und bedeutete Magus mit eindeutigen Gesten, sich etwas mehr um den hübschen Besuch zu bemühen. Magus wünschte ihn zum Teufel und hätte ihn zugleich gerne um einen konkreten Rat gebeten.

„Dennoch ist es fürchterlich", fuhr Charlotte unbeirrt fort. „Es ist fürchterlich traurig."

„Na ja", meinte Magus. „Das muss wohl so sein, damit man es ernst nimmt."

„Wieso soll man nur die traurigen Dinge ernst nehmen? Was an dieser Geschichte soll man denn bitte schön ernst nehmen? Dass zwei erwachsene Menschen, die sich ganz offenbar lieben, es nicht schaffen zusammenzukommen?"

„Tragik des Schicksals", warf Magus sachlich ein.

„Quatsch. Das haben die beiden sich selbst eingebrockt."

Mit einer resoluten Handbewegung warf Charlotte das Buch zurück auf die Couch.

„Na ja, es waren damals wohl andere Zeiten", bemühte sich Magus Charlottes temperamentvollen Unmut zu beschwichtigen.

„Andere Zeiten? Pah. Liebe ist Liebe. Tatjana traut sich wenigstens etwas. Aber dieser Onegin. Ein Typ, der nicht weiß, was er will. Oder der sich nicht traut etwas zu wollen."

Charlotte hatte sich in Rage geredet und warf einen vorwurfsvollen Blick zu Magus, so als habe dieser persönlichen Anteil an Onegins Versäumnis. Ihre braunen Augen funkelten herausfordernd.

„Und dann am Schluss", ereiferte sie sich leidenschaftlich, „also ehrlich, wenn's meine große Liebe wäre, dann würde ich mit ihm durchbrennen. Ein bisschen mehr Mut und Tatjana hätte doch noch glücklich werden können. Aber am Ende bekommt sie wohl doch noch Angst vor der eigenen Courage und versteckt sich hinter den gesellschaftlichen Konventionen."

„Also mögen Sie das Buch nicht?" Vergeblich bemühte sich Magus seine Enttäuschung vor ihr zu verbergen, doch sein Gesicht sprach Bände.

„Aber nein, ich liebe es!", widersprach Charlotte heftig und sonderbar gerührt, als sie sah, wie intensiv Magus Anteil an ihrem Urteil nahm. „Es ist ein wundervolles Buch! Puschkin ist ein Zauberer. Jedes Wort darin ist wahr. Selten hat mich ein Autor so zu Herzen gerührt. Deswegen rege ich mich ja so auf", fügte sie kleinlaut hinzu.

Doch einen Moment später sprang sie schon wieder fröhlich lachend auf und griff nach der Tasse, die Magus noch immer in der Hand hielt.

„Vielen Dank, Magus. Wieder einmal haben Sie mich gerettet." Eilig lief sie zur Wohnungstür. „Kommen Sie doch morgen Nachmittag auf einen Kaffee vorbei. Wenn es Sie nicht stört, von einer Rasselbande Geburtstag feiernder kleiner Piraten umringt zu werden."

Magus' verhaltene Zusage ging in der Eile ihres Aufbruchs unter. Mit einem dumpfen Knall fiel seine Wohnungstür ins Schloss.

Magus war wieder allein. Verdutzt sah er sich um. Auch Puschkin war verschwunden. Etwas ratlos kehrte er zu seinem Schreibtisch zurück.

Also dann war es vielleicht doch nicht so dumm, Rosalia einfach machen zu lassen. Wenn auch Charlotte Tatjanas Haltung so wenig teilte …

Ein kräftiger Sonnenstrahl war durch das dichte Laub der Kastanie geschlüpft und lag nun so gelb und schwer auf seinem Manuskript wie ein riesiges Blütenblatt.

„Bei dem Wetter sollte man wirklich …", murmelte Magus im Selbstgespräch vor sich hin und hatte im gleichen Augenblick die geniale Eingebung, in der Stadt nach einem Geschenk für Florian Ausschau zu halten.

„Nach etwas mit dem man draußen spielen kann", dachte er zuversichtlich. „Am besten etwas, mit dem man auch mal zusammen spielen könnte. Ein Fußball. Oder ein Federballspiel. Und ein Blumenstrauß für Charlotte als Dank für die freundliche Einladung."

Hastig verließ Magus seine Wohnung. Auf einmal hatte er es so eilig, seinen Schreibtisch zu verlassen, dass er fast vergessen hätte, seine Straßenschuhe anzuziehen.

4

Man hatte ein Picknick im Grünen vereinbart. Nun musste nur noch ein geeigneter Frühlingstag kommen, der die passenden Bedingungen für die geplante Ausfahrt aufs Land und den anschließenden Aufenthalt im Freien bot. Doch eine unerwartet kühle Witterung bremste den Schwung des jungen Frühlings und legte alle Ausflugspläne buchstäblich auf Eis. Alles Wachstum und Vorankommen war plötzlich zu lähmender Langsamkeit erstarrt. Wieder hieß es für Rosalia warten. Doch das erste Mal in ihrem Leben durchzog eine kalte Furcht ihr Herz. Denn nun, da sie sich ihrem Ziel näher wusste als je zuvor, war ihre heitere Gelassenheit auf einen Schlag versiegt. Solange sie alles aus der entspannten Perspektive einer Zuschauerin hatte betrachten können, war ihr der Alltag in dieser abwegigen Einsamkeit leicht erträglich vorgekommen. Aber jetzt, da sie zum Handeln bereit war, musste sie erkennen, wie einengend und schwer die Atmosphäre in dem großen Haus auf ihr lastete. Nie zuvor waren ihr die anderen Bewohner so einfältig, so berechenbar erschienen. Nie zuvor hatte sie sich durch die Aufmerksamkeit Lenskijs oder ihrer Mutter derart eingeschränkt gefühlt.

Das Leben in diesem Haus stand still. Nichts veränderte sich. Alles zum Leben Notwenige stand immer bereit. Nichts ging jemals zu Bruch. Außer an einem Schnupfen erkrankte niemals jemand ernsthaft. Die Gespräche kreisten seicht um die immer gleichen Themen. Und eine unausgesprochene melancholische Sehnsucht nach einem aufregenderen Leben im fernen Sankt Petersburg lag wie Staub in der Luft. Friedlich und ereignislos wie Sand rieselte das Leben durch den engen Kanal eines Stundenglases, ohne es jemals zu füllen.

Unerträglich lastete die Ereignislosigkeit des Wartens auf Rosalias Gemüt. Sie begann die große Standuhr im Salon zu hassen, die mit provozierend behäbigem Ticken jede einzelne Sekunde so hinauszögernd aufzählte, als wolle sie die bereits gezählte Zeit noch einmal heimlich wiederholen. Die Einsamkeit ihres Alltags, ihre aufs Nichtstun reduzierte Rolle, in der eine marionettenhafte Dienerschaft die einzig bedeutenden Tätigkeiten ausübte, die beiden seelenlosen Figuren, die sie Mutter und Schwester nennen musste, all das geriet allmählich zum Albtraum.

Was, wenn sich hier niemals etwas bewegte? Wenn es nur dem Anschein nach so war? Wenn sie gefangen war in einer Geschichte ohne Fortsetzung? Außer ihr und Ron würde es niemand bemerken. Und wenn sie Ron nicht wiedersehen würde? Wenn der Tag des Ausflugs niemals käme?

Rosalias Ungeduld reifte zur Panik. Sie musste sich bewegen, um nicht verrückt zu werden. Sie konnte nicht stumm dasitzen, wie Tatjana, und warten. Sie musste etwas tun. Trotz des Regenwetters streifte sie in den nahen Feldern und Wiesen umher, schnitt frische Zweige von den Bäumen und stellte sie in großen Vasen im Haus auf. Sie räumte ihr Zimmer um. Sie spielte lautstark Klavier, sang und las den anderen vor.

Wie ihr der Gleichmut der Anderen auf die Nerven ging. Sie verabscheute die stumme Ergebenheit Tatjanas. Oh nein, sie würde sich nicht so töricht wie diese Buchschwester aufführen, die so absolut vorhersagbar in die erstbeste Verliebtheit trabte und sich daraus die einzige erzählbare Romanze ihres Lebens antexten ließ. Auch ohne die Geschichte gelesen zu haben, konnte man sich leicht denken, wie es mit ihr weiterging. Mochte dieser Puschkin ein großer Dichter sein, wie so viele von ihm behaupteten, originell war er jedenfalls nicht.

Rosalia erbebte vor Zorn, wenn sie die Andere so traumwandlerisch sicher ihren Weg durchs Haus ziehen sah. So viel Geduld konnte nur aufbringen, wer keine Seele aus Fleisch und Blut hatte, in dessen Brust kein heißes Herz pochte. Rosalia konnte das nicht. Nur mit allergrößter Selbstbeherrschung erfüllte sie jetzt noch ihre Rolle. Sie wusste, dass Unbesonnenheit den Ablauf der Handlung stören könnte und die Folgen daraus nicht abzusehen wären. Also musste sie vorerst dulden, was man ihr vorgab.

Endlich kam der ersehnte Frühlingtag. Er kam mit festlich blauem Himmel und weiß geputzten Wölkchen, als habe er nur etwas länger gebraucht, um sich für den besonderen Anlass zurechtzumachen. Tatjana und Olga waren bereits mit den ersten Sonnenstrahlen auf den Beinen, beide bang und voller Erwartung, die eine schicksalsergeben, die andere bereit ihr Schicksal selbst in die Hand zu nehmen.

Gegen Mittag fuhren die Schwestern mit der Mutter in der Kutsche los zum Anwesen Onegins. Lenskij sollte sie dort ebenfalls erwarten und gemeinsam wollte man mit den zwei Kutschen noch weiter hinausfahren zu einer am Bach gelegenen Wiese in der Nähe des Birkenwäldchens, das die Grenze zwischen den Anwesen Lenskijs und Onegins markierte.

Als die Damen Larin vor dem Hause Onegins ankamen, stand dieser schon bereit, um sie zu empfangen. Der frische Fahrtwind hatte die Witwe Larina in eine aufgekratzte und übermütige Stimmung versetzt und ihr pausbäckiges Gesicht puterrot gefärbt. Ihre überschäumende Geschwätzigkeit reichte für alle drei und übertönte das blasse Schweigen ihrer beiden Töchter.

Höflich führte Ron seine Gäste auf dem Hof herum, um die Zeit bis zur Ankunft des Freundes zu überbrücken. Das unerwartete Schweigen Rosalias verunsicherte ihn. Er beschloss, sich vorerst der heute etwas aufgeräumter wirkenden Tatjana zu widmen, bis sich die rechte Gelegenheit ergeben sollte. Lenskij kam und gemeinsam brach man auf. Von Frau Larina herzlich zum Mitfahren in ihrer Kutsche genötigt, nahm er neben der schüchtern lächelnden Tatjana Platz, während Rosalia in den Zweispänner Lenskijs umsteigen durfte.

Sie erreichten die Wiese am Bach. Ron freute sich über die überraschten Gesichter der Anderen, als sie das Ergebnis seiner sorgfältigen Vorbereitungen bemerkten. Er hatte eine Tafel und Stühle aufstellen lassen. In zahlreichen Körben herbeigetragen wartete ein abwechslungsreiches Menü darauf, den Gaumen der gesamten Picknick-Gesellschaft zu erfreuen. Voller Beifall applaudierten sie ihm. Im angenehm wärmenden Licht der Frühlingssonne speiste man genussvoll und reichhaltig, plauderte ungezwungen, scherzte ausgelassen und trank Champagner.

Übersättigt und leicht beschwipst verkündete die Witwe Larina, einen kleinen Verdauungsspaziergang am Bach entlang zu machen. Tatjana erbot sich die Mutter zu begleiten und Lenskij – ganz Kavalier – zog mit den Damen davon. Ron beaufsichtigte zufrieden die Aufräumarbeiten seiner Diener und erteilte ihnen die Anweisung, noch vor der Rückfahrt einen kleinen Imbiss mit Tee zu servieren.

Rosalia hatte sich in den grünen Schatten eines Baumes zurückgezogen und beobachtete ihn mit sichtlichem Wohlgefallen. So viel jungenhaften Eifer und kindliche Freude hätte sie ihm gar nicht zugetraut. Er hatte ehrlichen Spaß daran gefunden, sie alle so geschickt zu überraschen und die Freude der Anderen hatte die seine nur noch vermehrt. Freundlich rückte sie zur Seite, als er neben ihr auf der ausgebreiteten Decke Platz nahm.

„Hier sind wir“, sagte Ron.

„Hier und alleine“, lächelte sie ein wenig verlegen und fügte etwas ernster hinzu. „Vielen Dank für die Einladung.“

„Ich danke dir, dass du gekommen bist.“ Ron wusste, dass es in diesem Augenblick nicht länger nötig war, sich in Anspielungen zu verlieren. Rosalias Antwort gab ihm recht.

„Du hast dir viel Zeit gelassen, den Weg hierher zu finden“, stellte sie fest.

„Es tut mir leid, wenn ich deine Geduld auf die Probe gestellt habe, aber den Weg zu finden war nicht so einfach. Ich war mir nicht sicher …“

„Und nun bist du es?“

„Sicher? Wohl kaum. Ich begreife noch immer nicht, was hier eigentlich vorgeht.“

„Aber immerhin begreifst du, dass hier etwas vorgeht“, stellte Rosalia zufrieden fest.

„Und darin sind wir beide die Einzigen, nicht wahr?“, fasste Ron die Situation zusammen.

Rosalia nickte.

„Darum musste ich dich unbedingt wiedersehen“, sagte sie.

„Nur deshalb?“, fragte er. Seine Frage klang beinahe etwas enttäuscht. Aber in seinen Augen blitzte es verschwörerisch.

„Wie du gesagt hast, sind wir beide die Einzigen, die es bemerken.“

„Aber was bemerken wir? Was geht hier vor?“ Ron fand, dass Rosalia in Rätseln sprach. „Das Einzige, was ich weiß, ist, dass wir uns beide inmitten eines fernen russischen Romans befinden, den ich vorher noch nicht einmal kannte. Wie kann das sein? Wie passiert es, dass wir hier sind? Woher kommst du?“

„Du weißt doch, wo du mich schon gesehen hast, oder? Wir sind uns in Verona begegnet.“

„Aber das war doch auch nur in einem Stück Literatur … Nein, ich meine, wer bist du wirklich und woher kommst du?“

„Ich bin Rosalia aus Verona … aus Shakespeares Drama“, flüsterte Rosalia kleinlaut.

Ron war noch meilenweit davon entfernt zu begreifen, was für sie bereits verständlich war.

„Aber Rosalia ist nur eine Fiktion“, platzte es aus ihm heraus.

Rosalia bemühte sich, sich nicht anmerken zu lassen, dass sie diese abschätzig hervorgebrachte Äußerung ein wenig kränkte. Sie dachte daran, dass sie sich vorgenommen hatte geduldig zu sein und erkannte, wie schwer es ihr gerade jetzt fiel, diesem Vorsatz treu zu bleiben. Sie würde behutsamer vorgehen müssen, als sie erwartet hatte.

„Mein Name ist Rosalia“, beharrte sie ganz ruhig. „Und ich habe nur eine vage Ahnung davon, wie es passiert, dass wir hier sind. Aber ich will unbedingt wissen, wie wir hier herauskommen. Ich meine, gibt es einen Weg heraus? Ganz heraus?“

Rons Verstand weigerte sich noch immer das Offensichtliche anzuerkennen. Vorsichtig wiederholte er die bisherigen Fakten, um sich eine Zusammenfassung zu verschaffen.

„Du bist Rosalia aus Verona. Bist du durch Zufall in diesem Shakespeare Drama gewesen, so wie ich? Oder bist du ein Teil der Geschichte?“

„Ich bin ein Teil von Shakespeares Geschichte, so wie wir beide hier jetzt ein Teil dieser Geschichte sind. Du musst doch auch ein Teil irgendeiner Geschichte sein!“

„Du bist verrückt!“ Ron verlor die Beherrschung und sprang auf. „Das hier ist Fiktion. Also kann es nicht wahr sein. Wenn es wahr wäre, dann wäre es Wahnsinn. Und als Wahnsinn ist es auch nicht wahr. Ich bin doch nicht verrückt.“

Er starrte auf Rosalia hinab, die ihn enttäuscht ansah. All ihre Hoffnungen schienen gerade von Rons wirren Worten zerschlagen zu werden. Beunruhigt lief er auf und ab und rang nach Worten. Rosalia erhob sich und beobachte ihn schweigend.

„Ich spreche mit einer Person aus einem Buch“, stammelte er erregt. „Ich selbst verhalte mich wie eine Romanfigur. Das ist alles nur Fiktion. Illusion. Ein Traum.“

Mit einer ruhigen Handbewegung fasste sie Rons Arm und berührte mit der anderen Hand zart seine Wange. Die kühle weiche Haut ihrer Handinnenfläche auf seinem Gesicht zu spüren, beruhigte ihn ein wenig.

Ein sanfter und starker Strom lebendiger Energie floss von ihr zu ihm. Unter ihrem Handgelenk pochte ein warmer und aufgeregter Puls. Er spürte ihren Atem auf seinem Hals. Einige Locken ihres rotblonden Haares hatten sich aus der eleganten Hochsteckfrisur gelöst und zitterten verspielt in der schwachen Frühlingsbrise. Der schwere Geruch frischer Erde durchströmte die weiche Luft und trug das fruchtbare Aroma von blühenden Gräsern und jungem Laub mit sich. Das trübgoldene Licht, das die frühe Nachmittagssonne durch das filigrane Laubwerk auf sie beide herab warf, funkelte in ihren grünen Augen.

Auf einmal schämte sich Ron für seine Unbeherrschtheit. Er fürchtete, sie beleidigt oder gar gekränkt zu haben. Niemals wollte er sie verletzten. Vielmehr regte sich in ihm der Wunsch, sie zu beschützen.

Ohne dass sie sich darüber überrascht zeigte, nahm er sie in die Arme und küsste sie auf den Mund. Ein Kuss auf warme, feste, lebendige Lippen. Ein Kuss, den sie selbstbewusst und leidenschaftlich erwiderte. Ein süßer, zarter, kräftiger Kuss. Ein guter Kuss. Der beste erste Kuss, den er jemals geschenkt und empfangen hatte.

Dieser Kuss konnte nicht lügen. Sowenig wie dieser Kuss konnte Rosalia selbst eine Fiktion sein. Sie war echt. So echt wie er selbst. Sie beide verband etwas, das über die Grenzen dieses Romans hinausging. Sie gehörten beide nicht hierher. Sie beide gehörten zusammen. Das war es, was ihm Rosalia klarzumachen versucht hatte. Soviel hatte er nun verstanden.

Beschwörend hielt sie seinen Blick gefangen.

„Glaubst du mir jetzt, was ich sage?“

„Keine Ahnung, was ich glaube. Aber deine Argumente gefallen mir.“ Lachend beugte er sich ihr entgegen, um sie noch einmal zu küssen. Ungeduldig wich sie ihm aus.

„Dann denk nach. Gibt es einen Weg heraus? Ganz heraus?"

„Dort, wo ich herkomme, ist draußen", wiederholte er naiv den ersten Satz, der in seinem Kopf aufblitzte.

„Mein armer Held, wenn du dich da mal nicht irrst!" Rosalia schüttelte lachend den Kopf. Rons gerade erwachtes Selbstvertrauen zerplatzte wie eine Seifenblase.

„Wie meinst du das?"

„Denk nach. Es ist gar nicht so schwer." Weit öffnete ihm Rosalia die neue Tür. Hindurchgehen musste er selbst. Sonst würde er es nicht glauben.

„Wir sind uns vor Verona bereits einmal begegnet", rekapitulierte er langsam. „Du hast mich in die Bibliothek geführt und dafür gesorgt, dass ich Shakespeares Drama in die Hände bekomme. Du warst bereits dort, wo ich herkomme. Aber wie hast du das gemacht?"

„Genau wie du. Ich habe ein Buch gelesen."

Ihm wurde schwindlig. Ron spürte, wie sich seine wild durcheinander wirbelnden Gedanken zu der einzig logischen Schlussfolgerung formierten.

„Es war ein Buch, in dem ein Mann in eine Bibliothek geht?"

„Ein Buch, in dem ein Mann einer unbekannten Frau folgt", ergänzte sie.

„Willst du damit sagen, dass du … mich in einem Buch gelesen hast?"

Rosalia nickte.

„Ich verstehe deine Verwirrung", beeilte sich Rosalia zu versichern. „Mir ist es anfangs ebenso ergangen. Aber dann wurde mir klar, dass es genau dieser Unglaube ist, der mich aus dem Buch herausbringen kann. Solange man nichts anderes als die Geschichte kennt, in der man sich bewegt, sind die Grenzen ganz fest und undurchlässig. Alles erscheint einem unvermeidbar und richtig. Aber hat sich für dich nur einmal die Tür geöffnet und du hast einen Blick hinauswerfen können, wirst du deine Welt nie mehr so erleben wie vorher. Es gibt keinen Weg mehr zurück."

„Ich könnte die Augen schließen …"

„Und doch hast du es gesehen …"

„Ich könnte so tun, als sei nichts geschehen …"

„Du würdest dich nur selbst betrügen und es immer wissen."

„Ich könnte versuchen zu vergessen …"

„Was dir niemals gelingen wird." Wie zum Beweis nahm sie sein Gesicht zwischen ihre Hände und küsste ihn auf den Mund.

„Jedes neue Wissen befördert dich unumkehrbar über deinen alten Horizont hinaus."

„Aber wohin gehören wir, wenn nicht hierher oder zu deinem Shakespeare oder dorthin, wo ich herkomme? Es muss doch noch eine andere … Realität geben!“

„Genau das möchte ich herausfinden. Mit dir“, beharrte sie.

Rons Verstand stolperte seinem Herzen noch immer zögernd und verunsichert hinterher.

„Wenn du in mir nur eine Figur aus einem Buch siehst, wie kannst du dann glauben, dass ich einen Weg hinaus weiß? Ich, der bis zu diesem Zeitpunkt noch nicht einmal ahnte und es auch jetzt noch nicht wirklich glaubt, was hier vorgeht? Warum hast du mich ausgewählt?“

„Einfach irgendeine Figur aus einem Buch auszuwählen, wäre mir tatsächlich nicht eingefallen.“ Rons Weigerung zu akzeptieren, was er und sie waren, kränkte sie offensichtlich sehr. Doch Rosalia war nicht so weit gegangen, um vor dem Ziel aufzugeben.

„Es ist wegen Charlotte. Sie ist der Schlüssel. Durch sie habe ich erst zu dir gefunden. Und ich glaube, dass sie auch der Grund deiner Reise ist. Es hat irgendwie mit ihr zu tun. Wir müssen nur herausfinden wie. Vielleicht können wir sie finden und befragen. Vielleicht sollen wir etwas für sie tun. Ich weiß es nicht. Aber ich bin überzeugt davon, dass wir unseren Ausweg nur finden, wenn wir es herausbekommen.“

„Wer ist Charlotte?“ Ron kramte in seiner Erinnerung. Hatte er diesen Namen nicht vor kurzem erst gehört. Wenn er bloß noch wüsste, in welchem Zusammenhang. Charlotte? Hatte ihm Magus von ihr erzählt? Wenn dem so war, dann hatte er nicht aufmerksam zugehört.

Erschöpft lehnte sich Rosalia an den dunklen Baumstamm. Noch nie zuvor hatte sie sich so müde und verausgabt gefühlt. Es kostete so unendlich viel Kraft, sich selbst zu beweisen.

„Ich möchte mich kurz in die Sonne setzen“, flüsterte sie blass. „Mich fröstelt es hier im Schatten.“

Besorgt reichte Ron der zitternden Rosalia seinen Arm und führte sie auf die Mitte der Wiese zurück. Die Dienerschaft war gerade eifrig darum bemüht, das Teeservice aufzubauen und den Samowar zu installieren. Die übrige Gesellschaft würde gleich zurückkehren, um das Picknick fortzusetzen.

Mit lebhaftem Winken und lautem Hallo näherte sich die Witwe Larina und ihre duldsame junge Gefolgschaft. Tatjana lächelte erleichtert, da sie endlich der tyrannischen Gutherzigkeit ihrer Mutter entkommen und wieder in den Windschatten der kleinen Gesellschaft abtauchen konnte, in dem sie ihre verliebte Beobachtung Eugen Onegins würde fortsetzen können.

Lenskij, der sich zwischen der aufdringlichen Geschwätzigkeit der Witwe Larina und der spröden Schweigsamkeit Tatjanas höflich aber ausweglos gelangweilt hatte, war glücklich seine Olga im hellen Schein dieses sonnigen Frühlingstages wiederzusehen.

Ron und Rosalia zitterten die Knie. Wie sehr ihnen das vorangegangene Gespräch Kraft und Energie abverlangt hatte, erkannten sie erst jetzt. Unausgesprochen waren sie sich einig, dass sie den anderen keinen Anlass zu Spekulationen und Eifersüchteleien bieten durften. Niemand durfte ihnen ihre Erregung vom Gesicht ablesen. Ihre ganze Konzentration war nun darauf gerichtet, ein möglichst beiläufiges Bild abzugeben. Schweigend und jeden Blickkontakt meidend standen sie wie zwei Fremde nebeneinander und warteten. Einvernehmlich setzen sie sich in Bewegung, als sie die Anderen ankommen sahen und begrüßten sie mit aufgesetzt heiteren Mienen.

5

Dem verspäteten Frühling folgte fast über Nacht ein heftig und unerwartet früh einsetzender Sommer. Schwül und schwer legte sich eine lähmende Hitze auf Land und Leute. Auch auf dem Gut der Larins litt ein jeder darunter.

Doch für Rosalia war es mehr als die klebrige Hitze, die an ihren Nerven zerrte. Gereizt erkannte sie, wie viel ungenutzte Zeit seit ihrem Gespräch mit Ron bereits verstrichen war. Zwar hatten sie sich noch einige Male kurz sehen können, aber zu einem Vieraugengespräch war es dabei leider nicht mehr gekommen.

Rosalia hatte allmählich genug davon, dass sich ihre Rolle aufs Warten beschränken sollte. Die schwerfällige Trägheit des Hauses drohte jede Lebensenergie langsam zu ersticken. Ihre ohnehin nicht sehr entschlussfreudigen Mitbewohner vegetierten wie gelähmt vor sich hin. Die sich zäh ausbreitende Sommerfaulheit provozierte Rosalias trotzige Gegenwehr. Immer schwerer fiel es ihr, die Maske gelassener Gleichgültigkeit aufrechtzuerhalten, die sie vor der Aufmerksamkeit der Anderen schützte. Der Umgang mit ihren Mitbewohnern wurde zum riskanten Geduldspiel, bei dem sie jederzeit aus ihrer Rolle zu fallen drohte.

„Ich werde hier noch verrückt", dachte Rosalia, täglich angespannter. Am liebsten hätte sie sich aus dem Stall ein Pferd genommen und wäre einfach zum Onegin'schen Anwesen hinübergeritten. Doch die vorgeschriebene Dramaturgie verbot ihr einen solchen Schritt. Rosalia wusste, dass nun Tatjanas große Szene bevorstand, die dem Roman seinen Höhepunkt gab. Sich vor Liebe nach Onegin verzehrend würde sie sich in einer dieser schwülen Vollmondnächte schlaflos in ihrem Bett hin- und herwälzen und zu dem Entschluss kommen, mit einem Brief an den Angebeteten ihrer unerfüllten Liebe Luft zu machen. Einen wundervollen Brief würde Puschkin diesem blutleeren Wesen in deren papierne Seele hauchen. Rosalia wusste, dass Tatjana ohne diese fremde dichterische Inspiration niemals auch nur ein poetisches Seufzen von sich gegeben hätte. Sie neidete Tatjana ihre Chance, den Verlauf der eigenen Geschichte in die Hand zu nehmen, von Herzen.

Ein wenig bang fragte sich Rosalia auch, wie Ron als Onegin auf das fremde Liebesgeständnis reagieren würde. Gab es Anlass zur Sorge, dass ihre bleiche Buchschwester ihn damit beeindrucken könnte? Wenigstens würde durch diesen Schritt Tatjanas die Handlung an frischer Dynamik gewinnen. Onegin wurde mit diesem Brief ein Anlass zugespielt, das Gut der Larins erneut aufzusuchen und Ron würde die Gelegenheit sicher nutzen, um sie, Rosalia, zu treffen.

Auch Ron machte die launische Hitze zu schaffen. Abkühlung suchend verbrachte er die meiste Zeit des Tages in der schattigen Abgeschiedenheit seines Gutes. Doch trotz aller Zurückgezogenheit bestürmten ihn Sinneseindrücke und Gedanken wie die allabendlichen Mückenschwärme. Er fand einfach keine Ruhe. Alles, was Rosalia ihm gesagt hatte, durchlief tausendfach seinen Kopf. Obwohl er anfangs gerne zurückweisen wollte, was er da hörte, konnte er nicht umhin, allmählich zu begreifen, dass Rosalia ihm nur seine eigene Realität beschrieben hatte.

Ob diese Realität nun in Wahrheit eine Fiktion war, war nicht wirklich von Bedeutung für ihn. Das wurde ihm mehr und mehr bewusst. Vielmehr war ihm wichtig, Rosalia wiederzuzusehen. Ihr fühlte er sich nahe und verbunden. Seine Gefühle für sie waren echt. Also musste sie ein Teil seiner Realität sein.

In wessen Fiktion sie sich beide bewegten, dieser Frage würde er sich noch stellen müssen. Denn für den Fortgang seiner eigenen Geschichte, der Geschichte von Ron und Rosalia, spielte das eine nicht zu unterschätzende Rolle. Er spürte, dass ihrer beider Überleben von der Gunst dieses unbekannten Zauberers abhing. Oder konnte es ihnen beiden gelingen, die Geschicke ihrer Geschichte selbst zu lenken? Den ersten Faden hatten sie bereits ohne fremde Hilfe aufgenommen. Würde der fremde Zauberer, ihr *Autor*, dachte Ron plötzlich voller Überraschung, würde er nun die Geschichte in ihrem Sinne weiterspinnen?

Ron erkannte, dass alles um ihn herum, jede Kulisse, jede Person, jeder Gedanke, jede Aktion, wirklich alles durch eine riesige Gesamtheit an bereits geschriebenen Worten zusammengehalten wurde. Wenn also das geschriebene Wort derart mächtig den Verlauf der Handlung beeinflusste, dann konnte er sein Schicksal nur selbst in die Hand nehmen, indem er ebenfalls schrieb. Ron beschloss daher einen Brief zu schreiben, um Rosalia seinen Wunsch mitzuteilen, mit ihr gemeinsam einen Ausweg zu suchen.

Die Durchführung dieses Entschlusses ließ ihn kurz verzweifeln. Er, der in seinem ganzen Leben nie eine längere Botschaft als eine maximal siebenzeilige E-Mail verfasst hatte, geriet in arge Not. Nächtelang zerraufte er sich die Haare wegen der Wahl der richtigen Worte. Selten war ihm eine Hilfe von außen so willkommen und gleichzeitig so unangenehm wie diejenige, die er in dieser Situation völlig überraschend erfuhr.

Nach einer langen Reihe von heißen Tagen und schwülen Nächten, von denen diese Nacht einen kaum noch zu ertragenden Höhepunkt markierte, überbrachte ihm ein schmächtiger Junge vom Gut der Larins mitten in der tiefsten Schwärze der Dunkelheit einen flüchtig versiegelten Brief. Rons Herz schlug Purzelbäume. War ihm Rosalia wieder einmal zuvorgekommen? Es hätte ihn nicht überrascht. Doch bestürzt erkannte er, dass der Brief von Tatjana kam. Fast verlegen wollte er die mit wahrem Herzblut geschriebenen Zeilen schon zur Seite legen. Er spürte, dass die Worte darin nicht wirklich für ihn, für Ron, bestimmt waren. Aber seine Neugier siegte und das Beispiel, welches ihm dieser perfekt abgefasste Brief lieferte, war zu ideal, um ihm nicht als Muster zu dienen.

Ron war gerührt und zutiefst bestürzt. Wenn Tatjana ihn oder Onegin, für den sie ihn hielt, so sehr liebte, wie in diesem Brief beschrieben, dann konnte das nur zu gefährlichen Irrungen und Wirrungen im weiteren Handlungsverlauf führen. Nichts lag ihm ferner, als jetzt noch weitere Komplikationen heraufzubeschwören. Er empfand die Sache bereits als ausreichend unübersichtlich. Es musste ihm schnell gelingen, hier wieder herauszukommen. Dazu war ihm jede Hilfestellung recht.

Natürlich wollte er den Brief nicht einfach abschreiben. Dies wäre ihm schäbig vorgekommen. Aber er wollte sich den einen oder anderen Satz ein wenig ausleihen und ihn in seinem Sinne gefügig machen. Dieser Brief Tatjanas bot ihm eine so überschäumende Quelle an liebreizenden Redewendungen und gefühlvollen Sätzen, dass es niemanden stören konnte, wenn er den einen oder anderen daraus entlehnte. Der Brief an Rosalia ging ihm mit Tatjanas unbewusster Hilfe plötzlich problemlos von der Hand.

Nun erschien es ihm aber billig, wenigstens ein paar tröstliche Zeilen an Tatjana zu richten. Dies war er ihr immerhin schuldig. Außerdem hoffte er sie so ein wenig auf Distanz zu halten. Er musste Zeit gewinnen. Der zweite, diesmal an Tatjana gerichtete Brief floss ihm ebenfalls mühelos aufs Papier. Um die beiden Schreiben auseinanderzuhalten, versiegelte er Rosalias Brief mit blauem und Tatjanas Brief mit rotem Wachs. Schlaflos aber zufrieden legte er sich zu Bett, um gleich in der Frühe einen Boten zu den Larins zu schicken.

6

Völlig übernächtigt lauschte der Bursche Rons Anweisungen. Zwei Briefe. Der eine, blau versiegelt, war nur an Fräulein Olga Larina zu übergeben. Der andere, rot versiegelt, nur an Fräulein Tatjana Larina. Blau für Olga. Rot für Tatjana.

Petruschka bemühte sich um ein waches und verständnisvolles Gesicht. Das also trieb sein Herr in der Nacht: Briefe schreiben. Dazu noch an zwei Damen gleichzeitig. Diese vornehmen Herrschaften hatten eine seltsame Art ihre Liebschaften zu pflegen.

Er, Petruschka, konnte weder lesen noch schreiben und war darüber auch gar nicht traurig. In der Bruthitze der letzten Nacht hatte es ihm besser gefallen, die Magd Larissa Petrowna zu besuchen und mit ihr im nahen Weiher eine gemeinsame Abkühlung zu suchen. Dass sie dabei nicht nur Abkühlung gefunden hatten und noch weniger Schlaf, verstand sich dabei von selbst.

Immerhin verschwendete er seine kostbare Zeit nicht mit sinnlosem Geschreibsel. Es war doch besser, der Dame seines Herzens ganz klipp und klar und direkt und deutlich zu sagen, worum es ging. Wenn sie ihr Herz und ihren Verstand auf dem rechten Fleck trug – das hieß: mitten auf der Zunge – dann gab es auch keine Missverständnisse und man wurde sich schnell einig.

Nun stand die Sonne noch gar nicht hoch an diesem Morgen und doch trieb ihm die staubige Hitze bereits den Schweiß aus allen Poren. Der Weg zu den Larins war nicht weit, aber zu Fuß auch nicht sehr bequem. Immerhin konnte er sich dort seine trockene Kehle befeuchten, denn sein Vetter Pawel lebte auf dem Hof der Larins und hatte immer einen guten Tropfen in Reserve.

Wenn er doch nur nicht so müde wäre. Ausgerechnet er hatte dem Herrn Onegin vor die Füße laufen müssen. Was trieb diesen feinen Herrn auch so früh auf die Beine? Am Himmel waren gerade die letzten Sterne im ersten Morgengrau verblasst und er wollte sich gerade aufs Ohr hauen, um wenigstens eine kleine Mütze voll Schlaf zu nehmen, als der Herr Onegin ihn zur Seite rief und mit diesen beiden Briefen losschickte.

Rot für die eine. Blau für die andere.

Ein Brief von einem feinen Herrn an eine feine Dame konnte immer nur ein Liebesbrief sein. Petruschka kannte sich da aus. Wer ihm nicht geglaubt hätte, dem hätte er gerade mal das Papier unter die Nase gehalten, um ihn zu überzeugen.

So ein Brief, mit Blumenduft parfümiert, konnte nur ebensolche blumigen Worte enthalten. Zwei Briefe, einer rot, der andere blau. Petruschka grinste wissend. Auch wenn die feinen Herren etwas umständlich in ihren Unternehmungen waren, Kerle waren sie trotzdem und gaben sich selten mit nur einem Rock zufrieden.

Die Erkenntnis dieser standesübergreifenden Gemeinsamkeit versüßte ihm seinen Auftrag. Aufrichtig erfreut schritt Petruschka aus, um als Mann einem anderen Mann einen Gefallen zu erweisen.

Schon von Ferne erkannte er den Wagen, der sich ihm etwa auf der Hälfte seines Weges näherte. Auch dieser war offenbar zu den Larins unterwegs. Sein Vetter Pawel hielt die Zügel und nickte zustimmend einem Passagier zu. Es war der Herr Lenskij, der neben ihm auf den Kutschbock saß.

Auch von diesem Herrn war man so einiges gewohnt. Er war Dichter und als solcher unberechenbar. Da konnte es schon mal sein, dass man diesen Herrn mitten in einer Vollmondnacht am Ufer des Baches einherschreiten sah, dazu noch alleine und trotzdem laut vor sich her deklamierend, als habe er eine ganze Kirche voll reuiger Sünder vor sich.

Oder Herr Lenskij kletterte fröhlich singend wie eine ganze Amselkolonie in das tiefste Dickicht neben dem Weiher, nur um die gerade erst im Morgengrauen frisch erblühten Maiglöckchen aufzusammeln, die er seiner Angebeteten bringen wollte.

Aber galt der Herr Lenskij auch als seltsam und leicht verrückt, er war trotzdem kein schlechter Herr. Vornehm verstummte er, sobald er sich einer großen Menge von Leuten näherte, erteilte seine Anweisungen stets in höflichem Tonfall, niemals aufbrausend oder fordernd, wie so manch anderer Gutsbesitzer, der sich erst durch Brutalität und Grausamkeit beweisen musste.

So hatte Pawel, den die Köchin der Larins an diesem sehr frühen Morgen zum Forellenfischen fortgeschickt hatte, Herrn Lenskij am Ufer des Baches aufgelesen und ihm gerne die Fahrt in seinem Wagen angeboten.

Grüßend nahm Petruschka seine Mütze vom Kopf.

„Auch schon so früh auf den Beinen, Petruschka?“, rief ihm bereits von weitem Vetter Pawel zu.

„Der frühe Vogel fängt den Wurm, nicht wahr, Brüderchen Pjotr Petrowitsch?“, schloss sich Lenskij dem Gruß seines Wagenführers an.

„Guten Morgen, werter Herr Lenskij. Grüß dich, Pawlek. Ich habe einen Botengang zu den Larins zu machen“, antwortete Petruschka bedenkenlos.

„Lieber Pawel Sergeijewitsch, wollen Sie Ihren Vetter nicht fragen, ob er sich uns anschließen möchte?“ Lenskij wusste, dass sein gutgemeinter Rat einer Anweisung gleichkam, gleichzeitig den beiden Burschen aber die Verlegenheit ersparte, ihn um Erlaubnis zu bitten und ihnen obendrein die Illusion gab, die Sache für sich selbst zu entscheiden. Rundum glücklich darüber, so ein guter

Mensch zu sein, strahlte er mit der frühen Sonne um die Wette, die sich mit eitler Helligkeit rücksichtslos ihren Weg über den wolkenlosen Himmel brannte.

Ebenso wie Pawel Sergeijewitsch seine frischen Forellen möglichst schnell im Hause der Larins abliefern wollte, brannte Lenskij darauf, ein während der letzten Nacht entstandenes, besonders schwermütiges Sonett seiner geliebten Olga vorzutragen, als spürte er, dass die Glaubhaftigkeit der nächtlichen Verse ihre lebendige Frische, ebenso wie die Forellen, im Laufe eines langen hellen Tages drastisch einbüßen würden.

Beseelt von der Größe und Tiefe seiner augenblicklichen Empfindungen hob er an, laut über das helle Sternenlicht der vergangenen Nacht zu schwärmen. Petruschka unterdrückte ein zähes Gähnen und machte pflichtbewusst ein möglichst waches und verständnisvolles Gesicht. Darin hatte er sich heute bereits geübt. Wenn er sich anstrengte, konnte er vielleicht sogar mit offenen Augen schlafen.

Lenskijs Worte rauschten an ihm vorbei wie der hohe Huflattich, der ihn während der Fahrt am Bein streifte. Der unruhige Weg ließ ihn ab und an mit dem Kopf nicken. Hinter der nächsten Biegung tauchte bereits das Anwesen der Larins auf.

„Nicht wahr, mein guter Pjotr Petrowitsch, da sind wir uns einig. Die Liebe ist für uns Männer eine wahre Prüfung“, schloss Lenskij seine kilometerlange Rede und klopfte Petruschka aufmunternd auf die Schulter.

Der Bursche erwachte träge.

„Na ja, schwere Prüfung kann man da wohl zu sagen“, stammelte Petruschka leicht verwirrt, denn die letzte durchwachte Nacht steckte ihm doch noch tief in den Gliedern. Allerdings war er sich nicht sicher, ob Herr Lenskij dasselbe meinte wie er, und daher erlaubte er sich nur ein vorsichtiges Grinsen.

„Aber das ganze Leben ist voller Prüfungen“, zitierte er schlau den Dorfpopen und sprang schwerfällig vom Wagen, als sie in den Hof einfuhren.

„Amen“, beendete Pawel Sergeijewitsch die Fahrt und brachte die Pferde zum Stehen.

„Welch unverdorbene und feinsinnige Leute“, dachte Lenskij befriedigt, der sich so gut wie schon lange nicht mehr verstanden fühlte.

„Gleich gibt’s den wohlverdienten Schluck bei Pawel“, dachte Petruschka und beeilte sich seinen Auftrag zu Ende zu bringen. Am Seiteneingang des großen Hauses fragte er nach Filipjewna, der Amme der beiden Larintöchter.

„Schon so früh am Morgen, Petruschka, kommst du hierher um dich zu besaufen?!“, schalt ihn die Alte.

„Aber nein, wohin denkst du Mütterchen, ich bin beauftragt von Herrn Onegin Briefe abzuliefern.“

„Briefe?“, echote Filipjewna erschrocken. Briefe bedeuteten selten etwas Gutes. Wenn man sich etwas Aufrichtiges zu sagen hatte, fand sie, dann tat man das laut und vernehmlich. Briefe bedeuteten nur Heimlichkeiten. Und Heimlichkeiten bedeuteten Schwierigkeiten. Und Tränen.

Allerdings kamen diese Briefe von Herrn Onegin und durften nicht abgewiesen werden.

„Also gib schon her“, seufzte sie schicksalsergeben.

Petruschka griff in seine Hosentasche und zog einen Brief heraus.

Einen. Rot versiegelt. Umständlich stülpte er seine Hose nach außen. Nichts.

„Was ist?“ drängte ihn die Amme ungeduldig.

„Es ist nur einer“, beschloss Petruschka resigniert die aussichtslose Durchsuchung seines Beinkleides.

„Wirst dich wohl verzählt haben“, schimpfte die Amme, der bereits der eine Brief ein Dorn im Auge war. „Und an wen ist er?“

Schwerfällig versuchte Petruschka sich zu erinnern. Rot? Olga oder Tatjana? Blau? Tatjana oder Olga? Aber Blau war weg. Wo war Blau? Wieso war nur dieser verflixte Blaue nicht mehr da? Petruschka wurde wütend über den Verlust des Blauen und gab ihm die Schuld an seiner übermüdeten Verwirrung.

Egal, ein Liebesbrief ist so gut wie der andere und vielleicht kam's auch gar nicht raus, dass ein Brief verloren war. Rot war immerhin noch da. Also Olga oder Tatjana? Eine Entscheidung und er konnte sich endlich in den Schatten zurückziehen.

„Olga“, sagte Petruschka selbstgefällig, denn er erinnerte sich, dass ihm die hübsche Olga immer freundlich zulächelte.

Genervt zog die Amme den Brief an ihren breiten Busen und schloss grußlos die Tür vor seiner Nase.

„Ach, was soll's?!“, lachte Petruschka wie über einen gelungenen Streich. „Wozu sich das Leben schwer machen wegen eines Stücks verlorenen Papiers?“

Fröhlich singend zog er einige Stunden später nach Hause zu Larissa Petrowna. Seinen guten Vorsatz, auf dem Heimweg noch ab und zu nach dem verlorenen, blau versiegelten Brief Ausschau zu halten, hatte er ebenso vergessen wie den Brief selbst.

Lenskij war indessen zum Haupteingang geeilt. Die Damen seien noch nicht auf, hieß es, und er entschloss sich die Wartezeit im Freien zu verbringen. Er liebte seine Zuneigung für das Volk und fühlte sich in seiner betriebsamen Nähe stets in seiner Bodenständigkeit als Gutsbesitzer und Landwirt bestätigt.

Die Pferde wurden gerade abgeschirrt und zur Tränke gebracht. Der Wagen stand noch staubig im Hof. Lenskij warf im Vorübergehen einen Blick hinein. Auf dem Wagenboden lag ein blau versiegelter Umschlag. Ein Brief?

Ein Liebesbrief, ganz eindeutig, bestätigte ihm seine feine, vor Misstrauen erwachende Nase. Konnte das ein Brief von Onegin an Olga sein? An seine Olga? Die aufflammende Eifersucht verführte ihn zur Unredlichkeit. Wenn er sich in seinem Verdacht täuschte, dann würde er den Brief wieder versiegeln und als Ehrenmann schweigen und vergessen, was immer darin stehen sollte. Aber wehe, sollte der Brief an Olga sein.

Lenskijs Hände zitterten, als er das blaue Siegel in einer heimlichen Ecke des Pferdestalls erbrach. Auf einem Heuballen nahm er Platz und begann zu lesen.

7

Mein Brief kommt spät. Und ich selbst bin auch verspätet. Ich hoffe, du hast Mitleid mit mir und gibst mir noch eine Chance. Lange habe ich gezögert, ohne es wirklich zu bemerken und überhaupt bin ich bis jetzt nicht sehr schnell darin gewesen, die Zusammenhänge zu begreifen. Ich bin noch immer verwirrt und zugleich doch dankbar, dass du mir alles aufgezeigt hast. Wenn ich nur die Hoffnung nicht aufgeben muss, dich von Zeit zu Zeit noch sehen zu können. Aber wo werden wir uns in Zukunft sehen? Wo ist der Platz, an dem es für uns eine gemeinsame Zukunft geben kann?

Du liest, wie ernst es mir ist. Ich habe noch nie zu einer Frau über eine gemeinsame Zukunft gesprochen oder sogar geschrieben. Wir kennen uns kaum und doch fühle ich, dass uns mehr verbindet, als ich es in Worte zu fassen vermag.

Seit du in mein Leben getreten bist, hat sich alles für mich verändert. Vielleicht wäre mein Leben so bequem und zufrieden weiter vor sich hin geplätschert, wie zuvor. Doch will ich das jetzt noch?

Nein, den Gedanken könnte ich nicht mehr ertragen!

Ich weiß nicht, wie es weiter geht, noch weiß ich wirklich, wer oder was ich bin. Nur durch dich fühle ich mich als ich selbst. Erst seit ich dich liebe, spüre ich, dass ich lebe.

Jetzt weißt du es, Rosalia. Ich liebe dich.

Es ruht mein Geschick von nun an in deinen Händen. Du bist die Einzige hier, die mich versteht.

Ich bitte dich, lass mich wissen, was du fühlst. Fühlst du wie ich, dann lass uns gemeinsam fliehen. Wenn nicht, dann kuriere mich schnell und schmerzhaft von meinem Wahn.

Dein Ron“

Lenskij war verwirrt. Wer zum Kuckuck waren Ron und Rosalia? Er kannte niemanden mit diesen seltsamen Namen.

War dieser Brief hier echt oder nur eine merkwürdige Fiktion? Und wenn es sich um eine Fiktion handelte – er runzelte leicht spöttisch die Stirn – dann war sie nicht gerade sehr gekonnt geschrieben. Nein, er hätte das besser vermocht. Es fehlten eindeutig die Verse und die Reime und auch das Vokabular ließ doch sehr zu wünschen übrig. Keine Tränen, kaum Schmerz, wenig „Ach“ und „Oh“ und „Weh“, also sein Geschmack war es nicht.

Aber, und das sprach eindeutig gegen eine Fiktion, beeindruckend war die Wahrhaftigkeit des Gefühls, die ihn aus diesen Zeilen erreichte und seltsam anrührte. Mochte der Verfasser auch kein wahrer Dichter sein, was man großzügigerweise nicht von jedem, der zur Feder griff, erwarten durfte, unbestreitbar war der Briefschreiber aber ein wahrer Liebender. Direkt und unverstellt sprach hier die Liebe selbst, erkannte Lenskij ein wenig neidisch und fühlte sich auf unbehagliche Weise an das spröde Stück Papier in seiner Westentasche erinnert, welches er Olga jetzt vielleicht doch nicht mehr vortragen mochte. Es wäre besser, noch ein paar Schritte den Feldweg hinunter zu schlendern und ihr ein paar frische Wiesenblumen mitzubringen, entschied er und erhob sich.

Aber was sollte denn jetzt mit diesem Brief geschehen? Nun, da er weder einen Ron noch eine Rosalia kannte, hatte sein Mitgefühl für diese beiden einen rein literarischen Wert und hielt sich als solches in engen Grenzen. Peinlich berührt darüber, von seiner offensichtlich unbegründeten Eifersucht in die Irre geleitet worden zu sein, schob er das fremde Schreiben verlegen lächelnd in seine Westentasche und hatte es im selben Moment auch schon vergessen.

Erst am frühen Nachmittag kreuzte Lenskij erneut bei den Larins auf. Zufrieden, verschwitzt, mit zerstochenen Fingern und staubigem Frack, den Arm voll von rotem Klatschmohn, blauen Kornblumen, rosafarbenen Buschröschen und gelbem Ginster verneigte er sich gekonnt vor seiner Olga, die ihm nachsichtig zulächelte.

Rosalia wusste, dass er bereits am Morgen vorgesprochen hatte, als sie sich noch nicht in der Stimmung befunden hatte, um seine Komplimente ertragen zu können. Sie wunderte sich wenig über die große Verspätung, mit der er jetzt erst bei ihr erschien. So war Lenskij eben. Wenn er sich erst einmal in eine Idee verrannte, dann verlief er sich zunächst gehörig, um über Umwege doch noch, wenn auch verspätet, anzukommen.

Immerhin kam er an. Auf ihn war Verlass. Und er bemühte sich immer, ihr etwas Nettes mitzuteilen oder mitzubringen. Rosalia fand dies rührend. Überhaupt war sie heute geneigt wie schon lange nicht mehr, seine Liebesbeweise mit großzügiger Geduld zu ertragen. Immerhin hatte sie von ihm weder Überraschungen noch Enttäuschungen zu erwarten. Ganz anders als bei Ron, der es gewagt hatte, ihr mit einem derart abgeschmackten Brief zu begegnen.

„Meine liebe Freundin", stand darin geschrieben. Nie zuvor hatte ein Mann gewagt, sie derart gleichgültig und herablassend anzusprechen.

„Es tut mir leid, wenn ich Sie enttäusche. Aber ich bin nicht der, für den Sie mich halten."

Und was hatte das zu bedeuten? Bevor sie ihn aufgeklärt hatte, hatte er noch nicht einmal gewusst, für wen er sich halten sollte. Erst sie hatte ihm überhaupt seine Identität gezeigt.

„Ich verdiene Ihre Liebe nicht, da ich für Ihre Form des Lebens nicht geschaffen bin."

Das war die Krönung! Was bildete er sich ein? Hatte sie ihm etwa ihre Liebe gebeichtet? Wie konnte er es wagen, eine Gunst zurückzuweisen, die sie ihm überhaupt noch nicht gewährt hatte?

„Seien Sie sicher, dass Sie in mir immer einen verschwiegenen Freund haben werden."

Freund? Ging es hier um Freundschaft? Wollte er sich lustig über sie machen? Es ging um mehr. Um alles. Um ihrer beider Existenz.

Und dann: „Ihr Onegin."

Und das war der Gipfel an Ignoranz und verletzte sie zutiefst. Verleugnete er sich selbst, nur um sie zu einer Lügnerin zu stempeln? Sah er in ihr nur eine Verrückte, die er zurückwerfen wollte auf ihren papiernen Schatten?

Wie ein vergifteter Stachel brannte der verletzte Stolz in ihrem Herzen und eiterte zu einem Rache fordernden Geschwür heran. In ihr glühte das Verlangen danach ihn leiden zu sehen. Das Leben sollte für ihn zu einem einzigen Schmerz gerinnen. Die Liebe sollte für ihn eine einzige Qual werden. Diese Pein würde ihn festnageln, so dass er sich seiner Existenz nicht mehr entziehen könnte. Sie würde ihn lehren, welchen Preis es kostete, sich lebendig zu fühlen.

Mit hingebungsvollem Gesicht lauschte sie Lenskijs Worten, die an ihren Ohren vorbeirauschten wie das nachmittägliche Sommerkonzert der Vögel, deren Gezwitscher durch das offene Fenster in den Salon floss. Mit theatralischer Zärtlichkeit umschmeichelte sie Lenskij. Wenn doch nur Ron endlich auftauchte, um Zeuge ihres inbrünstigen Schauspiels zu werden. War er doch der eigentliche Zuschauer, für den ihre Inszenierung gedacht war, und nicht dieser armselige Statist Lenskij, der in ihrem Herzen noch nie einen wahren Platz gehabt hatte.

Ihm, Ron, wollte sie vorführen, welche Gunst er sich verspielte. Sollte er nur erkennen, dass sie nicht gewillt war, sich geschlagen zu geben. Eine Frau wie sie würde ihren Weg notfalls auch alleine finden.

„Wo steckt denn eigentlich Ihr Freund?", brachte die Witwe Larina die auffallende Abwesenheit Onegins auf den Punkt.

„Er sagte mir, er käme heut", entgegnete Lenskij sehr zerstreut, denn die so offen vorgeführte Zuneigung Olgas berauschte ihn zunehmend und ließ ihn das Interesse für alles andere um sich herum verlieren.

„Vielleicht hat Post ihn aufgehalten", fügte er noch beiläufig hinzu.

Tatjana hielt den Atem an. Dieser letzte Satz hatte ihr einen schmerzhaften Stich versetzt. Bleich und stumm verharrte sie vor dem Fenster und wagte kaum noch zu atmen. In ihr tobte ein Wirbelsturm an Gefühlen, in dem die ganze Welt um sie herum zu versinken drohte. Panisch erstarrte sie, um ihre Haltung zu bewahren. Keiner bemerkte, wie sehr sie die Ankunft des ausbleibenden Gastes gleichzeitig herbeisehnte und befürchtete. Dieser letzte, von Lenskij so nebenbei dahergesagte Satz hatte sie erbarmungslos an ihr Schicksal erinnert, das umso erbarmungsloser war, da sie es nicht völlig selbst in ihrer Hand hatte.

Mit kaltblütiger Miene setzte Rosalia ihr Spiel fort. Bis zum Ende war sie gewillt ihre Posse durchzuhalten. Wie eine Aufziehpuppe ließ sie Olga ausgelassen plaudern und umherwirbeln, allen Anwesenden heißen Tee nachschenken und zuckriges Gebäck servieren. Mit kokettem Augenaufschlag und zarten Gesten umschmeichelte sie ohne Unterlass den immer benommener werdenden Lenskij.

Der Nachmittag wurde zum frühen Abend. Wer auf sich warten ließ, war Onegin.

8

Auch Ron war nervös. Einen solchen Brief abzusenden bedeutete, die eigene Zukunft in die Hände eines Anderen zu legen. Wäre er so mutig gewesen das zu tun, wenn er sich vorher vor Augen geführt hätte, wie hilflos ihn dieser Schritt jetzt machte? Oder war es Mut, sich überhaupt einer Wahl gestellt zu haben?

Bisher hatte er das Ganze wie einen Traum empfunden. Ein zauberhafter Zufall hatte ihn in diese Geschichte katapultiert, ohne dass er verstand, wie ihm geschah. Auf den Ablauf des Geschehens hatte er bis jetzt rein gar keinen Einfluss gehabt. Alles, was um ihn herum passierte, lag nicht an ihm, sondern war ein Produkt fremder Phantasie, war aus der Feder eines ihm fremden Menschen geflossen, der nicht einmal das Jahrhundert mit ihm teilte.

Welcher Zauberer ihn gerade hier an diese fremde Geschichte fesselte, entzog sich seinem Wissen. Zuerst war er ein Statist in einem Drama, dann eine marionettenhafte Hauptfigur in einem Versroman. Welche Rolle würde er als nächstes ausfüllen?

Lag in dieser Frage seine Chance? Hatte er nicht soeben begonnen, sein eigenes Drehbuch zu entwerfen? Zumindest hatte er den Wunsch nach einem eigenen Ziel benannt. Sein Ziel war Rosalia. Sein Ziel war es, für sie beide eine eigene Geschichte zu erfinden.

Oder war ihre Geschichte bereits geschrieben? Erlag er nur einer Illusion, wenn er glaubte, sich selbst definieren zu können? Ron spürte seinen Mut sinken.

Dann lächelte er. Jetzt erkannte er, wie wichtig gerade Rosalia für ihn war. Sie hatte ihm den richtigen Weg gezeigt. Auf sie konnte er sich verlassen. Rosalia wusste um die Illusion ihrer Existenz. Sie erst hatte ihn darauf gebracht. Aber niemals würde sie sich diesem Wissen ergeben. Im Gegenteil, gerade als sie erkannt hatte, was sie eigentlich war, begann sie sich ihrem vorgeschriebenen Rahmen zu entziehen. Der Moment, indem sie erkannte, dass sie bisher nur eine Gefangene gewesen war, markierte den Beginn ihrer Freiheit.

Sie zu lieben bedeutete für Ron mehr, als nur die Augen geöffnet zu bekommen. Durch Rosalia hatte er nicht nur die Welt um sich herum entdeckt, sondern sich selbst in dieser Welt. Hatten andere bisher sein Schicksal gelenkt, dann wollte er es jetzt selber lenken. Stieß er dabei vielleicht an die Grenzen seiner Fähigkeiten, dann blieb ihm immer noch sein freier Wille.

Sein Wille war es, der ihm die Idee einer freien Zukunft vorgab. Lag seine Chance darin, sich diese Zukunft zu erdichten und zu erträumen, dann würde er eben genau das tun und wenn nötig, seine eigene Illusion den zahllosen Illusionen Anderer hinzufügen.

Unruhig und ungeduldig wartete er auf Rosalias Antwort. Dieses Warten gefiel ihm nicht. Es reichte ihm nicht. Und wieso sollte es das auch? Niemand schrieb es ihm vor. Er hatte ihr einen Brief geschrieben, aber wer befahl ihm, dass er nun auf eine geschriebene Antwort zu warten hatte. Nach einem zergrübelten Nachmittag eilte er zum Stall, wies den verdutzten Knecht an sein Pferd bereit zu machen und sprang in den Sattel, kaum dass der letzte Gurt angezogen war. Trotz der noch immer schwül und schwer stehenden Hitze trieb er das Tier im erschöpfenden Galopp in Richtung des Larin'schen Anwesens. Einen Plan hatte er nicht. Er wollte nur mit ihr reden. Die Worte dazu würde er finden und sie würde ihn verstehen.

Ein Hauch kühler Dämmerung legte sich bereits auf die Blumenbeete und Sträucher, die das Anwesen der Larins umgaben. Zaghaft löste sich eine schmale Gestalt aus dem Schatten der kleinen Gartenlaube. Voller Vorfreude sprang Ron vom Pferd und wickelte den Zügel um einen schmalen Ast.

Sie hatte ihn kommen gehört! Sie hatte seine Gedanken erraten und war ihm hierher entgegengeeilt. Endlich konnte er sie in die Arme schließen und gemeinsam würden sie ihre Zukunft besprechen. Mit leichten Schritten lief er ihr entgegen. Doch der unerwartete Anblick ließ ihn fast zurückprallen. Erschrocken sah er in das bleiche Gesicht Tatjanas, die ihn mit angstgeweiteten Augen anstarrte.

Gefangen in einem Netzwerk, das er selbst nicht gesponnen hatte, stand Ron als Onegin vor Tatjana. Der armselige Anblick des Mädchens bannte ihn auf seinen Platz. Erwartungsvoll fixierte sie ihn mit verheulten und rot verquollenen Augen. Schüchtern zog sie die Nase hoch und unterdrückte ein sanftes Schluchzen.

Ron musste sich eingestehen, dass ihn dieser verzweifelte Ausbruch an Liebeskummer nicht unberührt ließ. Voller Mitleid trat er ihr entgegen, kramte in seiner Westentasche nach einem Taschentuch, das er ihr anbieten wollte, fand aber keines und berührte dabei unbeabsichtigt das von ihr in der letzten Nacht so herzzerreißend komponierte Brieflein, welches er noch immer mit sich herumtrug.

Widerstrebend erkannte er, dass es aus dieser Szene keinen anderen Ausweg gab, als den, die vorgeschriebene Rolle angemessen zu übernehmen. Seufzend warf er einen Blick auf die schniefende Tatjana und ergab sich seiner Pflicht. Es war an Onegin, ihr das Herz zu brechen. Also würde er jetzt Onegin sein, um genau dies so würdevoll und schonend wie möglich zu tun.

„Sie haben mir geschrieben …“, begann er, erleichtert darüber wie leicht ihm die fremden Worte von den Lippen perlten.

„Ihr edles Zutraun rührt mich tief …
Doch leeres Schmeicheln liegt mir fern –
Dem offenen Herzen will ich gern
mit gleichem Freimut Antwort geben.“

Stumm hing Tatjana an seinen Lippen und sog jedes seiner Worte auf, als verberge sich dahinter ihre Erlösung. Doch Onegin sagte nichts, was sie in ihrer Hoffnung hätte bestärken können. Er sei nicht geschaffen für ein friedliches Leben im Ehestand, ihr Liebreiz sei an ihn vergeudet, er sei ihrer Zuneigung nicht würdig, ihr Zusammensein habe keine Zukunft und würde nur ihr Unglück besiegeln. Onegins kurze Rede endete mit dem gutgemeinten Rat, sich möglichst bald neu zu verlieben und in der Zwischenzeit ein wenig vorsichtiger zu sein.

„Nur lernen Sie Ihr Herzchen zügeln;
Nicht jeder achtet es wie ich –
Wer Schaden fürchtet, hüte sich“, schloss er seine Ansprache ein wenig herablassend und reichte ihr wohlwollend den Arm, um sie ins Haus zurückzugeleiten.

Auch Tatjana spielte ihre Rolle formidabel. Kommentarlos nahm sie die Zerstörung ihres Lebenstraumes und seinen Arm an und schritt gesenkten Hauptes mit ihm ins Haus.

Inzwischen war das letzte Tageslicht einer sanften, sternklaren Abenddämmerung gewichen und die Gesellschaft im Salon hatte sich gerade aufgelöst. Die Witwe Larina und Olga hatten sich zurückgezogen und Lenskij war dabei, sich auf den Heimweg zu machen.

Überrascht musterte er das eintretende Paar, sah der sich wortlos verabschiedenden Tatjana nach und blickte fragend auf Ron.

Doch dieser fühlte sich plötzlich keiner weiteren Erklärung mehr gewachsen. Ermattet winkte er ab, machte kehrt und verließ das Haus. Lenskij eilte ihm nach, sein Blick ein einziges Fragezeichen.

Ron schüttelte die Neugier des Freundes ab. Ein weiterer Auftritt war hier nicht vorgesehen. Jetzt konnte er nur noch für sich selbst agieren und dies sollte überlegt und ohne ungebetene Zuschauer passieren. Bei aller Sympathie war Lenskij nicht der, den er in sein Geheimnis hätte einweihen können. Lenskij folgte seinem eigenen Weg und der hieß Olga. Selbst mit dem Wissen, dass ihn dieser Weg direkt in den Tod führte, hätte Lenskij nicht anders als eben Lenskij sein können.

9

Von nun an brauchte es keinen besonderen Zauber, um die Dinge in die ihnen vorbestimmte Richtung zu lenken. Häufiger als man meint folgen die Kunst, die Liebe und das Leben den gleichen Naturgesetzen, nämlich denen des Zufalls, des Irrtums und der Einbildung.

Was Ron so sehr bestürzt hatte – anstelle von Rosalia auf Tatjana zu treffen und sich dadurch um einen wichtigen Schritt vorwärts betrogen zu fühlen – so ähnlich empfand auch Rosalia die irritierende Zurückhaltung Rons. Der ursprünglich an Tatjana gerichtete Brief hatte ihre vagen Zweifel zu einem beharrlichen Irrtum verfestigt. Ihre verzweifelte Offensive fand seinen Ausdruck in ihrer Beziehung zu Lenskij, der eben zufällig das geeignetste Objekt ihrer Eifersuchtskampagne werden musste, weil er neben Ron der einzig verfügbare Mann in diesem Drama war.

Lenskij war in diesem Gewirr aus Irrtümern und Zufällen der Einzige, den man wirklich glücklich nennen konnte, vorausgesetzt dass man auch einen gelungenen Selbstbetrug als Quelle des Glückes gelten lässt. Lenskij schwebte im Glück. Er atmete Glück. Er flog auf einer duftigen, buntschillernden Wolke des Glückes. Olga schenkte ihm jede freie Minute des Tages, hing an seinen Lippen, folgte seinen Schritten, eilte seinen Gedanken voraus, lobte ihn, umschmeichelte ihn, verwöhnte ihn, war voll liebenswerter Gesten und zärtlicher Blicke, voller Verständnis und Interesse für seine Kunst. Seit Beginn seines Aufenthaltes auf dem Land hatte sie noch nie so ausdauernd, so ausdrücklich, so vorbehaltlos sein Werben unterstützt. Er zweifelte nicht daran, nun bald am Ziel zu sein. Ganz sicher würde man sehr bald seinem Wunsch entsprechen und ihm die Hand Olgas gewähren.

Lenskij erlebte das Unbeschwerteste aller Geschenke Fortunas, das Liebesglück in seiner jungfräulichsten Form, das unverdorbene Ideal der Liebe. Der Preis seines Glücks war noch nicht ausgewogen. Noch lebte er einen unerfüllten Traum. Auserwählt fühlte er sich, sein Glück genießen zu dürfen, ohne je einen Abstieg in den Alltag akzeptieren zu müssen und irrte sich darin nicht. Keine banale Routine würde je sein perfektes Liebesglück trüben. Keine fade Wiederholung würde je seiner Leidenschaft ihren einmaligen Glanz rauben. Nie würde ihm die Zeit ihre tückischen Fallen des Versäumens und der Reue stellen. Er war dazu bestimmt, mit dem Höhepunkt seines Lebens auch seinen endgültigen Schlusspunkt zu erleben.

Das heftige Turteln zwischen Lenskij und Olga füllte die Gespräche und die Gerüchte in der Nachbarschaft. Die Witwe Larina versäumte keine Gelegenheit, die natürliche Neugier ihrer Umgebung auf das Ereignis einer völlig überraschend bevorstehenden Verlobung zu lenken.

Bestürzt zog sich Ron in die Onegin'sche Einsamkeit zurück. Zweifelnd verfolgte er die Details dieser merkwürdigen Zweisamkeit, deren erstaunter Zeuge er wurde. Er konnte nicht umhin, sich enttäuscht und zutiefst verletzt zu fühlen. Wieso tat Rosalia ihm das an? Ihre Worte, ihre Taten, ihre Küsse, ihre Blicke, sollte das alles nur eine Verstellung gewesen sein? Das erste Mal in seinem Leben überwältigte ein Liebeskummer seine Sinne. Wie eine Krankheit, die vom Herzen ausgeht, aber dort nicht stehen bleibt, verdrängte dieser Kummer sein komplettes körperliches Wohlbefinden und raubte ihm jegliche Freude und Lebenslust.

Dieses Unwohlsein verzerrte seine Wahrnehmung. Das weiche Licht des goldenen Hochsommers schien ihm zu grell und stechend. Das vollendete Aroma von erntereifem Getreide und Obst, das wie ein köstlicher, vielversprechender Duft in der Luft hing, empfand er als überreif und faul. Die zufriedene Ausgelassenheit der Bauern wirkte auf ihn aufdringlich und laut. Der säuerlich erfrischende Kwass schmeckte ihm auf einmal zu scharf, die liebevoll und reichhaltig zubereiteten Gerichte seiner Köchin wirkten auf ihn schwer und plump. Der Duft der Rosen unter dem Fenster seines Arbeitszimmers bereite ihm Kopfschmerzen und er befahl sie zu entfernen.

Immer heftiger zog er sich in die Onegin'sche Rolle zurück, umgab sich mit beleidigtem Schweigen und trotzigem Tun und fand doch keinen Ausweg. Seinen Kummer konnte er so wenig abschütteln wie seinen eigenen Schatten. Nur zu gerne hätte er sein eigenes linkisches Selbst vor die Tür gesetzt.

Wenn das der Preis für sein neues Selbstbewusstsein war, dann konnte es ihm gestohlen bleiben. Er spie auf die zweifelhaften Vorzüge seiner neuen Selbstständigkeit. Was nutze es ihm, die Welt so zu sehen, wie sie war, wenn sie ihm in dieser Form überhaupt nicht gefiel? Welchen Vorteil hatte es die Hintergründe zu durchschauen, wenn man nicht selbst der Meister seines Schicksals sein konnte? Entsprach es einem Fortschritt, vom ahnungslosen Zuschauer zum aktiven Teilnehmer zu werden, solange man nicht einmal wusste, welche Rolle man spielte?

Doch weder der elegante französische Bordeaux aus dem Onegin'schen Keller noch der bodenständige russische Wodka seiner Bauern eröffnete ihm neue Erkenntnisse. Auch sie brachten ihn hart und gleichgültig immer nur zu sich selbst und einem katerschmerzenden Kopf zurück.

Mit Wehmut gedachte Ron der Zeit vor seiner ersten Begegnung mit Rosalia, noch bevor diese Geschichte überhaupt ihren Anfang genommen hatte. Er wünschte sich zurück in eine Welt, wie sie ihm sein Cousin Magus in wenigen überschaubaren Sätzen zusammenfassen und erklären konnte. Seine Erinnerung an die Zeit mit Magus erschien ihm wie die Sicht auf eine leicht erklärbare, still in sich ruhende Welt, in der er seinen Platz niemals hätte suchen müssen.

Wäre es Ron möglich gewesen zu diesem Zeitpunkt aus der Geschichte auszusteigen, dann hätte er es sofort getan. Doch er war so sehr mit sich selbst beschäftigt, er warf so wenig einen Blick über seinen gerade erwachenden Horizont hinaus, dass ein Ausweg für ihn überhaupt nicht existieren konnte.

Wortlos zerrann ihm der Sommer zwischen den Fingern. Schweigend kam der Herbst. Ron bemerkte den Wandel erst, als der erste Frost eisige Blumen an sein ungeheiztes Schlafzimmerfenster malte und er bereits am Nachmittag in seinem Lesezimmer Licht anmachen musste.

Der Verlust von Zeit und Gelegenheiten war für ihn ein fast ebenso harter Schock wie der Auslöser seines Liebeskummers. Was war bloß mit ihm geschehen? Hatte er so sehr den Überblick verloren, dass ihn der Herbsteinbruch derart überraschen konnte? Die klare Einsicht, dass die Dinge in der Zwischenzeit völlig unbeeindruckt von seinem Kummer ihren natürlichen Gang genommen hatten, schmerzte nicht wenig.

Dieser heilsame Schock brachte ihn auf den Boden der Tatsachen zurück. Er war nicht hier, um sich bequem und fatalistisch in ein fremdes Schicksal zu ergeben. Es galt das Herz einer Frau zu erobern und von hier zu verschwinden. Ob mit oder ohne Rosalia, daran wollte er nicht denken, um seiner Furcht keinen Einlass zu gewähren. Aber ganz sicher wusste er, dass er sich durch seine bisherige Tatenlosigkeit nur selbst um alle Chancen auf einen Gewinn gebracht hatte.

Lenskij war so berauscht von seinem Glück, dass ihm das Fehlen seines Freundes Onegin anfangs überhaupt nicht auffiel. Aber je sicherer er sich seiner Sache mit Olga wurde, desto mehr wandte er sich auch wieder seinen anderen Interessen zu und machte sich halbherzig Vorwürfe, seinen einstigen Vertrauten so schmählich sich selbst überlassen zu haben. Er fand, es sei an der Zeit, ihn zu besuchen, um ihn aus seiner trostlosen Schwermütigkeit zu reißen.

Tatjanas bevorstehender Namenstag und der Auftrag der Witwe Larina, dem werten Freund eine Einladung zu der dazu anstehenden kleinen Feier im Kreise engster Freunde und Bekannter zu überbringen, lieferte seinem schlechten Gewissen den nötigen Vorwand, um den längst überfälligen Gang in die abgründige Einsamkeit des Freundes anzutreten.

Lenskij war sich sicher, dass die Namenstagfeier der langersehnte Rahmen sein sollte, um seine Verlobung mit Olga endlich offiziell zu machen und einen Hochzeitstermin anzukündigen. Er glühte vor Freude und Eifer, als er Onegins Anwesen betrat, und eilte dem Freund so unbeschwert entgegen, als hätten sie sich erst gestern gesehen. Dabei lag ihr letztes Treffen bereits Wochen zurück.

Mühelos überspielte Lenskij einen kurzen Moment der Befangenheit, der Onegins kühler Begrüßung folgte, und begann munter darauf los zu plaudern. Unaufgefordert nahm er Platz und griff auch selbst zur Weinkaraffe, um sich mit der Geste größter Vertrautheit einzuschenken.

Zurückgelehnt betrachtete Ron das fremdartige Theater mit wachsendem Interesse. Das selbstverliebte Geplapper Lenskijs belustigte ihn zusehends.

Wie hatte er nur einen Moment daran glauben können, dass Rosalia, seine Rosalia, sich wirklich und ernsthaft für diese Marionette interessieren könnte? Die Leidenschaft eines Lenskij hatte das Gewicht einer Scherenschnittfigur. Begeisterungstrunken spielte er sich vor Ron mit der Glaubwürdigkeit eines Schmierenkomödianten auf, dessen theatralische Phrasen und Floskeln nur ein Naiver ernst nehmen konnte. Lenskij war so hohl und leer wie seine eigenen Worthülsen. Schmuck und wohltönend füllte er jede beliebige Stille mit der unerschöpflichen Eloquenz eines Dichters. Aber hinter diesem artig artikulierten Schall verebbte seine Seele im Nichts der Tatenlosigkeit.

Niemals würde sich seine Rosalia mit dem Abbild eines solchen Mannes zufrieden geben, geschweige denn den Rest ihres Lebens an der Seite einer so trostlosen Figur verbringen wollen.

Erleichtert lachte Ron auf und prostete Lenskij zu. Mochte er selbst bisher auch nicht gerade durch seine Handlungen geglänzt haben, er hatte anders als sein Widersacher Lenskij aber die Chance und den Willen, durch seine eigene Tatkraft den Lauf der Geschichte zu seinen Gunsten zu verändern.

Lenskij fiel ein Stein vom Herzen als er den zuerst so grimmig schweigenden Onegin schließlich unbeschwert auflachen sah. Fast schon hatte er befürchtet, sich das Wohlwollen seines Freundes verspielt zu haben.

Doch Onegin zeigte sich kein bisschen nachtragend. Was immer auch sein Unbehagen verursacht hatte, war wie verflogen. Interessiert folgte er Lenskijs Bericht und teilte offenbar auch seine Begeisterung.

„Wie steht es denn bei Tanja drüben und Olga, deinem süßen Kind?“, wollte er wissen und schenkte ihm großzügig nach.

„Ein Schlückchen noch ... genug ... den Lieben geht's, danke, gut; und alle sind gesund und lassen sich empfehlen. Ach Freund, was könnt ich nicht erzählen! Wie Olga aufblüht! Eine Lust für Aug' und Herz!“

Ron, der bereits fest entschlossen war, die erstbeste Gelegenheit zu ergreifen, um Rosalia einen Besuch abzustatten und diesen geschwätzigen Trottel in seine Schranken zu verweisen, schnitt eine leicht verächtliche Grimasse, die Lenskij ganz in seinem Sinne missdeutete. So fuhr er fort um den vermeintlich zögernden Freund zu überzeugen.

„Eugen, du musst durchaus mal hin, auch wird sich's schicken; ... Doch halt! Ein solcher Tropf zu sein! Sie laden dich zum Samstag ein!"

„Mich?"

„Ja, denn Samstag, musst du wissen, ist Tanjas Namenstag. Mama und Olga möchten dich nicht missen. Sei Kavalier und sage ja!"

Spitzbübisch freute sich Ron über diese perfekt inszenierte Wendung. So einfach hätte er nicht erwartet einen Vorwand zu einem Treffen mit Rosalia geliefert zu bekommen. Die Komödie entwickelte sich nun wieder mehr nach seinem Geschmack und beflügelte seine Lust, noch ein wenig die Rolle des befangenen Onegin zu spielen.

Betont schwerfällig stand er auf und ging zum Fenster, sah einige Sekunden nach draußen ins Leere, wobei er nachdenklich den Kopf wiegte.

„Nur kommen dann die Anverwandten nebst einem Schwarm von Gratulanten ...", gab er mit müdem Stimmfall zu bedenken.

Erwartungsgemäß ließ Lenskij nicht locker und setzte seine Überredung fort.

„Kein Mensch, wir werden ganz allein, nur im Familienkreise sein. Entschließ dich, tu es mir zu Ehren!"

Völlig arglos glaubte er, seine bevorstehende Verlobung würde auch Onegin ein Anlass größter Freude sein.

„Nun?"

„Also ja", gab Ron sich schließlich überzeugt.

„Wie freu ich mich!", Lenskij strahlte wie ein pausbäckiges Kind über einen schwer errungenen Sieg und fuhr fort mit seiner lautstarken Euphorie den Raum zu füllen.

Auch Ron lächelte zufrieden, doch nicht wegen der Lobreden Lenskijs auf Olga, die ihn gar nicht wirklich erreichten, sondern weil er sich bereits ausmalte, wie er schon sehr bald Rosalia entgegentreten würde.

10

Die Festgesellschaft aus Nachbarn, angereisten Verwandten und den mitwohnenden Hauslehrern war schon vollständig zusammen gekommen, als Eugen und Lenskij bei den Larins eintrafen.

Man hatte bereits artig gratuliert, gesungen, gespeist, die ersten Gläser geleert und im Plauderton die unvermeidlichen Nettigkeiten und üblichen Neuigkeiten ausgetauscht. Der Auftritt der Freunde hätte nicht passender und wirkungsvoller sein können.

Frau Larina begrüßte sie gewohnt überschwänglich. Beide Töchter wurden blass; jede vor Liebe, aber jede aus einem anderen Grund.

Die eine, weil sie krank war aus verstockter Sehnsucht und albtraumgeplagter Schlaflosigkeit; die andere, weil sie sich vor Zorn über das lange Ausbleiben Rons erschöpft fühlte.

Die eine, weil sie ahnte, dass nun ihr Schicksal unabänderlich besiegelt wurde; die andere, weil sie ahnte, dass nun doch noch alles möglich war.

Rosalia hielt Ron mit ihren Blicken gefangen. Ron ließ Rosalia nicht aus den Augen. Was weder Worte noch abhanden gekommene Briefe vermocht hatten, bewirkte ihr Zusammensein. Sie sahen sich und waren sich sicher: Er liebt mich, fühlte Rosalia. Sie liebt mich, fühlte Ron. Das Fest um sie herum versank zur Kulisse. Sie bemerkten nicht, wie die anderen Gäste, allen voran Lenskij und Frau Larina, über die seltsame Haltung Olgas mehr als befremdet waren. Sie sahen nicht, dass Tatjana sich in ihrem Kummer verzehrte und mit den Tränen kämpfte. Sie sahen keine Musiker, keine angereisten Verwandten oder Nachbarn. Sie achteten weder auf die festliche Beleuchtung noch auf das üppige Buffet, die bereitgestellten Getränke, das Geplauder und Geplapper, das Kichern und Lachen, die sündhaft teure, aus Petersburg herbeigeschaffte Blumendekoration. Sie sahen nur sich und warteten schweigend auf die Gelegenheit, um unauffällig miteinander sprechen zu können.

Endlich spielte man auf zum Tanz und bot ihnen die ersehnte Gelegenheit. Ron nutzte die ersten Takte des Eröffnungswalzers, um ungefragt mit Rosalia davonzuschweben. Ihre fest ineinander verschränkten Hände und Blicke waren ihnen Sprache genug. Sie waren sich ihrer sicher.

Lenskij kochte über angesichts so viel unverfrorener Vertrautheit. Welch ein Betrug, welch Verrat, welch Schlag ins Gesicht! In einem einzigen Augenblick entzog sich ihm der Boden unter den Füßen.

Er taumelt, kann sich kaum erholen
von diesem Schlage; tief verstört

eilt er hinaus, verlangt sein Pferd
und rast davon. Ein Paar Pistolen,
Zwei Kugeln sind der Weisheit letzter Schluss,
der sein Geschick entscheiden muss.

Rosalia und Ron tanzten bis zur Erschöpfung. Lachend und Hand in Hand flohen sie unbemerkt nach draußen in den Garten, um sich den neugierigen Blicken der anwesenden Gesellschaft zu entziehen.

Sie sprachen noch immer nicht. Dazu hatten ihre Münder keine Zeit, die sich zum Küssen im Schatten der Laube trafen. Und so waren ihre Hände damit beschäftigt sich mitzuteilen, was ihre Münder gesprochen hätten, wären sie zum Sprechen gekommen. Unermüdlich teilten sie ihre leidenschaftlichen Zärtlichkeiten aus, gaben sich ohne Scheu dem anderen preis, erforschten ungestüm die Beschaffenheit ihrer Kleidung, insbesondere die ihrer Verschlüsse, befühlten Haut und Haar und kosteten Kuss um Kuss ihren Atem, den sie mit Reden niemals besser hätten tauschen können.

Rosalia war es, die als Erste wieder zum gesprochenen Wort zurückfand.

„Wir sollten noch heute Nacht verschwinden", seufzte sie auf.

„Wozu die Eile, Geliebte, jetzt wird doch alles gut", unterbrach Ron nur nachlässig sein Küssen.

„Aber nicht hier. Weißt du denn nicht, welche Gefahr dir droht?"

Rons Blick war eine einzige Frage.

„Du weißt noch gar nicht, wie es weitergeht, oder?"

„Also, wenn ich ehrlich bin …"

„Oh, Ron, du solltest in Zukunft mehr lesen, um besser vorbereitet zu sein. Lenskij wird dich zum Duell fordern."

„Und wenn ich nicht annehme?"

„Du wirst."

Ron schluckte.

„Wird er mich töten?"

„Nein, aber …"

„Aber was?"

„Na ja, die eigentliche Handlung sieht auch nicht vor, dass sich Olga und Onegin verlieben. Oh Ron, wir haben bereits so viel Durcheinander gestiftet, dass ich nicht wage, etwas mit Bestimmtheit vorherzusagen. Wir dürfen einfach kein Risiko eingehen."

Rosalias nüchtern gesprochene Worte und ihr ruhiger Blick aus den weiten, dunkelgrün schimmernden Augen holten ihn zurück in die Wirklichkeit.

Jetzt war höchste Vorsicht geboten, um ihrer beider Existenz sicher aus dieser Geschichte hinauszubekommen. Jetzt mussten sie einen kühlen Kopf bewahren, um das Ende ihrer Geschichte nicht zu verderben. Den Ausweg zu finden, dies lag an ihnen selbst, soviel hatte er ungefragt begriffen.

Und noch viel mehr begriff er, dass, wer das echte Leben wollte, auch mit den Regeln des echten Lebens spielen musste. Das bedeutete, es gab nur eine Chance, niemals ein Zurück oder eine Wiederholung. Geschehenes konnte nicht ungeschehen gemacht werden. Ihr Leben spielte sich nur ein einziges Mal ab.

Es war nicht dumm Angst zu haben, sondern natürlich. Sie hatten erkannt, dass sie frei waren. Darin lag ihre große Chance, aber auch ihre größte Bedrohung. Denn die Freiheit zwang sie zur Wahl. Sie waren gezwungen weiterzugehen, auch wenn sie nicht wussten wohin.

Es war wie die Vertreibung aus dem Paradies. Der Besitz der größten Wahrheit machte sie zu wahrhaft Unwissenden. Sie würden zu Wanderern werden, immer auf der Suche nach ihrem Ziel, ohne die Sicherheit, es jemals zu erreichen. Vielleicht gab es da draußen ein nur für sie geschriebenes Happy End. Es war ihr verbrieftes Recht und ihre wichtigste Hoffnung danach zu suchen. Einen festen Anspruch darauf hatten sie nicht. Aber solange sie zusammen waren und sich lieben konnten, lag dieses Happy End immerhin im Bereich des Möglichen.

Wacher als jemals zuvor durch das in seinem Blut freigesetzte Adrenalin fühlte sich Ron trotz dieser neuen Angst sonderbar sterblich und unsterblich zugleich. Beherzt drückte er Rosalia an sich, um nur kurz ihren warmen, lebendigen Körper zu spüren, den heftig klopfenden Schlag ihres Herzens an seiner eigenen wild hämmernden Brust.

Kraft und Mut flossen zu der Gewissheit zusammen, das ihm von nun an nichts mehr misslingen konnte, solange er den Glauben an sich selbst und den Respekt vor der Größe dieser Aufgabe nicht verlor. Nur er selbst konnte jetzt noch seine Geschichte schreiben.

Entschlossen umfasste er mit beiden Händen fest ihr Gesicht und beschwor sie mit klarem Blick.

„Wenn wir uns unauffällig und treu an den Ablauf der Geschichte halten, dann droht uns das geringste Risiko. Du sagst, dass nach dem vorgesehenen Ablauf der Geschehnisse Onegin das Duell unbeschadet übersteht? Nun gut, dann werde ich völlig brav Onegin sein. Und Olga? Macht man um sie danach noch irgendein besonderes Aufsehen?“

Wortlos schüttelte Rosalia den Kopf.

„Na siehst du? Dann werden wir uns also genau an die Vorgaben halten. Verstehst du, wir tauchen einfach ab? Wir ducken uns und die Welle der Gefahr schwappt über uns hinweg. Wenn das Kapitel erst einmal geschlossen wird, dann finden wir uns sicher dort wieder, woher wir gekommen sind.“

„Aber … wenn nicht?“, hauchte Rosalia tonlos vor Angst. „Ich möchte dich – uns – nicht verlieren.“

„Diesmal nehmen wir die Wahl des nächsten Schauplatzes selbst in die Hand. Du, als die Belesenere von uns beiden, sagst mir, in welchem Buch ich dich finden werde.“

„Kennst du den *Don Quijote* von Cervantes? Ach, Ron, ich hoffe so sehr, dass es funktioniert.“

Der eisige Januarwind kroch kalt zwischen den dünnen Brettern des Pavillons zu ihnen hinein. Rosalia erzitterte wie die letzten trockenen Blätter der vom Frost erfrorenen Kletterrose am Spalier. Es war nicht nur die Kälte, die sie derart erschütterte.

Schützend legte Ron seine Arme um sie.

„Du warst dir doch bisher noch nie derart unsicher, oder?“

„Bisher hatte ich auch nicht so viel zu verlieren. Ron, bedenke, auch du hattest bisher noch nie so viel zu befürchten. Ein Duell, das ist kein Spaß. Das hier ist keine Komödie. Wenn du dich irrst …“

„Ich hatte auch noch nie so viel zu gewinnen, meine Liebste. Glaube mir, ich werde nicht leichtsinnig sein. Ich werde mich genau an alles halten. Wichtig ist jetzt nur, dass du mich instruierst. Ich muss genau im Bilde sein, damit ich weiß, was von mir als Onegin erwartet wird.“

Rons Sicherheit tröstete Rosalia. Es war gut, dass er in diesem Moment die Führungsrolle übernahm. Sie war so erschöpft, so unsicher. So war es also geliebt zu werden! Sie fühlte sich getragen von seiner Zuversicht. Sie wusste, dass sie ihm auch gefolgt wäre, wenn sie von ihrem Scheitern überzeugt gewesen wäre. Aber immerhin bestand ja wirklich Hoffnung …

„Höre gut zu, mein Liebster“, begann Rosalia zu erzählen. „Schon morgen früh schickt dir Lenskij eine Aufforderung zum Duell. Du nimmst an und Lenskij stirbt im Morgengrauen des folgenden Tages durch deine Kugel. Danach verschwindest du aus der Geschichte. Offiziell wird es heißen, Onegin habe das Land verlassen.“

„Und was wird aus dir?“

„Nun, Olga wird nicht mehr gebraucht. Auch sie verschwindet aus Puschkins Zeilen.“

„Und dann sind wir frei?“

„Ich hoffe es …“, sie zögerte. „Wichtig ist, dass, wenn wir uns wiedersehen, wir nicht fest in eine vorgeschriebene Rolle eingebunden sind!“

„Ja, denn alle Entscheidungsfreiheit darf nur uns selbst gehören“, nickte Ron und griff entschlossen nach Rosalias Händen. Schweigend saßen sie sich gegenüber, um den unabänderlichen Moment ihrer Trennung noch etwas hinauszuzögern.

„Sag mir, Liebste“, bat Ron, um sich und seiner Geliebten noch einen letzten Aufschub zu verschaffen, „was wird am Ende aus Tatjana und Onegin?“

„Nachdem Onegin viele Jahre im Ausland verbracht hat, kehrt er nach Sankt Petersburg zurück. Auf einem Ball trifft er Tatjana wieder. Nun erst erkennt er, wie sehr er sie liebt. Doch es ist zu spät, denn Tatjana ist inzwischen verheiratet und obwohl sie seine Liebe erwidert, weist sie ihn zurück.“

„Also noch ein Ende ohne Happy End. Mir scheint, die Autoren von Liebesgeschichten haben in der Regel wenig Mitleid mit ihren Figuren.“

„Nur ein Grund mehr, selbst das Heft in die Hand zunehmen“, schloss Rosalia und Ron stimmte ihr wortlos zu.

Zitternd vor Kälte und Erregung kehrten beide zur Festgesellschaft zurück. Ihr Ausbleiben hatte niemand bemerkt. Um kein Aufsehen zu erregen, hielten sie sorgfältig Distanz, sprachen kaum und tanzten auch nicht mehr miteinander. So schien es allen Anwesenden, als habe Onegin das Interesse an seinem Flirt mit Olga verloren, nun da sein vor Eifersucht aufbrausender Freund Lenskij das Feld geräumt hatte.

Als allen Gästen Betten zur Übernachtung aufgeschlagen wurden, war Onegin der Einzige, der noch in derselben Nacht nach Hause eilte.

11

Ein seltsam traumloser Schlaf überfiel Ron, kaum dass er sich ins Bett gelegt hatte. Und genauso unvermittelt brach der neue Tag an, so schnell als habe jemand nur die Seite eines Buches umgeschlagen. Völlig unvorbereitet traf ihn die Helle des Morgens. Erschöpft erwachte er, als habe er die ganze Nacht nur wachgelegen.

Die Ereignisse des Vortages standen ihm noch so deutlich und frisch in seinem Bewusstsein, als habe er sich eben erst von ihnen gelöst. Benommen und orientierungslos versuchte er zu begreifen, wo er eigentlich war.

Hatte er nicht eben noch Rosalia in seinen Armen gehalten? Eben noch ihre weiche Stimme in sein Ohr wispern gehört? Eben noch ihr Lächeln mit seinem Mund aufgefangen? Eben noch ihre warme Sanftheit unter seinen Fingern gespürt? Überall auf seinem Körper glühten wie Male die Stellen auf seiner Haut, die sie berührt hatte. Ein prickelndes Glimmen, das ihm jede einzelne Faser seines Körpers bewusst machte. Wohlig erschöpft sehnte er sich danach, diese neue Körperlichkeit auszukosten. Entrückt wollte er sich fallen lassen in diese schläfrige Wachheit.

Wie in Trance stand er auf, wusch sich, kleidete sich an. Er stand bereits am Fenster und überraschte seinen französischen Diener Guillot, der zur üblichen Zeit eintrat, um ihn zu wecken.

Das auf dem Tablett herbeigetragene Frühstück ließ er unberührt stehen. Gedankenverloren verbrannte er sich am viel zu heißen Tee, ohne es wirklich zu bemerken.

Abwartend verbrachte er den Morgen und war nicht in der Lage etwas anderes zu beginnen. Er wartete auf das, was passieren würde. Nur kurze Zeit später meldete man ihm den Besuch seines eigenbrötlerischen Nachbarn Sarezkij, der zu dieser gesellschaftlich völlig unpassenden, frühen Morgenstunde erschien.

Ron hatte ihn bereits erwartet. Der in seiner Kauzigkeit sonst nie um einen groben Scherz verlegene alte Haudegen überreichte ihm ungewohnt zahm ein handgeschriebenes Billet. Ron erkannte Lenskijs Schrift. Es war nicht nötig den Brief zu öffnen, um den Inhalt zu erfahren. Er kannte ihn bereits. So zögerte er kurz. Doch musste er kühlen Blutes seine Rolle spielen. Er brach das Siegel und las die erwartete Aufforderung zum Duell.

Mit einem knappen Nicken verabschiedete er Sarezkij. Nun war er wieder allein. Jetzt hatte er es schwarz auf weiß. Ihm blieben noch dieser Tag und eine ganze lange Nacht bis zum Unvermeidlichen.

Wie einen tiefen Traum schüttelte er schwerfällig die Erinnerungen der letzten Stunden aus seinem Bewusstsein. Er musste sich jetzt konzentrieren. Er durfte der Versuchung nicht erliegen, sich gerade jetzt an dieses Leben hier gebunden zu fühlen.

„Ach Rosalia, durch dich weiß ich erst, wie kostbar das Leben ist und wie schrecklich der Tod sein muss“, dachte er liebevoll und ohne Vorwurf.

Der Tod, dieser abstrakte Begriff, diese verklärende Erfindung romantischer Dichter, diese leere Worthülse am Ende eines Romans, hier offenbarte er ihm seine hässliche, alles in Frage stellende Fratze. Eine Fratze wie ein tiefes schwarzes Loch. Ein Nichts. Ein Abgrund.

Nein, er war nicht bereit für das, was ihn hier erwartete. Nie war er weniger bereit gewesen. Wie könnte er es jemals sein? Er war nicht bereit dem Tod ins Gesicht zu sehen. Weder seinem eigenen noch dem eines Freundes.

Er erschauderte. Was immer ihn hierhergebracht hatte, er hatte dieses Leben hier wie sein eigenes geführt und gefühlt. Und Lenskij war ein Teil davon. Er empfand ihm gegenüber Zuneigung. Er verdankte ihm viel, denn dieser andere hatte mit ihm die Zeit geteilt, ihm geduldig seine Zuneigung entgegengebracht, sein Interesse geweckt, ihm Vertrauen geschenkt. Zusammen waren sie fröhlich und melancholisch gewesen. Hatten gemeinsam gelacht und Gedanken getauscht. Oft hatten sie gestritten und sich doch immer wieder versöhnt, weil sie wussten, dass die beständige Überzeugung einer Freundschaft kostbarer wog als eine leichtfertig gefasste Meinung.

Es war nicht Lenskijs Schuld, dass er nicht dazu geschaffen war, eine Welt zu begreifen, die über seine Vorstellungskraft hinausging. Ron selbst begriff ja kaum, was mit ihm passierte. Natürlich war Lenskij alles in allem nur eine Romangestalt. Er erfüllte sein vorgeschriebenes Schicksal. Aber musste Ron die Unabänderlichkeit seines Todes daher nicht umso mehr bedauern. Und nahm das etwa die Schuld von ihm, wenn dieser Freund, der beste, den er in dieser Geschichte hatte haben können, durch seine Hand sterben würde?

Er, Ron, hatte ja im Gegensatz zu Lenskij eine Wahl. Er traf seine Entscheidung aus freien Stücken und konnte sich daher nicht hinter einem fremden Motiv verbergen.

Ein grenzenloses Unbehagen erfüllte ihn. Ein chaotischer Tumult aus Angst und Verleugnung, Egoismus und Mitleid, Feigheit, verzweifeltem Mut und Ichsucht verwirrte ihn. Fieberhaft begann er im Zimmer auf und ab zu laufen. Alles in ihm drängte nach Flucht.

Nein, er war nicht bereit, aber weglaufen kam nicht in Frage. Seine Freiheit war es ihm wert, dass er dafür sein Leben riskierte. Und auch Lenskijs Tod nahm er dafür kompromisslos in Kauf. Also zwang er sich tief durchzuatmen und kämpfte tapfer seine Panik nieder.

Er würde seine Rolle durchhalten, koste es, was es wolle. Nichts sollte ihn davon abbringen. Energisch entschied er heute nicht aus dem Haus zu gehen und keinen weiteren Besuch zu empfangen. Durch Verknappung aller Aktivitäten wollte er jedes Risiko im Keim ersticken. Er wollte nichts beginnen, was er bedauern könnte, nicht mehr zu Ende bringen zu können. Keine Ablenkung. Keine Unvorsichtigkeit. Sich nicht verheddern in den vielen kleinen Fäden, die das Leben um ihn spannte wie ein dichtes Netz aus Wünschen und Hoffnungen, Begehrlichkeiten und Sehnsüchten.

Allmählich bekam er seine hitzige Unruhe in den Griff. Seine Angst war ihm dabei ein zuverlässiger Verbündeter. Ihre Kälte half ihm wieder nüchtern und klar zu werden. Fröstelnd stand er am Fenster. Ungerührt entfaltete sich draußen ein silbern glänzender Wintervormittag, wie er ihn schöner noch nie gesehen hatte. In Sonntagslaune zogen einige Bauern über den Hof. Sein Kutscher Waljoscha atmete fröhliche weiße Wölkchen und klatschte sich gutgelaunt auf die Schenkel. Was für eine prachtvolle Kälte! Das unbekümmerte Lachen ausgelassen im Schnee tobender Kinder fiel so hell in sein stilles Zimmer wie die Strahlen der tiefstehenden Vormittagssonne. Ihr Licht traf glänzend auf alle Möbel und spiegelte sich leuchtend im Glas einer Vitrine.

Nein, er durfte keinen Gefallen an all dem finden. Gefühl weckte Mitgefühl und würde ihn nur gefährlich schwächen. Es war klüger, der Welt für die nächsten Stunden zu entsagen. Entschlossen zog Ron alle Vorhänge zu.

Besorgt trat sein Diener ein und fragte, ob ihm etwas fehle. Ron verneinte und bat darum nicht gestört zu werden.

Draußen im Hof rauschte das Leben weiter dahin. Die Geräusche sickerten durch die Ritzen der zugezogenen Vorhänge. Doch Ron ließ sich nicht täuschen. So sehr ihn die Welt da draußen auch lockte, so wenig durfte er sich auf sie verlassen. Auch diese Geschichte kannte kein Mitleid mit ihren Protagonisten. Weder Liebe noch Verzweiflung, weder Glück noch Trauer, weder Hoffnung noch Angst konnten sie beeinflussen. Am Ende war doch jeder für sich allein. Ron wusste nicht, ob er noch glauben sollte, dass hinter all dem die Macht eines großen Zauberers stand, der auch sein Schicksal in den Händen hielt. Und wenn es ihn gab, dachte er erbittert, dann interessierten ihn diese unzähligen winzigen Details nur so viel, wie sie sich ins Große und Ganze seiner Geschichte einfügten. Sie waren nicht um ihrer selbst willen für ihn interessant, sondern nur im Sinne einer nur ihm allein zugänglichen Gesamtheit.

Ron war überzeugt, für sein Schicksal ganz allein verantwortlich zu sein. Niemand außer ihm würde sich dafür einsetzen. Er war es sich ganz alleine schuldig.

Reichte diese Erkenntnis aus für einen Neubeginn? Waren seine selbstformulierten Wünsche bereits ein erster Schritt in diese ungeschriebene Zukunft?

Immerhin wusste er, dass diese Zukunft für ihn ohne Liebe nicht zu haben war. Die Liebe hatte ihm die Tür geöffnet, die Liebe führte ihn nun hinaus. Was kam danach? Die Freiheit? Das Leben? Würde die Liebe ihm auch dort Halt geben, die Sicherheit eines festen Wertes in einem großen unbekannten Raum?

Mit hämischer Überlegenheit erinnerte ihn gegen Mittag sein hungriger Magen daran, wie unmöglich es war, sich den natürlichen Gesetzmäßigkeiten des Lebens völlig zu entziehen. Pflichtbewusst aß er einige Bissen. Einen größeren Appetit gestattete er sich nicht. Erst recht keinen Rausch. Kopfschüttelnd trug sein Diener den halbvollen Teller und die unangetastete Flasche Wein nach draußen.

Als nach Mittag die hereinsickernden Geräusche allmählich nachließen, registrierte Ron mit Erleichterung, dass auch das Licht allmählich weicher wurde. In der frühen Dunkelheit des winterlichen Nachmittags schlich unbemerkt der Abend heran. Die wache Energie von Mensch und Natur wich einer allgemeinen müden Zufriedenheit nach geglückter Vollendung des Tagewerks. Auch Ron spürte Anzeichen erster Ermüdung bei sich. Er gab sich Mühe, ihr so lange wie möglich standzuhalten, damit sie ihn noch weiter erschöpfte. Nur dann konnte er auf den wichtigen Schlaf hoffen, den er gerade in dieser Nacht so dringend herbeisehnte.

Das Schlagen der großen Standuhr bestätigte ihm das Tagesende. Nach einem sparsamen Abendessen ging er zu Bett. Endlich hatte er diesen Tag überstanden. Vielmehr hatte er ihm widerstanden. Seine Existenz verleugnend hatte er ihn verstreichen lassen, als stünde er außerhalb der Zeit. Als habe die Zeit keine Bedeutung für ihn. War es ein Fehler? Wenn dies nun sein letzter Tag gewesen war, dann war diese Verschwendung nie wieder gut zu machen. Wenn er nicht überlebte, dann war sein Verzicht sinnlos. Dann hätte er sich selbst um den letzten Tag seines Lebens betrogen.

Wie Lenskij diesen Tag wohl genutzt hatte? Ron ertappte sich dabei, wie er sich den letzten Tag Lenskijs auszumalen begann. Es wurde ein schönes Bild, dessen Anblick ihn mit schwerer Wehmut erfüllte. Er musste sich losreißen von seinen Zweifeln. Noch im Morgengrauen würde Lenskij sterben. Nicht Onegin, nicht er. Eine andere Wahrheit brauchte ihn nicht zu interessieren, denn wenn er sich irrte, würde er es niemals erfahren.

Gestärkt und erfrischt erwachte er noch vor Sonnenaufgang. Rasch hatte er sich angekleidet und dem erstbesten Burschen zugerufen, den er über den Hof laufen sah, dass man sein Pferd satteln und seinen Diener Monsieur Guillot wecken solle. Es gehörte zu Rons Plan, den verschlafenen Guillot mit seiner Bitte um

Sekundanz beim Duell zu übertölpeln, um längere Erklärungen vermeiden zu können. Müde und ergeben machte sich Guillot auf, seinem Herrn Onegin zu folgen.

Eingehüllt in lange schwarze Mäntel ritten sie beide in das graue Morgendunkel hinaus. Lenskij erwartete sie bereits mit seinem Sekundanten, dem alten Sarezkij.

Als Treffpunkt hatte er um ein völlig abgeerntetes, winterkahles Weizenfeld gebeten, das ganz in der Nähe jenes jetzt vereisten Baches lag, an dem sie sich alle erst vor wenigen Monaten zu einem sommerlichen Picknick getroffen hatten. Ron rang die Erinnerungen an diesen besonderen Tag nieder. In ihm keimte der Verdacht, dass Lenskij den Ort ihrer tödlichen Auseinandersetzung nicht zufällig gewählt hatte. Versprach er sich vielleicht einen strategischen Vorteil aus Rons Verwirrung? Rückblickend konnte er ja nun erahnen, dass sich Onegin und Olga bereits an diesem Tag näher als erlaubt gekommen waren. Lenskijs Miene blieb völlig ausdruckslos. Keine Chance zu erkennen, was ihn bewegte.

Mit einem sprachlosen Nicken grüßten sich die beiden Kontrahenten. Ihre Sekundanten überprüften wortkarg die Waffen und erinnerten an den korrekten Ablauf des Kampfes. Wie zwei Schauspieler, die sich um die Vorbereitungen ihres Auftrittes nicht kümmern, standen Ron und Lenskij daneben.

Mit einer sehnsüchtigen Bitte um Abschied suchte Ron den Blickkontakt zu seinem Freund. Doch Lenskijs graues Gesicht verbarg jedes Wiedererkennen. Die Müdigkeit einer durchwachten Nacht hatte seine Wangen ausgehöhlt und seine Augen gerötet. Oder hatte er sogar geweint? Ron forschte in Lenskijs Mienenspiel nach einer Antwort. Aber in Lenskijs Blick stand nur offene Ratlosigkeit. Oder war es nicht einmal das? Warf ihm der leere Spiegel dieser Augen nur die Reflexion seiner eigenen Fragen zurück?

Die Sonne erhob sich gleißend vom Horizont und begann rasch die graue Dämmerung zu vertreiben. Es wurde Zeit zu beginnen.

Die Waffen wurden geladen und an sie beide ausgeteilt. Zweiunddreißig Schritte voneinander entfernt hatten sich die beiden Kontrahenten aufzustellen. Sarezkij nahm Maß und legte für jeden von ihnen den Ausgangspunkt fest.

Dann traten die Sekundanten zurück und überließen ihnen die Bühne. Mechanisch wie eine Marionette setzte sich Lenskij in Bewegung. Ron tat es ihm nach.

Er staunte, wie ruhig er auf einmal war. Alle Empfindungen perlten von ihm ab wie Wasser. Ihm war, als sei er aufgetaucht aus einem tiefen See und wandle schwebend über die Oberfläche. Alle Empfindungen hatte er in der Tiefe unter sich zurückgelassen. Alle, auch seine Angst. Nichts ging ihn wirklich etwas an.

Mechanisch zählte er seine Schritte, hob die Pistole an und schoss.

Zwei Schüsse zerrissen so zeitgleich die Stille, dass er nicht sagen konnte, welcher der seine gewesen war. Ihm war als konzentrierte er sich erst auf sein Ziel als Lenskij bereits zu Boden sank.

Nur zögernd begann er zu begreifen. Das Entsetzen war einfach zu groß. Die Wucht des Unabänderlichen hatte seinen Verstand zu Boden geworfen und lähmte ihn noch immer. Nur stockend lösten sich alle um ihn herum aus ihrer Vereisung. Plötzlich gerieten alle in Bewegung, auch Ron befreite sich endlich aus seiner Zuschauerrolle und eilte zum leblosen Körper, der schutzlos auf dem hartgefrorenen Boden lag.

Teilnahmslos betrachtete er die reglose Gestalt im Schnee. Das wahre Ausmaß der Geschehnisse drang nur langsam zu ihm durch. Wie eine farblose Puppe lag Lenskij da. Sanft und gelöst wie schlafend. Befremdlich war nur der sich rasch ausbreitende rote Fleck auf seiner Brust, der dem scheinbar harmlosen Bild widersprach.

Sarezkij kniete sich neben den Toten und fühlte nach einem Puls. Kopfschüttelnd sah er alle Umstehenden an. Er beugte sein Ohr über Lenskijs ausbleibenden Atem. Wieder schüttelte er den Kopf.

Eine bodenlose Fassungslosigkeit tat sich vor Ron auf. Übergangslos versank er in die hilfloseste Traurigkeit, die er je empfunden hatte. Er war schockiert wie sehr dieses Gefühl mit ihm, wie wenig mit Lenskij, zu tun hatte. Sein Mitleid galt sich selbst und nicht dem Toten im Schnee, den jetzt nichts mehr berühren konnte. Er allein war hier jetzt der Leidtragende. Er war es, der unwiederbringlich einen Freund verloren hatte. Er hatte die Tragödie einer großen Schuld auf sich geladen. Er hatte um sein Leben kämpfen müssen und dem Tod ins Auge gesehen.

Fassungslos beobachtete er, wie routiniert die Anderen die neue Situation quittierten. Wären sie mit seinem Tod ebenso selbstverständlich umgegangen? Ihm wurde schlecht. Ihm schwindelte derart, dass er sich bei Sarezkij abstützen musste.

Zum Glück war es jetzt vorbei. Voller Scham erschrak er darüber, wie schnell ihm seine Erleichterung dabei half, den Tod eines nahen Menschen zu verkraften.

Zerknirscht, die Waffe in den Händen,
vermag Eugen in seiner Not
vom Freunde keinen Blick zu wenden.
Sarezkij murmelt: „Also tot."
Tot ... Aufgepeitscht von diesem Worte,
entflieht Eugen dem Schreckensorte

und ruft zum Beistand Leute her.
Sarezkij lässt den Körper sehr
behutsam in den Schlitten tragen
und fährt sie heim, die kalte Last.
Die Pferde wittern graunerfaßt
den blutgen Leichnam, schnauben, jagen
und netzen ihr Gebiss mit Schaum,
Sie hemmt kein Zügel, hält kein Zaum.

12

Wie betäubt war Ron auf das Onegin'sche Anwesen zurückgekehrt. Vermutlich hatte sich Guillot darum gekümmert, dass er unversehrt dort ankam. Alles, was in den letzten Stunden geschehen war, alles, was er in dieser Zeit getan hatte, wollte er wie etwas Fremdes, nicht mehr zu ihm Gehörendes ablegen. Er war fertig hier. Er wollte weg. Hier war nicht der Ort, an dem es für ihn und Rosalia eine glückreiche Fortsetzung geben konnte.

Nun war er endgültig wieder zum Fremden geworden. Obwohl es erst früher Vormittag war, zog er sich in sein Schlafzimmer zurück, um niemanden sehen oder sprechen zu müssen.

Keinem erschien sein Verhalten wirklich merkwürdig. Nach einem solch erschütternden Ereignis war es wohl gestattet, sich derart introvertiert und wortkarg zu geben. Seine Dienerschaft bereitete sich innerlich bereits auf die Abreise ihres Herrn vor. Er würde sehr bald seinem Landsitz den Rücken kehren und sich wieder in das betäubende Sankt Petersburger Leben stürzen. Unaufgefordert begann Guillot kleinere persönliche Gegenstände seines Herrn zusammenzupacken.

Ron wartete nur noch darauf, bald in einen erlösenden Schlaf zu sinken. Er wartete darauf, die Szene endlich zu verlassen und nahm lethargisch und ergeben auf seinem großen Lehnstuhl Platz. Er schloss die Augen und versuchte an nichts zu denken. Oder wenigstens an etwas Schönes. Vor seinem inneren Auge begann er sich sein Wiedersehen mit Rosalia auszumalen. Mit ihr würde er endlich beginnen können, sich eine eigene Zukunft zu gestalten. Wie würde diese aussehen? Er wusste es nicht. Aber er war sich sicher, dass keiner das bisher wissen konnte, weil diese Zukunft noch von niemandem aufgeschrieben worden war.

Es war eine Art Wachtraum, aus dem er aufschreckte, weil sich das metallische Geräusch einer sich langsam um die Kurve schiebenden Straßenbahn nicht in Einklang mit der Onegin'schen Kulisse bringen ließ.

Er war wieder zurück. Erleichtert darüber, endlich aufstehen und dieses passive Abwarten gegen handfeste Taten eintauschen zu können, öffnete er die Augen.

Verwirrt musterte er die unveränderte Umgebung seines eigenen Wohnzimmers. Halb sitzend, halb liegend lagerte er auf seiner Couch. Auf dem Boden vor seinen Füßen lag aufgeklappt mit dem Rücken nach oben der *Eugen Onegin* von Puschkin, der ihm im Schlaf vom Schoß gerutscht sein musste. Er bückte sich und sah, dass er bis zum Ende des sechsten Kapitels gekommen war. Das Duell hatte stattgefunden, Lenskij war tot, Onegin abgereist, Olga und alle anderen waren verschwunden.

Offensichtlich war seine Rechnung aufgegangen. Sein kompromissloses Einfügen in den Ablauf der Geschichte hatte ihn tatsächlich zurückgebracht. Hin und her durchblätterte er das Buch und suchte bestürzt nach einem Hinweis, wie es hier jetzt mit ihm weitergehen würde.

Nichts geschah. Die schwarzen Buchstaben blieben schwarz und selbstredend. Sie sprachen nicht mehr mit ihm. Dies war jetzt nicht mehr sein Text. Vergeblich starrte er auf die dicht gefüllten Seiten und versuchte den Worten mit seinem Verstand einen Sinn für sich abzuringen. Aber die geschriebenen Worte drangen nicht wirklich zu ihm vor. Die schwarzen Linien, Striche, Punkte, Bögen und Kreise blieben stumm. Schwarze Muster auf weißem Papier.

Hatte er gehofft, einen Blick auf Rosalia werfen zu können? Eine Spur über ihren Verbleib zu entdecken?

Aber natürlich! Ron sprang auf. Keine Sekunde wollte er jetzt noch verlieren. Er musste los. Sofort. Die Bibliothek war der einzige Ort, an dem er sie jetzt am wahrscheinlichsten finden konnte. Noch im Laufen zog er sich die Jacke über und warf die Wohnungstür hinter sich zu.

Völlig außer Atem erreichte er die Bibliothek. Alle drei Ausleihschalter waren besetzt. Zwei Frauen und ein Mann bedienten die Kunden. Rosalia sah er nicht. Ungeduldig wartete er bis er an der Reihe war.

„Ist Rosalia hier?“, stammelte er noch immer atemlos.

Der fragende Blick der fremden Bibliothekarin verhieß ihm nichts Gutes. So wie sie ihn musterte, hatte sie weder von Rosalia je etwas gehört noch hielt sie ihn und seine aufgeregt vorgetragene Frage für seriös.

„Verzeihen Sie, wen meinen Sie bitte?“

Ron erkannte, dass er etwas behutsamer vorzugehen hatte.

„Rosalia Gelmetti. Sie kommt häufiger hierher. Kennen Sie sie?“

„Tut mir leid, ich kenne keine Rosalia und selbst wenn, dürfte ich Ihnen keine Informationen über andere Besucher erteilen. Das unterliegt dem Datenschutz“, erwiderte sie leicht pikiert und wandte sich bereits dem nächsten Kunden zu.

Aber Ron war nicht hier, um sich mit einer solchen Antwort abspeisen zu lassen.

„Könnten Sie bitte mal nachfragen, ob einer der Anderen sie vielleicht kennt“, flehte er.

„Ausgeschlossen. Eine Rosalia ist hier nicht bekannt.“

Ron spürte, wie ihm das bereits mehr als dürftige Interesse der fremden Frau mit jeder weiteren Frage weiter entglitt. Doch so leicht wollte er sich nicht geschlagen geben.

„Vielleicht kennen Sie sie als Olga, Olga Larina! Sie ist rotblond, hat lockige lange Haare, grüne Augen …"

Mit seinen Händen deutete er etwas unbeholfen Länge und Form von Rosalias Haaren an.

„Junger Mann", empörte sich die Bibliothekarin. „Ich habe keine Ahnung mit welchen Frauen Sie sich hier bereits getroffen haben. Aber weder über eine Olga noch eine Rosalia werden Sie von mir irgendeine Auskunft erhalten."

Mit Entschlossenheit kehrte sie ihm ihren Hinterkopf zu, um das ominöse Gespräch zu beenden, welches ihr allmählich unangenehm wurde. Seine schüchtern gemurmelte Entschuldigung verklang unbemerkt.

Er wandte sich ab. Den meisten Büchereibesuchern in der Warteschlage waren Sinn und Zweck von Rons Auftritt verborgen geblieben. Verlegen wichen ihm einzelne Blicke aus und suchten befangen nach einem unverfänglicheren Fixpunkt in der wartenden Ansammlung von Menschen. Wie eine sanfte Dünung spürte er die allgemeine Welle der Erleichterung darüber, dass es nun wieder ungestört weiterging.

Ratlos sah er sich um.

Ruhig und konzentriert lag ein einzelnes braunes Augenpaar auf ihm. Eine junge Frau mit langem dunklem Zopf hatte die Szene aufmerksam mitverfolgt. In dem Moment, als ihre Blicke sich trafen, wurde Ron klar, dass sie verstanden hatte, worum es ging. Überrascht, aber gleichzeitig völlig überzeugt davon, dass sie ihm seine Frage nach Rosalia beantworten könnte, holte Ron Luft und schritt zuversichtlich auf sie zu.

Doch ohne zu zögern trat die Fremde ebenso überraschend ihren Rückzug an. Sie schlug die Augen nieder, drehte sich um und verließ hastig das Gebäude.

Rons Verblüffung lähmte ihn den entscheidenden Bruchteil einer Sekunde lang. Denn als er sich entschloss ihr hinterherzulaufen, war sie ihm bereits ein erstaunlich gutes Stück voraus. Mit zügigem Schritt entfernte sie sich immer mehr und zwang Ron schließlich dazu zu rennen, um sie nicht völlig aus den Augen zu verlieren.

Anscheinend kannte sie viele Abkürzungen und Schleichwege, denn immer wieder bog sie überraschend ab und entzog sich seiner Sicht. Nicht selten musste er den Durchgang suchen, den sie genommen hatte, um sie dann gerade noch im allerletzten Augenblick dabei zu erwischen, wie sie ihm durch ein weiteres unerwartetes Abbiegen entschlüpfen wollte.

Ron war nicht wenig überrascht, als sie so auf verschlungenen Umwegen Magus' Haus erreichten. Hastig schlüpfte die Fremde hinein. Gerade noch rechtzeitig griff Ron nach der Haustür, bevor diese ins Schloss fiel, und schob sie auf. Als er das Treppenhaus betrat, schlug im Souterrain hastig eine Wohnungstür zu. Ein knapper Blick auf das Namenschild neben dieser schweigsamen, verschlossenen Tür bestätigte seinen Verdacht: Hier wohnte Charlotte. Und sie war Magus' Nachbarin.

Der Kreis hatte sich geschlossen und einen sichtbaren Ring um ein Geheimnis gezogen. Das verworrene Muster eines unübersichtlichen Spielplans ordnete sich zu einer klaren Reihe aufeinanderfolgender und einander bedingender Ereignisse. Rons Begegnung mit Rosalia, seine seltsame Reise, sein Eintauchen in eine fremde Fiktion, die ihm übergangslos zur eigenen Identität wurde. Die Liebe, die ihn zugleich entzauberte und verzauberte, indem sie ihm die Augen öffnete und ihn lehrte an einen eigenen Traum zu glauben. Rosalias Hinweis auf Charlotte, die für sie der Ausgangspunkt ihres Wandels gewesen war und die nun auch ihm an seinem Ausgangspunkt begegnet war und ihn hierher führte, zu Magus – ausgerechnet zu Magus, der an seiner Geschichte von Anfang an den größten Anteil genommen hatte.

Alle diese Ereignisse waren kein Zufall, und auch wenn Ron das meiste noch gar nicht wirklich verstand, dann ahnte er doch, dass alles als festverkettetes Ganzes zusammenhing. Charlotte spielte auf jeden Fall eine Schlüsselrolle. Rosalia hatte das intuitiv begriffen, als sie ihn auf ihre Spur hatte setzen wollen.

Er verstand nur noch nicht, welchen Anteil Magus an dieser Geschichte wirklich hatte. Sicher lag die Antwort darauf auch bei Charlotte. Der Verdacht, dass es zwischen ihnen eine Beziehung gab, lag nahe, da sie doch quasi Tür an Tür lebten. Ron fand, dass ihm sein Cousin nun endgültig einige Antworten schuldig war.

Gedankenverloren stieg er die Treppe zu Magus' Wohnung empor. Die Wohnungstür lag angelehnt im Rahmen. Ohne zu Klopfen trat Ron ein und schloss sie hinter sich. Plötzlich wurde ihm bewusst, dass er bereits erwartet wurde.

Entspannt zurückgelehnt saß Magus in seinem geräumigen Wohnzimmersessel und nickte dem eintretenden Cousin freundschaftlich zu.

„Nimm Platz", bat er ihn gelassen.

Ron ließ sich in das helle Leder der gegenüberstehenden Couch sinken, neugierig, was er gleich hören sollte.

„Nun?", eröffnete Magus das Gespräch.

„Nun was?"

Ron war nicht gekommen um sich Fragen stellen zu lassen. Er wollte Antworten.

„Nun bist du zurück von deiner letzten Reise. Hat sie dich näher an das herangebracht, was du suchst?"

„Sie hat mich so nahe wie nie zuvor an das herangeführt, was ich will. Und doch hat sie mich soweit davon entfernt, wie es mir vorher nie hätte bewusst sein können."

„Ja, ja, es ist schon ein seltsames Ding mit der Liebe. Kennt man sie nicht, dann fehlt sie einem kaum. Aber hat man sie einmal gewonnen und dann verloren, dann fehlt sie einem so sehr wie das eigene Leben."

Leicht irritiert bemerkte Ron, dass Magus wie zu sich selbst sprach. Oder gab es in diesem Raum noch einen Zuhörer? Suchend blickte er sich um, als könne ihm die großzügige und sehr geschmackvolle Einrichtung eine Antwort liefern. Diffus erhellte das spärliche Sonnenlicht dieses verregneten Vormittags die hellen Möbel und sammelte sich zurückhaltend glänzend in dem großen bronzegerahmten Spiegel neben der Sitzgarnitur.

„Magus, eines musst du mir bitte erklären. Warum hast du nicht erwähnt, dass Charlotte im selben Haus wohnt. Du kennst sie, nicht wahr? Du wusstest von Anfang an, dass sie bei meiner Reise eine wichtige Rolle spielen würde und hast nichts gesagt?"

Magus seufzte und schwieg.

„Magus, ich verstehe das alles hier sonst nicht", bettelte Ron.

Sein Blick wanderte zurück zum Spiegel, zu diesem Rahmen, der ihr gemeinsames Bild umfassen sollte – Magus und ihn, sich gegenübersitzend und schweigend. Aufmerksam betrachtete er Magus' Reflexion. Vertraut war ihm jeder Zug wie sein eigener. Das Gesicht grau vor Müdigkeit und Erschöpfung, in den Augen ein vor Liebessehnsucht aufbegehrender Glanz.

Magus' Gesicht war sein Gesicht.

„Jetzt beginnst du langsam zu verstehen, nicht wahr?", riss Magus ihn aus seiner Verblüffung. „Hast du geglaubt, dass du alle diese Abenteuer hättest bestehen können, wenn du real wärst? Wie hättest du dich in Rosalia verlieben, ihr überhaupt begegnen können, wenn du nicht wie sie wärst – eine Fiktion, eine literarische Figur."

„Aber ich hatte doch keine Ahnung, dass ich deine Fiktion bin."

„Wirklich nicht? Wie sollte es sonst möglich sein, dass wir beide hier zusammen sitzen."

„Ja, wie?!", begehrte Ron auf. „Denn das bedeutet doch nur, dass du bist wie ich, also auch eine Erfindung."

„Wir sind alle Erfindungen unserer selbst, mein Lieber. Die einen mehr, die anderen etwas weniger. Du hast natürlich recht. Indem ich mich selbst zum Teil dieser von mir erzählten Geschichte gemacht habe, bin auch ich zu einem Bild geworden; einem Bild, das im Kopf eines Lesers entsteht."

„Magus, wer bist du?"

„Ich bin das Ebenbild desjenigen, der dich erfunden hat. Wenn du willst, ein Bild des Autors, der alle Fäden dieser Geschichte in seinen Händen hält."

„So ist auch Charlotte nur eine Erfindung?"

„Aber nein, beileibe nicht", widersprach Magus heftig. „Nein, Charlotte ist echt. Vielleicht nicht die Charlotte, der ich dich habe folgen lassen. Aber Charlotte gibt es wirklich. Sie lebt tatsächlich im gleichen Haus und wie du erahnst, ist sie mir sehr, sehr wichtig. Ich liebe sie."

„Und darin liegt das Problem, nicht wahr? Da sie keine Dichtung ist, entzieht sie sich deinem Einfluss. Es ist gar nicht so leicht nur durch die Kraft der Phantasie die Mauer zur Realität zu durchbrechen und Ersehntes wirklich umzusetzen."

„Ja, schlimmer noch. Die Liebe hat eigene Gesetze. Sie folgt völlig eigenen Wegen. Ihre Folgen sind nicht vorhersehbar. Sie ist unabhängig, unberechenbar und frei."

„Rosalia", begriff Ron.

„Genau. Ihr Eingreifen war nicht geplant. Sie tauchte auf und entwand sich meinem Einfluss schneller, als ich ihr folgen konnte. Dabei ist sie nicht einmal meine Erfindung. Master William wusste wohl, warum er ihr nur so wenig Raum ließ. Er ahnte sicher, mit welcher Energie sich sein Geschöpft befreien würde. Er war schon ein wahrer Meister."

„Und ebenso wenig kannst du in deiner Welt Charlotte lenken. Du kannst sie nicht einfach dich lieben machen wie du magst."

„Deshalb versuche ich es durch meine Geschichte."

„Aber Magus, so viel Realitätssinn besitze sogar ich. Wie kannst du annehmen, dass du nur durch die Kraft deiner Erzählung eine reale Liebe erwecken kannst?"

„Ich habe es mir so sehr gewünscht und gehofft ..."

Etwas ratlos betrachtete Ron sein mutloses Pendant. Dann fasste er einen kühnen Plan.

„Wenn ich es richtig verstehe, dann haben wir beide das gleiche Interesse, nicht war? Wir beide wünschen uns ein gutes Ende – ein Happy End."

Magus nickte.

Beherzt fuhr Ron fort. „Für mich kann es ein Happy End nur mit Rosalia geben. Und dein Happy End liegt bei Charlotte. Nun, vielleicht überzeugst du deine Charlotte eher, wenn sie sieht, wie sehr dich das Ideal eines glücklichen Ausgangs leitet. Wie viel dir eine erfüllte Liebe bedeutet. Wie weit du bereit bist, für die Liebe deines Lebens zu gehen."

Magus nickte noch immer. Alles, was Ron ihm da sagte, entsprach genau seinen eigenen Gedanken.

„Also, dann zeige ihr, wie weit du zu gehen bereit bist!", wiederholte Ron seine letzte Schlussfolgerung und wurde noch deutlicher. „Es gibt nur einen Weg. Du selbst musst die Grenze überschreiten."

„Meinst du wirklich …?" Magus zögerte noch.

„Sei konsequent und folge deinen eigenen Ideen! Wir werden gemeinsam aufbrechen. Wir suchen, nein, wir finden Rosalia und dadurch lieferst du deiner Charlotte einen Beweis deiner Zuneigung für sie. Denn eine Geschichte mit Happy End ist der beste Liebesbrief. Lange genug hast du nur dirigiert und beobachtet. Jetzt wirst du handeln, mein lieber Magus. Es ist Zeit für eine gemeinsame Reise."

Magus fühlte sich wie von sich selbst überrumpelt. Dennoch wusste er, dass er sich dem nicht würde widersetzen können. Diese Feststellung war nicht mehr rückgängig zu machen. Er könnte sie vor sich herschieben und sie würde ihn dafür nur immer heftiger bedrängen, einer fixen Idee gleich. Er wusste, dass man vor vielem davonlaufen konnte, aber sehr schlecht vor sich selbst. Widerstandslos akzeptierte er Rons Vorschlag.

„In Ordnung, Cousin. Und wohin willst du mich begleiten?"

Vergnügt erhob sich Ron und ging zielsicher zu Magus' großer Regalwand. Mit schwungvollem Griff zog er einen besonders breiten Band heraus, den eine berühmte Illustration zweier Reiter von Linné zierte.

„Ich habe gehört, es gab einen Mann, der wie du ein Magier war, den es in seine eigene Geschichte verschlagen hat und der die Grenzen zwischen Realität und Phantasie sehr gekonnt zu vermischen wusste. Dieser Hintergrund erscheint mir passend. Und abgesehen davon, verspreche ich uns dadurch genug Freiraum für unser eigenes Abenteuer."

Teil III: Kastilien, La Mancha

1

Durch die braungelbe Weite der hochsommerlichen Mancha zogen zwei einsame Reiter ihre staubige Spur. Die trockene Hitze hatte jeden Rest von grünem Leben aus dem Boden gebrannt. Erschöpft und schlaff lagen Felder und Wiesen, müde und mürrisch gaben sich die Menschen, die nur selten die karge Einsamkeit durchquerten.

Das gnadenlose Weiß des sonnendurchglühten Himmels schmerzte die Augen und zwang jeden dazu, den Blick demütig zu senken. Wie zwei fromme Pilger hielten auch die beiden Reiter auf ihren Maultieren die Köpfte geneigt, in ungespielter Ehrfurcht vor der gleißenden Allmacht eines sengenden Himmels, die ihnen nun bereits seit Stunden in dieser stummen Einöde zusetzte.

„Cervantes", murmelte Magus genervt. „Ausgerechnet Cervantes. Diese Hitze! Diese Einöde! Wenn schon Spanien, warum dann nicht wenigstens die Costa Blanca? Ein luftiger Strandort am Mittelmeer unter Palmen mit einigen Bars. Kühle Cervezas. Tapas. Meinetwegen auch mit schwachsinnigen Touristen. Aber Cervantes! Mein Gott, das Zeitalter der Inquisition. Dieser Rückschritt. Und dann diese endlose Reiterei. Und wieso Maultiere? Mir scheint's, als kämen wir überhaupt nicht von der Stelle. Dies hier ist wahrhaftig *ein Ort, an dessen Namen ich mich nicht erinnern will."*

Rons Antwort war mürrisches Schweigen. Es gab in der Tat genauso viele Gründe seinem Cousin zuzustimmen wie ihm zu widersprechen. Beides würde ihn nur wertvolle Energie kosten und war daher völlig nutzlos. Sie waren nun einmal hier und solange sie nicht gefunden hatten, wonach sie suchten, wollte keiner über einen Ausweg nachdenken. Schweigend setzten sie ihren Weg fort, denn Sprechen bedeutete den Mund zu öffnen und Staub hineinzulassen, bedeutete Speichelflüssigkeit zu verlieren, bedeutete Kraft zu vergeuden, die man dringend brauchte, um zur nächsten Herberge zu gelangen, zum nächsten Brunnen, zur nächsten schattigen, kühlen Raststatt.

Die einschläfernde Eintönigkeit der Maultierbewegungen, die trockene Farblosigkeit der sich immer weiter vor ihnen ausdehnenden Einöde, der monotone Tagesablauf, der morgens mit dem steifen Aufsteigen in den Sattel begann und abends mit dem wunden Absteigen endete, hatte ihnen inzwischen jedwedes Zeitgefühl genommen. Weder Magus noch Ron hätten sagen können, wie lange sie so bereits unterwegs waren. Die ihnen vertraute Definition von Zeit hatte in dieser Umgebung keine Bedeutung. Nichts von dem, was ihr bisheriges Leben definierte, hatte in dieser Umgebung eine Bedeutung. Allein die Suche nach Rosalia war ihre Rechtfertigung hier zu sein. Doch hatten sie bisher noch nicht einmal die geringste Spur von ihr entdeckt.

Stumm hing jeder seinen eigenen Gedanken nach. Doch den Wunsch, zu einem schnellen und guten Ende dieser Episode zu gelangen, hegten sie beide gleichermaßen.

Immerhin konnten sie sich auf ihre Maultiere verlassen, die stoisch voran zockelten. Nichts schien diese Geschöpfte aus der Ruhe zu bringen, am allerwenigsten ihre immer schweigsamer werdenden Reiter, die sich rein äußerlich betrachtet in nichts von den anderen Menschen in dieser Gegend unterschieden. Magus' anfängliche Befürchtung, sie könnten irgendwie auffallen, hatte sich bald gelegt. Äußerlich gaben sie mit ihren Maultieren ein sehr authentisches Bild ab.

Unermüdlich zogen sie kreuz und quer durch die endlose Landschaft. Unbeirrbar hielt Magus ihr Reisetempo hoch. Die Aussicht, die selbst auferlegte Aufgabe schon bald zu einem guten Schluss zu bringen, verlieh ihm einen bisher ungeahnten Tatendrang. Ron kam dieses Umherwandern ein wenig planlos vor, doch wagte er nicht zu widersprechen, da Magus mit allem Nachdruck versicherte, dass hinter diesem Zickzack-Kurs durchaus eine Absicht stecke. Denn indem sie möglichst viele Stationen passierten, hinterließen sie eine Vielzahl von Spuren und erhöhten damit gleichfalls Rosalias Chance, sie zu finden.

Magus hielt Rosalia für klug genug dasselbe zu tun und spekulierte darauf, dass sich ihre Wege daher zwangsläufig irgendwann kreuzen mussten. Gezielt befragte er alle, die ihnen begegneten, nach einer allein umherziehenden Frau und schmunzelte nicht wenig, wenn er hörte, wie Ron seine Rosalia in ausführlichen verliebten Details beschrieb. Bei jeder Begegnung mit Einheimischen hinterließen sie eine genaue Angabe ihrer geplanten Wegrichtung sowie die dringende Bitte, die Augen nach der reisenden Rosalia offen zu halten und ihr unbedingt die Botschaft zu übermitteln, dass Ron nach ihr suche.

Alleine schon aus diesem Grund galt ihr Interesse jedem Gespräch, das sich ihnen bot. Und obwohl sie noch keine Spur von Rosalia ausgemacht hatten, wurden sie ihrer Suche nicht müde, denn jede Begegnung bereicherte sie um eine neue unterhaltsame Erzählung. Dieses Land war eine echte Schatztruhe an Anekdoten und Geschichten, an Legenden und Märchen. Magus konnte kaum genug davon bekommen. Immer mehr berauschte er sich an deren Abwechslungsreichtum und Originalität.

Einige Male verpassten sie sogar nur knapp um wenige Tage, und einmal sogar nur um ein paar Stunden, die Route des legendären Don Quijote und seines Pagen Sancho Pansa. Amüsiert lauschten sie den krausen Berichten völlig fassungsloser Leute, die sich kopfschüttelnd über die Torheiten dieses Edelmannes ausließen. Spottend berichtete man ihnen, wie Don Quijote den Kampf gegen eine Herde Schweine aufgenommen hatte und der borstigen Übermacht wenig ruhmreich erlegen war. Ein anderes Mal, so erzählte man ihnen, habe dieser Ritter der traurigen Gestalt im Zweikampf den sagenumwobenen ‚Helm Mambrins' erbeutet, einen blechernen Nachttopf, mit dem er seitdem seine lächerliche Ausstattung vervollkommnete.

Schließlich führte sie ihre Route ins Gebirge. Leicht kamen sie ins Gespräch mit den dort umherziehenden Ziegenhirten, die gesellig und gastfrei Brot, Käse, Wein und Geschichten mit ihnen teilten. Nachdem sie die Gastfreundschaft der Hirten genossen hatten, war es an ihnen, sich mit einem ausführlichen Bericht ihres bisherigen Abenteuers zu revanchieren, denn auch die Hirten liebten Geschichten über alles und waren immer daran interessiert, ihren großen Schatz um weitere Kleinodien zu erweitern.

An diesem Punkt des Abends begann Ron wie immer, wenn er nach dem Grund ihrer Wanderung gefragt wurde, wehmütig und sehnsuchtsvoll von Rosalia zu sprechen. Im roten Schimmer des Lagerfeuers ließ er seine Worte wie Verse eines Liedes erklingen, um Rosalias Schönheit und Klugheit zu loben. Magus, der jede Strophe dieses Liedes bereits viele Male gehört hatte und sich kaum mehr darüber wunderte, wie es an Umfang und Ausschmückung von Mal zu Mal stattlicher heranwuchs, beobachtete fasziniert die Gesichter der stumm lauschenden Männer, in deren Augen sich tiefe Rührung, ehrliche Anteilnahme und Kummer offenbarten. Die Liebe war diesen rauen Burschen nicht fremd. Und auch die Kümmernisse, die ihr anhafteten, nicht.

Behaglich breitete sich in Magus' Innern die schwere Melancholie des Landweines aus und im hitzigen Glutschein des Lagerfeuers empfand er die wohlige Vertrautheit von Gleichgesinnten. Alle Widersprüche seines Lebens lösten sich auf in ein harmloses, leicht zu überwindendes Nichts. Es war ihm wie ein Nachhause-Kommen an einen weitentfernten Ort. Ein Ort, den er fest in seinem Innern verwahren wollte, nun da er ihn einmal gefunden hatte, diesen Ort, der so sehr er selbst war, wie nichts anderes auf der Welt.

Ron schwärmte noch immer und die Männer hörten seine Geschichte vom Verlust der Geliebten an, als handle es sich nicht nur um eine weitere Variation des schon tausend und einmal Gehörten, sondern um etwas völlig Neues.

Vielleicht taten sie es, weil ihnen der angenehme Klang von Rons Stimme besonders gefiel, vielleicht weil sie die gepflegte Auswahl seiner Worte beeindruckte oder aber vielleicht auch nur, weil gerade das Selbstverständliche an dieser Liebesgeschichte ihnen ein vertrautes Bild ihrer eigenen Liebe zeigte.

Plötzlich fand Rons Erzählung eine unerwartete Unterbrechung. Er hob gerade an, Rosalia mit der Inbrunst seiner ganzen ungestillten Sehnsucht zu beschreiben, als ihm ein schmächtiger Hirtenjunge vorlaut dazwischenplatzte.

„Rotblonde Locken?“, rief er und Ron nickte.

„Ein heller Teint mit zarten Sommersprossen?“

Ron nickte.

„Schlanke Statur, eher groß als klein?“

Ron nickte.

„Aber durchaus zupackend, kein Püppchen?“

Ron nickte.

„Grüne Augen? Mit einem kleinen Muttermal über der linken Augenbraue?“

Rons Nicken verebbte verblüfft.

„Woher weißt du das?“

„Die Beschreibung passt genau auf Marcela“, schloss der Hirtenjunge zufrieden und seine Kollegen nickten beifällig. Ja, ja, Marcela, das konnte nur Marcela sein.

Nun überließ Ron den anderen das Wort und lauschte gespannt ihrer Darstellung, die ihm mit jedem weiteren Detail Rosalias Bild lebendiger vor Augen stellte. Auch Magus fühlte sich bestätigt. Nun also hatten sie endlich eine echte Spur gefunden. Alles schien sich zu einem gefälligen Ganzen zu fügen und was nicht wirklich passte, das ließ sich leicht erklären. Von den äußeren Attributen abgesehen, die genau auf Rosalia zutrafen, hatte sie sich eine Identität gesucht, die ihren wahren Absichten zweifellos entgegenkam.

Marcela war Waise und wohlbehütet bei einem reichen Onkel aufgewachsen. Als Erbin eines großen Vermögens und durch den Ruf ihrer außergewöhnlichen Schönheit ausgezeichnet mangelte es nicht an Bewerbern, die ihr die Tür einrannten. Sie hatte allerdings bisher jedes Angebot und jede Empfehlung sich zu verheiraten vehement ausgeschlagen. Obschon sie ihre Unnahbarkeit offensiv zur Schau stellte, stoppte dies nicht den Zulauf an immer neuen Verehrern. Um dem wachsenden Druck ihrer Umgebung zu entfliehen, beschloss Marcela schließlich, sich in die Einsamkeit der Berge zurückzuziehen.

Als Schäferin einer kleinen Herde verließ sie ihre Heimatstadt und wanderte in gewollter Abgeschiedenheit umher. Doch auch hier blieb sie von Liebesumwerbungen nicht völlig verschont. Immer wieder rief sie in den Herzen der Männer, die ihr begegneten, Begehrlichkeit und das Gefühl von Verliebtheit hervor. Rigoros verwahrte sie sich gegen jede Annäherung und wies schonungslos jeden Anwärter ab. Keinem gelang es, ihr Herz zu erobern.

Schon bald galt Marcela als kalt und unnahbar. Doch obwohl sie so viele Herzen verwundet zurückließ, stand sie niemals in Verdacht, mit den Gefühlen der vielen Männer zu spielen oder sie sogar zu provozieren. Niemand bezweifelte je ihre Tugendhaftigkeit. Sie war einfach an keinem der vielen Verehrer interessiert.

„Sie liebt mich“, murmelte Ron beglückt. „Sie wartet dort oben in den Bergen auf mich.“

Auch den Anderen schien das die einzig verständliche Erklärung zu sein. Wieso sonst sollte sie so viele gute Männer abgewiesen haben, wenn sie nicht bereits ihr Herz verschenkt hatte? War das bewährteste Mittel gegen Verliebtheit nicht bereits verliebt zu sein? Die Ziegenhirten konnten nicht anders, als Ron in seiner Annahme zu bestätigen. Auch für sie schien sich dadurch endlich ein lange ungelöstes Rätsel aufzuklären.

Fröhlich klopften sie Ron auf die Schulter. In ihren Gesichtern stand deutliche Erleichterung und man ließ beglückwünschend den Weinkrug eine weitere Runde machen.

„Schon bald wirst du sie gefunden haben“, versprachen sie ihm. „Nur einen Tagesritt von hier wurde sie erst vor kurzem mit ihrer Herde gesehen.“

„Sie liebt ihn“, dachte Magus zufrieden, als sie sich nachts neben ihren Sätteln ihren Schlafplatz bereiteten. „Sie liebt ihn und bald schon werden wir ein Happy End haben.“

Kalt und klar erwachte der Morgen im Hochland am nächsten Tag. Mit den ersten frühen Sonnenstrahlen waren alle auf den Beinen. Die Ziegenhirten mussten weiter, wiesen Ron und Magus aber noch einmal die richtige Richtung und zogen dann munter ihren laut blökenden Herden hinterher. Obwohl der schmale Pfad durch das bewaldete Bergland ihnen nur ein sehr langsames Vorankommen erlaubte, störten sie sich daran nicht im Geringsten. Hoffnungsfroh eilten ihnen ihre Gedanken voraus. Voller Leben und Erwartung war die Natur um sie herum. Im grünen Schatten dichter Laubbäume trillerten viele Vögel. Bienen summten geschäftig an ihnen vorbei. Bunte Schmetterlinge flatterten ihnen beschwingt über den Weg. Gemächlich führte sie der schmale weiche Pfad hinab ins Tal. Dort unten, so hatte man ihnen den Weg beschrieben, könnten sie am Fuße einer Quelle ihr Mittagessen einnehmen, bevor sie nach dieser kurzen Rast die letzte Steigung zum Erreichen ihres nahen Zieles beginnen würden.

Einmütig schwiegen Ron und Magus und genossen nach der staubigen Trockenheit ihrer letzten Etappe in tiefen Atemzügen die kühle harzige Luft. Absolut mühelos gelangten sie nach unten und standen so viel früher als erwartet an der kleinen Quelle, die wie von den Hirten beschrieben am Fuße eines knorrigen Korkbaumes friedlich murmelnd ihren Ursprung hatte.

Die Hirten hatten ihnen jedoch eine wesentliche Information unterschlagen. Überrascht fanden sich die beiden am Fuße eines frischen Grabes wieder, das man in einen nahen Felsen gehauen hatte.

Die Menge der Trauergäste musste gewaltig gewesen sein. Ganz offensichtlich hatte die Beerdigung bereits vor mehreren Tagen stattgefunden, denn dicht gesät lagen auf dem flachen Felsen und auf dem Boden längst vertrocknete Zweige von Zypressen und bitterem Oleander sowie eine wahre Flut von immergrünem Stechpalmenlaub, das man als letzten Gruß an den Verstorbenen zurückgelassen hatte. Kaum gelang es ihnen, sich dem Grab zu nähern, ohne auf die vergänglichen Zeugen dieser großen Anteilnahme zu treten.

Bestürzt näherten sich Ron und Magus der Gruft, nicht ohne Furcht darüber, etwas zu entdecken, was mit ihrer eigenen Suche zu tun haben könnte. Erleichtert lasen sie den Namenszug eines Mannes, den man in den blanken Felsen geschlagen hatte.

„Armer Grisostomo", brach Ron seufzend und mit Erleichterung sein Schweigen, „du wurdest wahrhaftig von vielen geliebt und verehrt."

Respektvoll und von einer großen Sorge erlöst, schloss sich Magus diesen Worten an.

„Du warst sicher ein guter Mann, Grisostomo."

„Er war der Beste von allen", löste sich laut vernehmlich eine dunkle Stimme aus dem Schatten einer Korkeiche. Ernst und unbeweglich verharrte dort ein Fremder. In seiner braungrünen Tracht verschmolz er fast mit seiner Umgebung, so dass er ihnen bis dahin verborgen geblieben war.

Mit verhaltenen Schritten näherten sich Magus und Ron dem stillen Mann und nahmen, sein nickendes Einverständnis abwartend, vor ihm Platz.

„Mein Name ist Ambrosio. Ich komme täglich hierher und halte Trauerwache für meinen Freund Grisostomo, der so grausam ermordet wurde durch Marcela."

Magus und Ron wechselten stumm einen erschrockenen Blick. Doch dem finster in sich gekehrten Ambrosio schien das nicht aufzufallen.

„Ermordet?", wagte sich Ron zaghaft hervor.

„Grausam ermordet", bestätigte Ambrosio. „Sie brach ihm das Herz."

„So starb er, mit Verlaub gefragt, an gebrochenem Herzen?"

„Er starb durch den Stahl dieses Messers." Mit ruhiger Hand hielt Ambrosio die glänzende Klinge eines Jagddolches in die Höhe. „Doch muss ich der Gerechtigkeit halber ergänzen, dass er durch eigene Hand starb."

„Und trotzdem nennt Ihr Marcela seine Mörderin?", mischte sich Magus ein.

„Sie trägt die Schuld an seinem Tod. Wie sonst also sollte ich sie wohl nennen, mein Herr?"

Ron und Magus schwiegen betroffen. Ambrosios Schmerz waren keine Worte gewachsen. Die friedliche Stille an diesem zurückgezogenen Ort und die mit den Jahreszeiten langsam dahinfließende Zeit waren verlässlichere Tröster als es ein menschliches Wesen je hätte sein können. Lange hockten sie bei ihm und schwiegen, bevor sie sich erhoben, um ihren Weg wiederaufzunehmen.

Stumm nickend wünschten sie ihm Glück und verließen eilig diese schwermütige Stätte, die einen schwarzen Schatten auf ihren Optimismus geworfen hatte.

Ihr Ritt wurde nun wieder mühseliger. Der schmale Pfad stieg immer steiler an, je mehr sie sich dem Gebirge näherten. Der sonnenlose Wald mit seinem undurchdringlichen Laubwerk, der das Tageslicht von ihnen abhielt und alle lebendigen Geräusche um sie herum dämmte, warf sein bedrückendes Echo auf sie. Die Begegnung mit Ambrosio hatte sie so stark vereinnahmt, dass sie völlig vergessen hatten ihr geplantes Picknick einzunehmen. Das Knurren ihrer Mägen gesellte sich zu ihren schwermütigen Gedanken. Erleichtert begrüßten sie ihr Hungergefühl, das sie für kurze Zeit von ihren wachsenden Sorgen ablenken würde.

„Hunger?“, fragte Ron.

Magus nickte.

Rasch stiegen sie ab und ließen sich nieder. Appetitlos zogen sie etwas trockenes Brot aus ihren Vorratstaschen. Gewissenhaft zerkauten sie jeden Bissen, bevor sie ihn schluckten, als könne das kleinste Versäumnis ein unwiderruflicher Fehler sein, der sie von ihrem Ziel abbrächte. Die unerwartete Begegnung mit dem Tod hatte Ron in eine Ebene der Realität zurückgeworfen, die er seit seinem Duell mit Lenskij erfolgreich von sich abgewendet zu haben glaubte. Nun stand die Angst wieder an seiner Seite und beanspruchte die gleiche Aufmerksamkeit wie seine Hoffnung. Ihre Reise war nicht ohne Gefahren. Es war leichtsinnig gewesen anzunehmen, dass die Geschichte in jedem Fall ein gutes Ende nehmen musste, nur weil er und Rosalia sich das wünschten. In Wahrheit gab es so viel mehr, das nicht in ihren Händen lag. Das meiste von dem, was sich um sie herum abspielte, entzog sich völlig ihrem Einfluss. Indem sie sich hier für eine eigene Route entschieden hatten, einen Weg, den vor ihnen noch keiner gegangen war, hatten sie sich Eventualitäten ausgesetzt, die ein Ende im Guten ebenso wie im schlechten Sinne denkbar machten. Alles war möglich. Nichts war festgeschrieben. Ron fühlte sich auf einmal müde und erschöpft wie noch nie in seinem Leben.

„Ein Nickerchen?“, fragte er.

Magus nickte und legte sich hin.

Schon bald fielen beide in einen traumlosen Schlaf.

Unausgeruht erwachten sie – ob nach wenigen Minuten oder gar erst nach langen Stunden, konnte ihnen weder ihr verlorengegangenes Zeitgefühl noch das unveränderte Zwielicht des Waldes verraten. Bedrückt setzten sie ihren Weg fort.

Je näher sie dem Gipfel kamen, je mehr sich der enge Wald von ihnen zurückzog, desto mehr beschleunigten sie ihre Schritte. Alles drängte sie danach, in klarere Höhen zu steigen, eine weniger schwere Luft zu atmen und durch einen weiten Blick ins Tal Distanz zum bereits Geschehenen zu finden.

Der Boden wurde steiniger und sie mussten von ihren Maultieren absteigen. Aber selbst marschieren zu können, erleichterte sie. Ron begann sogar ein kleines Liedchen zu pfeifen.

Der kühl auffrischende Wind trug ihnen das helle Geläut kleiner Glöckchen herüber. Sie begannen Ausschau zu halten. Konnten dies bereits Ziegen aus Marcelas Herde sein, die nicht weit entfernt im kargen Grün grasten?

Sie kletterten auf einen felsigen Vorsprung, um die unter ihren Füßen liegenden Hänge besser einsehen zu können.

Grenzenlos blau leuchtete der weite Himmel im kühlen Rund eines kleinen Bergsees unter ihnen auf. Eingerahmt von schroffem Geröll erschien ihnen dieser bizarre Spiegel fremd wie das Bild aus einer anderen Welt. An seinem schmalen Ufer standen wie weiß und hellbraun hingetupft vereinzelte Ziegen. So still wie der Fels stand die einsame Schäferin daneben und blickte ihnen unerschrocken entgegen.

Vor der tiefstehenden Sonne erschien sie ihnen wie ein dunkler Scherenschnitt. Im Licht der Sonne glühten ihre roten Locken unter dem fest gebundenen Kopftuch hervor. Ruhig strich sie sich eine dunkle Strähne aus dem Gesicht und wandte sich betont gleichmütig wieder ihrer Herde zu.

Marcelas Ähnlichkeit mit Rosalia war verblüffend, doch Ron ließ sich dadurch nicht lange täuschen. Seine Sehnsucht nach der Geliebten hatte ihm nur kurz sein Wunschbild vorgaukeln können.

Magus erschrak. Sie waren einer falschen Spur gefolgt. Feindselig flammte Marcelas Blick auf, als sie erkannte, dass sie in ihrer einsamen Höhe gestört wurde. Hartnäckig schwieg sie, als könne sie dadurch das plötzliche Eindringen der beiden fremden Wanderer bannen. Sie war nicht an der Geschichte dieser beiden Männer interessiert, die wie schon zu viele vor ihnen hier auftauchten und sich ihr aufdrängen würden.

„Wir grüßen Euch, Marcela“, rief ihr Magus zu. Er hatte beschlossen, die von Marcela gewählte Distanz zu respektieren und ihr nicht näher als notwendig zu kommen.

Unwillig sah die Angesprochene zu ihnen hinüber.

„Was wollt Ihr?“

„Wir sind auf der Suche nach jemandem und hatten gehofft, sie hier oben zu finden."

„Dann könnt Ihr ja jetzt wieder gehen, nachdem Ihr gesehen habt, dass sie nicht hier ist."

„Marcela, dürfen wir Euch nach ihr fragen", bat Ron und kletterte ihr vertrauensselig entgegen. Er störte sie wirklich ungern, aber sein Anliegen war ihm wichtiger als jede Form der Rücksichtnahme.

Als Ron so plötzlich vor ihr stand, wich sie unwillkürlich ein Stückchen zurück, hob ihren Kopf und machte dann einen festen Schritt in seine Richtung, wie um ihm zu zeigen, dass sie sich niemals würde einschüchtern lassen. Entwaffnend lächelnd ignorierte Ron ihre Feindseligkeit, setzte sich neben sie auf einen großen Felsbrocken und blinzelte ihr unbekümmert ins Gesicht.

„Marcela", begann er, „mein Cousin Magus und ich, wir suchen eine Frau namens Rosalia. Wir kamen hierher, weil wir glaubten ihrer Spur zu folgen. Ihr seht ihr ähnlich, aber natürlich erkennen wir jetzt unseren Irrtum. Mir liegt sehr viel an dieser Frau. Ich habe sie verloren. Ich liebe sie. Sie liebt mich und vielleicht kam sie auf ihrer Suche nach mir ebenso hier oben vorbei?"

Erleichtert nahm Marcela neben Ron Platz. Diese beiden hatten an ihr kein Interesse. Auch Magus wagte sich vorsichtig näher heran.

„Ich bedaure, Señor, aber weder eine Frau namens Rosalia noch irgendeine andere allein reisende Dame ist hier vorbeigekommen."

„Seid Ihr sicher?"

„Aus guten Gründen reisen Frauen in diesem Land nur sehr selten alleine. Sie hätte für erhebliches Aufsehen gesorgt, wäre sie wie von Euch vermutet wirklich alleine unterwegs. Vielleicht will sich Eure Angebetete ja gar nicht finden lassen …"

„Nein, daran habe ich keinen Zweifel", überhörte Ron den hochmütigen Ton in Marcelas Stimme.

„Dann solltet Ihr vielleicht überlegen, ob Eure Rosalia klüger ist als Ihr, und sich in einer Verkleidung bewegt, die ihre Reise und die Suche nach Euch sicherer macht", gab Marcela leicht spöttisch zu bedenken.

„Das ist es! Rosalia reist inkognito. Vielleicht hat sie sich sogar jemandem angeschlossen, dem sie vertrauen kann."

Freudig sprang Ron auf. Voller Dankbarkeit wollte er Marcela umarmen. Doch sie hielt ihren Blick wie einen stählernen Dolch auf ihn gerichtet. Grinsend ließ er von seinem spontanen Überschwang ab und ließ seine Bewegung geschickt in eine galante Verbeugung fließen.

„Ich habe Euch zu danken, edle Marcela, für Euren Weitblick und die Güte, uns daran teilhaben zu lassen."

„Dann nutzt dieses seltene Geschenk und setzt Eure Suche woanders fort." Marcela erhob sich. Ihre Geduld für diese beiden war erschöpft. Sie erklärte die Audienz damit für beendet. Grußlos drehte sie sich um, pfiff ihre Tiere zusammen und verschwand mit wenigen Schritten hinter dem nächsten Hügel.

Erstaunt sahen ihr die beiden nach. Diese sonderbare Begegnung hatte ihnen Klarheit gebracht, wenn sie auch ohne greifbares Ergebnis blieb.

Magus fühlte sich sonderbar berührt. Wohin immer ihn seine Geschichte mit Ron noch bringen würde, sein fester Glaube an den unverrückbar guten Ausgang seiner Mission hatte einen empfindlichen Dämpfer erhalten. Natürlich führte nicht jede Liebe automatisch zu einem Happy End. Das war ihm klar. Doch bisher hatte er immer erwartet, dass es für jede Form der Liebe, und sei sie noch so aussichtslos, irgendeine Form der Belohnung gab. Irgendeinen höheren Ausgleich. Die Genugtuung, der geliebte Mensch werde, wenn auch zu spät, seinen Fehler einsehen und dadurch den Wert der dargebrachten Liebe anerkennen und dem Liebenden zumindest Respekt zollen. Wie konnte es einem Autor in den Sinn kommen, eine derart unzugängliche Person wie Marcela zuzulassen?

Wie würde er mit einer Abfuhr, wie sie Marcela dem armen Gristostomo erteilt hatte, fertig werden? Waren seine eigenen Anstrengungen, um Charlotte für sich zu gewinnen, wirklich ausreichend? Konnte es überhaupt einen angemessen hohen Einsatz geben? Es reichte nicht aus, einen Beweis seiner Liebe zu erbringen, um sie sich zu verdienen. Man konnte sie sich weder erkaufen noch durch eine sonstige Gegenleistung erwerben. Liebe war immer ein Geschenk. Eine freiwillige vom Herzen kommende Gabe.

Er konnte nicht erwarten, dass Charlotte ihn lieben würde, nur weil er sie liebte. Wenn sie ihn liebte, dann von sich aus oder gar nicht. Nichts anderes bewies ihm diese Geschichte hier. Er durfte sich nicht darauf verlassen. Er musste sich frühzeitig gegen eine Enttäuschung wappnen.

Das Leben folgte keinen verlässlichen Regeln. Alles war vorstellbar. Nichts vorhersagbar. Diese Lebenslektion hatte ihm Cervantes gerade überaus deutlich gezeigt.

2

Rosalia genoss die Einsamkeit. Die Stille. Das stärkende Gefühl ganz alleine mit sich selbst auszukommen, ohne dass ihr jemand Vorschriften machte oder sie in eine Rolle zwang, die nicht die ihre war.

Seit Tagen schon ritt sie auf ihrem Pferd durch die Weiten der Mancha. In vollen Zügen kostete sie den Geschmack ihrer Freiheit aus. Obwohl es ihr zunächst schwer fiel, wollte sie unbedingt autark sein. Nur selten zog sie in Herbergen ein. Meist entzündete sie nachts ein Lagerfeuer und schlief unter freiem Himmel. Sie versorgte sich selbst mit Fischen, die sie aus dem Bach angelte oder einem Kaninchen, das sie mit ihrer Steinschleuder erlegte. Nur selten begegnete sie anderen Menschen.

In ihren bisherigen Rollen war sie immer an einen Ort gebunden gewesen. Erst war sie Shakespeares Rosalia in Verona gewesen, dann Puschkins Olga auf dem Gut der Larins. Hier in Don Quijotes Welt war sie in keine bereits vorgefasste Rolle geschlüpft. Vor ihr lag nichts anderes als die große, unbeschriebene Weite ihrer eigenen Reise. Sie selbst entschied, in welche Richtung sie ihr Pferd lenkte. Jeden Tag entdeckte sie etwas Neues, lernte, machte Erfahrungen, wurde geschickter und selbständiger.

Das hier war etwas anderes als das Lernen aus Büchern. Keine Frage, die Lektüre, durch die Charlotte ihr das Tor zur Welt geöffnet hatte, hatte sie erst hierhergebracht. Ohne das Wissen um die wahre Größe dieser Welt säße sie noch immer mehr oder weniger zufrieden in Verona. Niemals wäre sie Ron begegnet. Niemals hätte sie sich derart verliebt, weder in die Liebe noch in das Leben. Die Bücher hatten eine tiefe Sehnsucht nach Freiheit in ihr Herz gepflanzt.

Seit ihrem Aufbruch begann sie zu begreifen, welchen Wert das Leben wirklich hatte, wie kostbar das eigene Erleben war, da jeder Tag ihr Wissen um tausende von Details bereicherte. Das erste Mal in ihrem Leben war sie ganz sie selbst. Ihre Sinne erwachten mit einer noch nie empfundenen Intensität. Auf ihrem Gesicht spürte sie den trockenen Wind, der über die Ebene der Mancha strich. Sie fühlte das heiße Brennen der mittäglichen Sonne, schmeckte das Salz von getrocknetem Schweiß auf ihrer Haut. Sie roch den milden Duft einer schattigen Wiese voller Klee, kostete die kühle Klarheit von frischem Wasser, die klebrige Süße von Orangen, die würzige Schärfe frischer Kräuter, die zarte Rauchigkeit einer über offenem Feuer gebratenen Forelle. Abends ergab sie sich mit wohliger Erschöpfung ihrer Müdigkeit und morgens ließ sie sich vom Erwachen ihrer Sehnsucht erneut fortreißen.

Der Blick über das weite Land nährte ihre Entdeckerlust und trieb sie immer weiter voran. Hier gab es einen Horizont, auf den sie zustreben konnte, einen echten, unendlichen Horizont. Sie spielte mit dem Gedanken, ihre Schritte nach Süden zu einem Hafen zu lenken, um sich auf ein Schiff zu begeben. Immer weiter wollte sie. Nie mehr zurück.

Ihr Ziel war so weit entfernt wie nie zuvor und doch hatte sie es fest im Blick. Vielleicht war das die Lösung? Sich im Schatten der Handlung eines großen Romans niederlassen und eine stille Existenz führen, ohne andere Konsequenzen und ohne Verpflichtungen, als die sich selbst gegenüber?

Ron fehlte ihr, ja, er fehlte ihr sehr. Aber sie würde ihn finden. Er würde sie finden. Und dann würden sie sich beide einfach fernhalten von allem, was um sie herum geschah, und sich heimlich zurückziehen.

Bevor sie hierhergekommen war, hatte sie gar nicht geahnt, dass Männerkleidung derart bequem sein konnte. Weder in Verona noch auf dem Larin'schen Gut wäre sie je auf den Gedanken gekommen, Hosen anzulegen. Doch hier waren Hosen das vernünftigste Kleidungsstück. Nicht nur wegen des Pferdes, sondern auch wegen der Leute, die einen jungen Mann eher unbehelligt weiterziehen ließen als eine junge Frau.

Sie trug eng anliegende schwarze Beinkleider, die am Oberschenkel stark aufgebauscht waren, ein weites, helles Hemd und darüber eine lange Weste mit weiten Ärmeln. Ihre langen Haare verbarg sie unter einem fest am Kopf anliegenden Tuch und sie trug drüber noch einen breitkrempigen, dunkelbraunen Hut. Unter dieser Gewandung verschwanden ihre weiblichen Formen mühelos und ließen eher an die Gestalt eines jungen, gerade dem Knabenalter entwachsenen Mannes denken als an eine junge Frau.

Sie hatte nicht lange gebraucht, um sich an diese Verkleidung zu gewöhnen. Im Gegenteil, sie fühlte sich so frei und unbeschwert wie nie zuvor. Dieser Aufzug entsprach genau ihrem Temperament und ihrer Einstellung. Natürlich wusste sie, dass ihre Wanderschaft nicht ewig so weitergehen konnte. Aber sie hatte nichts dagegen, ihre Suche auf diese Art zu gestalten, und sie hatte es dabei auch nicht besonders eilig.

Natürlich hatte Rosalia sich eine Geschichte zurechtgelegt, um neugierigen Fragen nach dem Grund ihrer einsamen Reise zu begegnen und um ihre eigene Suche möglichst geschickt voranzubringen. Offiziell war sie Rosalio, ein junger Edelmann, der aus Verona aufgebrochen war, um seinen Bruder Ronaldo zu suchen.

Wann immer sie durch ein Dorf kam oder auf eine bäuerliche Behausung traf, fragte sie nach Ronaldo und hinterließ eine genaue Beschreibung sowie eine Angabe, wohin sie selbst ihren Weg fortsetzen wollte. Auf diese Weise spann sie ein weites Netz aus Hinweisen und glaubte zuversichtlich daran, dass Ron und sie sich so finden würden, sobald er auf ihre Fährte stieß.

Viele Reisende hatten Rosalias Weg bereits gekreuzt. Die meisten waren wortkarge Bauern und ihre Familien auf dem Weg zu ihren Feldern oder zu einem Marktplatz. Ab und an begegnete sie auch vornehmen Herrschaften in Kutschen oder ebenfalls zu Pferde, die sich die Eintönigkeit ihrer Fahrt gerne mit einem kleinen Plausch zerstreuten.

Doch diese seltsame Karawane, die ihr nun auf der Straße entgegen zog, bot ihr ein ungewohntes Bild. Bewacht von vier Soldaten, zweien zu Fuß, zweien zu Pferd, alle vier schwer bewaffnet, zogen zwölf gefesselte Männer vorbei, die alle durch eine lange Eisenkette an den Hälsen aneinandergeschmiedet waren. Der Anblick dieser Gefangenen rührte sie sehr und sie kam nicht umhin, einen der Reiter zu fragen, was mit diesen armen Männern geschehen solle.

„Das sind Zwangsarbeiter auf dem Weg zu ihrem Strafdienst auf einer Galeere“, erklärte ihr der gefragte Soldat barsch.

Rosalia erschauerte vor diesem Beispiel rückständiger Justiz. Sie wusste, dass es noch lange dauern würde, bis zumindest mancherorts auch für diese Geringsten ein Zeitalter verbriefter Menschrechte anbrechen würde. Mit Zorn im Bauch und Mitleid im Herzen betrachtete sie die geschundenen Gestalten, deren elendes Schicksal nicht in ihrer Macht zu verbessern stand. Im Gegenteil, sie musste sich unauffällig verhalten, um kein Misstrauen zu erregen. Ihr Eingreifen in diese Szene würde niemandem Nutzen bringen.

Noch während sie im Gespräch mit dem mürrischen Wächter ihren Blick über die gefesselten Sträflinge wandern ließ, kamen weitere Reiter heran, die sich ebenfalls für das Schicksal der Gefangenen erwärmten. Ungehalten über so viel lästige Fragerei wiederholte der Soldat knapp alle Angaben zum Gefangenentransport und straffte seine Zügel, um den verzögerten Pflichtmarsch wiederaufzunehmen.

Verstohlen musterte Rosalia die beiden seltsamen Figuren, die ihr die Straße da entgegengetragen hatte: Es waren ein Herr und sein Diener. Der eine, lang und dürr an Gestalt mit langem grauem Bart, saß in seiner verrosteten, verbeulten Rüstung auf einem mehr als klapprigen alten Gaul. Der andere, auf einem Esel, kräftig und rund mit kurzem dunklen Haar über dem vollen, gutmütigen Gesicht.

Keine Frage, das waren sie, Don Quijote und Sancho Pansa. Welch eine Fügung! Diese Begegnung musste sie für ihre Sache nutzen. Doch vorher, das spürte sie, gehörte die Bühne dem neu dazugekommenen Romanhelden, der der wenig erfreulichen Szene mit den Sträflingen eine neue Wendung geben würde. Aufmerksam lauschte sie, was dieser berühmte Ritter von der traurigen Gestalt zu sagen hatte.

„Dessen ungeachtet", entgegnete Don Quijote, *„wünsche ich von jedem derselben die besondere Ursache seines Unglücks zu erfahren."*

Widerwillig gestatteten ihm die berittenen Wächter, die Gefangenen selbst zu befragen und erklärten genervt, dass sie währenddessen aus Mangel an Zeit ihren Weg weiter fortsetzen würden. So ritten sie nebeneinanderher, während Don Quijote jeden einzelnen Häftling nach dessen Lebenslauf befragte.

Sie waren allesamt Gauner, Diebe und Betrüger, und doch erschien Rosalia die Härte ihrer Strafe unangemessen hoch zu sein. Offensichtlich teilte auch Don Quijote diese Meinung. Mit einem wohlwollenden Nicken in Rosalias Richtung, deren neugierigen und freundlichen Blick er auf sich ruhen spürte, klärte er die bewaffneten Männer über seine Ritterpflicht auf, jedem Hilfsbedürftigen und Unterdrückten beizustehen.

Rosalia staunte über so viel mutige Barmherzigkeit an so aussichtsloser Stelle. Doch sie unterschätzte Don Quijotes Wahnsinn ebenso wie die eher belustigten Soldaten, die der Rede des verrückten Alten mit jedem weiteren Satz immer weniger Gewicht beimaßen.

Don Quijote indessen ließ nicht locker. Schließlich forderte er sogar die Freilassung der Gefangenen.

„Ich begehre dessen mit der Ruhe und Sanftmut, die ihr an mir sehet, damit ich, wenn ihr demgemäß handelt, euch etwas zu verdanken habe; wenn ihr es aber nicht gutwillig tut; so werden dieser Speer und dies Schwert mit der Stärke meines Arms bewirken, dass ihr es gezwungen tut."

Rosalia horchte auf. Die Sanftmut in dieser beherrschten Stimme konnte sie nicht täuschen. Der leise Klang einer scharfen Drohung schärfte ihre Sinne. Unheil bahnte sich an. Don Quijote würde sich niemals nur mit Worten zufrieden geben. Als ein Mann der Tat hatte er es sich zum Grundsatz gemacht, sich zu widersetzen.

Er war in der Tat wahnsinnig. Wahnsinnig mutig. Wahnsinnig kompromisslos. Wahnsinnig in seiner Verachtung für eine Realität, die ihm zuwider lief und dessen Überlegenheit er nicht akzeptierte.

Rosalia bewunderte und bedauerte ihn zugleich, denn diese Einstellung konnte ihm hier im Angesicht bewaffneter Übermacht nur gefährlich werden.

„Herr Ritter", wandte sie sich eher unbeholfen an ihn, „bitte bedenkt, dass die Justiz …"

Aber ihre Worte verhallten ungehört. Weder Don Quijote noch die verächtlichen Soldaten beachteten den in ihren Augen kaum dem Knabenalter entwachsenen, jungen Herrn, der sich hier ungefragt in ihren Händel mischte. Die grobschlächtigen Dienstleute des Königs hatten noch nicht zu Ende gespottet, als Don Quijote sie alle mit seinem Streich überraschte. Blitzschnell und völlig unerwartet gab er seinem trägen Gaul die Sporen, dabei schreckte dieser hoch und sprang in beherzter Panik den bewaffneten Kontrahenten mit einem einzigen Satz entgegen. Mit gezückter Lanze wandelte Don Quijote diesen Schwung zu einem kräftigen Stoß, mit dem er den redeführenden Soldaten zu Boden streckte.

Alles Lachen verstummte schlagartig. Man griff zu den Waffen. Ein Kampf war nun unausweichlich. Ängstlich verzog sich Rosalia in den Hintergrund. Für Sekunden schien ihr Don Quijote verloren. Auch Sancho Pansa konnte ihm nicht die nötige Waffenhilfe gewähren. Doch nun nutzen die Galeerensklaven die Gunst des Augenblicks und richteten sich im entstandenen Tumult gegen ihre Bewacher. Im Nu hatten sie ihnen die Waffen entrissen und sich von ihrer Kette gelöst. Den völlig übertölpelten Soldaten blieb nur die überstürzte Flucht.

Don Quijote hatte einen wahrhaft glorreichen Sieg davongetragen. Ohne Verluste hatte er alle Gefangenen befreit.

Doch war er nicht der Mann, der sich mit dem Offensichtlichen zufrieden gab. Er hatte eine Mission zu erfüllen und würde nicht ruhen, bis er diese bedingungslos zum Ziel geführt hatte. Rosalias anfängliche Erleichterung schmolz rasch dahin. Mit wachsender Sorge wurde sie Zeugin, wie sich Don Quijote, die neu entstandenen Kräfteverhältnisse völlig ignorierend, im Sattel erhob und mit feurig glühenden Augen das Wort an die Befreiten richtete.

Kühn forderte er von ihnen den Aufschub ihrer Flucht, um zuerst nach Toboso zu ziehen und dort unverzüglich seiner Herrin Dulcinea von diesem Abenteuer und seinem rühmlichen Anteil daran zu berichten. Erst danach könne er ihnen gewähren, sich frei zu bewegen.

Die an solchen Feinheiten ritterlicher Etikette wenig interessierten Galgenvögel lachten und spotteten nicht wenig. Heiter fuhren sie fort, sich in alle Himmelsrichtungen zu zerstreuen, bereit, das kostbare Geschenk der Freiheit mit allem Geschick und jeder notwenigen Brutalität zu verteidigen.

Völlig entrüstet über so viel undankbare Ignoranz, begann Don Quijote die Abtrünnigen hemmungslos zu beschimpfen. Seine Absicht, das Ehrgefühl dieser Halunken durch seine groben Worte herauszukitzeln, zeigte prompt Erfolg.

In ihrer frisch wiedergewonnenen Ehre als freie Männer zutiefst gekränkt, kehrten sie beleidigt um und begannen, ihm mit Steinen seine Schmähungen zu entlohnen. Ein wahrer Hagel regnete über den fassungslosen Don Quijote und den unbeteiligten Sancho Pansa nieder und zwang sie beide wenig heldenhaft in schlechter Deckung auszuharren, bis das letzte aufgebrachte Gemüt sich beruhigt hatte und verschwunden war.

Rosalia, die sich auf ihrem Pferd in sicheren Abstand hatte bringen können, eilte nun zurück, um den beiden zu helfen. Elendig zerschrammt und zerbeult, zerknirscht und gedemütigt krochen sie hervor. Rosalia sprang aus ihrem Sattel und half zuerst dem deutlich angeschlagenen Ritter auf die Beine.

„Herr Ritter, lasst mich Euch helfen. Ich habe Verbandsmaterial bei mir." Mit flinken Bewegungen verarztete sie beide, während Sancho Pansa nicht müde wurde über den übertriebenen Heldenmut seines Herrn zu nörgeln.

„Muss ich mir das anhören, mein lieber Sohn?", beschwerte sich Don Quijote hilfesuchend bei dem jungen Edelmann, der ihm so unverhofft zartfühlend zur Seite stand.

„Mein lieber Herr, Euer Diener hat nicht völlig Unrecht, wenn er sagt, dass es klüger sein kann einer Auseinandersetzung auszuweichen, um in einem passenderen Moment zuzuschlagen. Euer Ziel ist zu wichtig, um durch Unvorsichtigkeit gefährdet zu werden."

Rosalia hielt den Atem an. Sie hoffte, Don Quijote würde ihre Einmischung akzeptieren. Zu gerne wollte sie ihren Weg gemeinsam mit ihm fortsetzen. Diese unverhoffte Begegnung hatte sie verzaubert. Sie ließ sich nicht täuschen durch das Offensichtliche seiner ausgemergelten, hinfällig wirkenden Gestalt. In seinen Augen funkelte die Flamme einer unbändigen Kraft. Alles an ihm war Energie, war aus dem Feuer seines unbeugsamen Willens geschmiedete Tat. Durch und durch durchdrungen vom hellglühenden Geist seines Ideals, schuf er sich mit jedem Satz seine eigene Realität.

Ihn kümmerte nicht, dass seine Sicht der Dinge mit der Sicht aller anderen kollidierte und ihn immer wieder in harsche Schwierigkeiten brachte. Kein noch so schmähliches oder schmerzhaftes Scheitern konnte ihn von seinem Ziel ablenken. Unerbittlich verteidigte er sein Lebensziel, den selbsterklärten Sinn seines Seins. Mit dem Mut seines ganzen Wahnsinns begehrte er auf gegen eine Welt, die ihn immer wieder in vorgefertigte Schranken weisen wollte. Voller Tatendrang strebte er mit jeder Faser seines Körpers und jedem Funken seines Denkens danach, sich die Gültigkeit seiner Fiktion zu erkämpfen.

Nein, dieser Mann war keine lächerliche Figur, kein Clown, kein schlichter Narr, kein verrückter Alter. Vielmehr stand vor ihr ein tragischer Held. Einer, der nicht aufgeben konnte, weil es eben nicht seiner Natur entsprach aufzugeben. Dazu war er ein Mann von unbestechlichem Gerechtigkeitssinn und erlesener Güte, der seinen Ausweg suchte. Seinen Weg hinaus aus dem alltäglichen Wahn, der ihn umgab und den er sich nicht selbst gewählt hatte. Vor ihr stand eine Legende.

Sein Beispiel machte ihr Mut und bestätigte sie in ihrer Überzeugung, selbst auf dem richtigen Weg zu sein.

Don Quijote, im ungebrochenen Bewusstsein seiner hohen ritterlichen Würde, fühlte, wie sehr er den jungen Reisenden beeindruckt, wenn nicht sogar eingeschüchtert hatte. Aufmunternd schmunzelte er ihm zu und stieß ein befreites Lachen aus. Von Herzen froh spürte Rosalia, dass ihre Sympathie bei ihm ein aufrichtiges Echo fand.

„Nun gut, junger Herr, Ihr habt Euch mutig auf die Seite meines Pagen geschlagen und Euch dabei gleichzeitig geschickt auf meine Seite gestellt." Don Quijote nickte beifällig.

„Und er hat uns unsere blutigen Wunden verbunden, die uns diese räudigen Halunken dank Eurer fehlenden Einfühlsamkeit geschlagen haben", fügte der noch immer verstimmte Sancho Pansa hinzu.

„Lass gut sein, Sancho", fuhr Don Quijote seinen Diener an und blickte wohlwollend in das auffallend ebenmäßige Gesicht ihres neuen Weggefährten.

„Wie heißt Ihr, mein Sohn?"

„Rosalio Gelmetti", begann Rosalia ihre sorgfältig einstudierte Version zum Besten zu geben. „Ich stamme aus Verona in Italien. Ich bin auf der Suche nach meinem Bruder Ronaldo."

„So so, Ihr sucht Euren Bruder. Nun wenn Ihr wollt, dann können wir unseren Weg gemeinsam fortsetzen, solange uns das Schicksal in die gleiche Richtung treibt."

„Nur zu gerne!", freute sich Rosalia und beeilte sich ihre ausgepackten Utensilien zusammenzuraffen. Nur wenige Minuten später saßen sie alle drei auf ihren Reittieren und zogen einmütig in Richtung der nahen Sierra Morena.

3

Ron und Magus waren erneut in ihr sparsames Schweigen zurückgefallen. Jeder tief versunken in seine eigenen Gedanken, die die Begegnung mit Marcela in ihnen ausgelöst hatte. Auf einen leichten Sieg durften sie nun nicht mehr hoffen. Diese Gewissheit teilten sie unausgesprochen. Ihr Ziel erschien ihnen erneut in unendliche Ferne gerückt. Erschöpft überließen sie sich dem einschläfernden Trott ihrer Maultiere, die sich, ohne von ihren Reitern angespornt zu werden, in ein gemächliches Reisetempo hatten fallen lassen. Magus wusste nicht, welche Richtung sie als nächstes einschlagen sollten. Nutzlos erschien ihnen die sie umgebende Kulisse, in der allem Anschein nach nur bedeutungslose Statisten beheimatet waren. Die Einsamkeit um sie herum hätte nicht größer sein können.

Plötzlich fielen die beiden Maultiere in einen holprigen Trab. Ron und Magus wurden wach gerüttelt. Überrascht blickten sie einander an. Obwohl die Straße leicht anstieg, erhöhten die Tiere ihr Tempo immer weiter. Etwas hinter dem vor ihnen liegenden Hügel musste ihre Aufmerksamkeit geweckt haben. Im harten Galopp überquerten sie die Hügelkuppe. Der Ausblick auf die dahinter liegende Landschaft erklärte alles. Ein naher Bach mit blühenden Ufern und schattenspendenden Kastanien lockte die Reisenden an. Angezogen durch den frischen Duft kühlen Wassers hatten ihre gutmütigen Tiere diesen Platz gefunden.

Der grüne Anblick war Labsal für ihre wunden Augen und ließ sie den holprigen Ritt schnell vergessen. Freudig auflachend hieß Magus die unerwartete Ablenkung von seinen Sorgen willkommen. Allzu gerne wollte er diesen erfrischenden Moment auskosten, um auf andere, weniger trübe Gedanken zu kommen.

„Na, hab ich's nicht gesagt?“, rief Magus erleichtert. „Irgendjemand meint's anscheinend immer wieder gut mit uns. Das ist der perfekte Platz für ein Picknick und eine Siesta.“

„Was heißt hier irgendjemand?“, hakte Ron leicht überrascht nach. „Ist es nicht dein Job, den Fortlauf der Geschichte zu schreiben?! Ich meine, wer ist denn hier eigentlich der Autor?“

„Autor?“ Schwerfällig stieg Magus von seinem grauen Reittier und tätschelte ihm gedankenverloren die Flanke. „Na ja, also diesmal liegt die Sache etwas anders …“

Mit wichtiger Miene schnallte er einen großen Beutel vom Sattel ab, öffnete ihn und warf einen ausgiebigen Blick auf die darin aufbewahrten Vorräte. Zufrieden beendete er seine Inventur und holte Stück um Stück hervor: einen beachtlichen Laib Manchego, luftgetrockneten Schinken und eine frisch geräucherte Wurst, dazu frisches Brot und kastilischen Landwein. Magus grinste übers ganze Gesicht.

„Ein Valdepeñas Jahrgang 1613." Genießerisch schnalzte er mit der Zunge. „Welch exzellente Komposition für ein exquisites Mittagsmahl unter freiem Himmel!"

Liebevoll breitete er die grobe Satteldecke unter dem schattigen Laubdach aus, nahm zärtlich den gut verkorkten Weinkrug und trug ihn zum frisch dahinplätschernden Bach. Der Wein sollte idealerweise noch ein wenig temperiert werden, fand er. Die beste Trinktemperatur liegt bei unter 20 Grad. Mit einigen großen Kieseln fixierte er das kostbare Gefäß im kühlenden Nass und kehrte summend zu Ron zurück, der sich inzwischen rücklings im Gras ausgestreckt hatte, die Arme hinter dem Kopf verschränkt.

Doch so leicht wollte Ron sich von seiner Frage nicht abbringen lassen.

„... Magus, was heißt, diesmal liegt die Sache etwas ‚anders'?"

„Na ja, also um genau zu sein, liegt die Sache so gut wie gar nicht in meinen Händen. Ich habe weder die Lektüre ausgewählt – das warst du, mein Lieber – noch kenne ich mich in dieser Cervantes-Geschichte besonders gut aus."

„Rosalia hat dieses Buch hier ausgewählt", murmelte Ron verlegen.

„Da haben wir es ja wieder. Rosalia! Und wie bitte schön soll ich hier eine Richtung vorgeben, wenn die eigensinnige Dame sowieso macht, was sie will. Sie ist von Anfang an keiner meiner Regieanweisungen gefolgt."

„Aber du bist doch der Autor? Oder nicht?"

„Also hier bin ich genau wie du nur eine literarische Figur und selbst gespannt, was nun auf uns zu kommt."

Bestürzt richtete sich Ron auf und sah Magus leicht fassungslos hinterher, der sich erneut auf den Weg zum Bachufer machte, um den nun abgekühlten Wein zu holen. Beschwingt kam er zurück.

„Jetzt sieh mich nicht so an, mein Lieber. So freudlos ist unsere Lage doch gar nicht." Genüsslich begann er ihre kulinarischen Kostbarkeiten auf der groben Decke auszubreiten und nahm erneut Platz. „Wie du sicher schon bemerkt hast, folgt auch das Leben hier den allgemeingültigen Gesetzmäßigkeiten. Will sagen, es geht einigermaßen realistisch zu. Wenn wir uns an die Regeln halten, dann kommen wir sicher auch voran. Und ...", er nahm einen herzhaften Bissen von Brot und Käse, „und", betonte er genussvoll kauend diesen ihm besonders einleuchtenden Gedanken, „dieser Roman ist ein seit Generationen bewährter Klassiker. Hier ist alles beeindruckend stimmig komponiert. Wir sollten uns einfach darauf verlassen, dass sich alles schon irgendwie fügt."

Mit großzügiger Geste reichte er Ron den Weinkrug zum ersten Schluck. Nachdenklich griff Ron nach dem Krug und hielt zögernd inne, bevor er ihn an seine Lippen setzte.

„Aber ich dachte, wenn du näher an die Handlung heranrückst, dann kannst du deinen Einfluss eher geltend machen und …“

„… näher an die Handlung heran? Ron, ich sitze mittendrin. Da ist kein Platz für dichterische Distanz. Ehrlich gesagt, war dieser Raum sowieso von Anfang an viel zu gering veranschlagt. Mmh, diesen Käse solltest du unbedingt probieren. Der ist ein Gedicht!“

Magus spürte, dass ihm Rons Enttäuschung den Appetit verderben würde, wenn er ihn nicht auf seine Seite ziehen konnte. Also schlug er entschuldigend einen versöhnlichen Ton an.

„Na gut, mein Fehler vielleicht, die Sache mit der Distanz. Es lief sowieso von Anfang an nicht wie geplant. Und nun mache ich einfach keine Pläne mehr und lasse alles auf uns zukommen.“ Entwaffnend und satt hob er beide Arme gen Himmel, seufzte zufrieden und ließ sich entspannt auf den Rücken fallen, um wortlos in seine Siesta zu gleiten.

Magus’ so wenig zurückhaltend zur Schau gestellte Passivität verärgerte Ron nachdrücklich. Er fühlte sich dadurch schmählich im Stich gelassen. Verstimmt betrachtete er seinen Cousin von der Seite. Ihm erschien es alles andere als plausibel, dass sich hier für sie alles von ganz alleine zum Rechten fügen sollte. Mochte Cervantes’ Geist das Geschehen rings um sie herum auch noch so lebhaft beseelen, sie waren in dieser fremden Handlung doch gar nicht vorgesehen. Mochte sein, dass Cervantes die Spielregeln festgelegt hatte, nach denen sie nun zu agieren hatten, eine eigene Dramaturgie hatte er für sie garantiert nicht entwickelt. Sie spielten ihr eigenes Spiel und hatten sich bestenfalls mit Cervantes’ Vorlagen zu arrangieren.

Ron wünschte sich, Magus wäre nur ein wenig mehr ein Mann der Tat. Ständig stand sich dieser grüblerische Mensch selbst im Weg. Bei der kleinsten Schwierigkeit suchte er nach Ausflüchten, um sich zu beschwichtigen und abzulenken. Sicher war es bequem und tröstlich, sich der Strömung einer bereits vorgefassten Geschichte zu überlassen. Doch solange sie ihre eigene Geschichte nicht in die Hand nahmen, würden sie immer wieder in die Irre laufen. Wenn sie sich weiterhin auf fremde Dramaturgien verließen, dann würde ihre Reise zum Irrweg werden, der sie buchstäblich ins Nichts führte.

Magus schnarchte mittlerweile tief und fest und verlieh der mittäglichen Szenerie den unbekümmerten und naiven Charme eines idyllischen Schäferlebens. Das leise Murmeln des Baches, dessen kühles Nass an den glänzenden Kieseln zufrieden gluckste, eine melodisch flötende Amsel, die von Zweig zu Zweig hüpfte, der laue Wind, der kaum hörbar durch das sanft raschelnde Laubdach strich, der sich zum perfekten Blau wölbende Himmel, all dies war so rund, so stimmig, so wenig beunruhigend, dass Ron sich auf einmal sehr beklommen fühlte.

Ja, Magus konnte diesen Stillstand gefahrlos genießen. Für ihn hatte das alles bestenfalls den Wert einer Episode. So oder so würde er in seine Welt zurückkehren, um ein Leben wiederaufzunehmen, dass dort auf ihn wartete. Aber er, Ron, hatte gar keine andere Wahl als weiterzusuchen. Schließlich ging es hier um seine Existenz. Das hier war sein Leben und daher kam ein Stillstand überhaupt nicht in Frage. Das hier war seine Geschichte und wenn Magus nicht mehr bereit war, diese für ihn weiterzuerzählen, dann musste er es eben selbst tun. Natürlich graute ihm vor einem Misserfolg. Ihn ängstigte die Vorstellung, wie ein Gespenst dazu verdammt zu sein, bis in alle Ewigkeit durch die Hügel der Mancha zu streifen, in dieser Fremde ohne Ausweg seine vergeblichen Kreise zu ziehen, um sich selbst und auch dem letzten Leser irgendwann überdrüssig zu werden und allmählich in seiner eigenen Bedeutungslosigkeit zu verblassen.

Fieberhaft rang Ron nach einer Idee, um Magus aus seiner zerstörerischen Lethargie zu reißen. Er musste handeln. Denn wer nicht handelt, lebt gar nicht. Ist nicht Herr seiner Entscheidungen. Noch wusste er nicht, welche Aktion die richtige sein würde. Aber jeder Schritt, der sie vom allzu ausgetretenen Pfad ihrer Odyssee abbringen würde, konnte sie nur näher an ihr Ziel heranbringen. Um jeden Preis musste er erreichen, dass sie diesen verhängnisvoll bequemen Weg verließen.

Ungeduldig ließ er Magus ausschlafen. Scheinbar ohne Eile sattelte er ihre ausgeruhten Maultiere, ließ sie noch einmal ausgiebig vom frischen Wasser trinken und drängte schließlich zum Aufbruch.

4

Die angenehme Erscheinung ihres neuen Reisegefährten erfreute Don Quijote und gereichte auch Sancho Pansa zu nicht unerheblichem Nutzen. Don Quijote, der es liebte zu jeder Tages- und Nachtzeit ohne Unterlass über seine Mission im Speziellen oder über das Rittertum im Allgemeinen zu schwadronieren, zu lamentieren und zu dozieren und der dabei seine vielen gelehrten Worte gleich kübelweise über Sancho Pansas duldsames Gemüt ausschüttete – welcher mit gebeugtem Rücken stoisch auf seinem Esel neben ihm einherritt –, hatte nun endlich einen frischen und aufmerksamen Zuhörer gefunden. Und Rosalia konnte sich überhaupt nicht sattsehen und -hören an dem wunderbaren Schauspiel, als dessen exklusive Zuschauerin sie sich so unverhofft wiederfand. Natürlich hatte sie von Don Quijotes Abenteuern gelesen, aber diese hier jetzt leibhaftig mitzuerleben gab ihrem eigenen Abenteuer eine völlig neue Wahrhaftigkeit.

Welch seltsame Abenteuer lagen zu diesem Zeitpunkt bereits hinter ihm! Sie staunte noch immer darüber, dass sie seinen Kampf mit den Windmühlen, von dem sie bereits gelesen hatte, mit eigenen Augen hatte verfolgen können. Und welch abenteuerliche Seltsamkeiten standen ihm und ihr an seiner Seite jetzt noch bevor? Sie wusste, dass die meisten dieser Abenteuer ihren Ursprung in Don Quijotes außergewöhnlicher Sicht der Dinge hatten. Und genau darin lag für sie die Faszination, die von ihm ausging. Er war kein gewöhnlicher Mann. Er war anders. Starrköpfig widersetzte er sich seiner Umgebung, die nicht ruhte ihm einzureden, er sei verrückt. Nach den Maßstäben der Anderen war er das auch. Aber Don Quijote scherte sich nicht um die Maßstäbe der Anderen. Er schuf sich seine eigenen. Obwohl er doch ein Fremder für sie war, fühlte Rosalia sich ihm tief verbunden.

Abgesehen davon stellte sich doch grundsätzlich die Frage, wie man ‚verrückt' überhaupt definieren sollte. War nicht die Welt, so wie sie sich ihr und Don Quijote und seinen Zeitgenossen als unverrückbare Realität präsentierte, das eigentlich Verrückte? Wo war sie denn, die sogenannte Vernunft, die ein Autor, egal ob er Puschkin, Cervantes oder auch Shakespeare hieß, zum Vorbild seiner Dichtung nahm? So viel hatte auch Rosalia inzwischen begriffen, dass das Leben selbst die größte Verrücktheit von allen war. Es gab kein widersprüchlicheres Ding, nichts, das schwerer zu durchschauen war, als dieses beschwerliche, unberechenbare, von Anfang an der Widersinnigkeit des Todes geweihte Leben.

Wer durfte von sich schon behaupten, dass er sich in diesem Chaos zurechtfand? Vielleicht war es anmaßend, sich zu wünschen, das alles verstehen zu wollen. Vielleicht war das Leben so angelegt, dass man es gar nicht verstehen konnte. Am Ende war der Zweifel sogar ein ganz natürlicher Wegbegleiter auf der Reise des Lebens.

Nun, wenn man schon den eigenen Kopf hinhalten musste, für den Weg, den man einschlug, dann schien es Rosalia nur konsequent sich wenigstens die Richtung selbst auszusuchen.

Deshalb konnte sie nicht anders als Don Quijote zu bewundern. Er gab nicht nur den Dingen durch seine eigenwillige Sicht der Welt einen höheren Sinn. Er handelte auch danach und veredelte sein Tun durch seine hohen Ideale. Ein wenig beneidete Rosalia den Knappen Sancho Pansa um dessen genügsame Rolle. Es musste ein gutes Gefühl sein, mit traumwandlerischer Sicherheit einem so überzeugenden Vorbild folgen zu können. Rosalia wusste, dass für sie eine solche Rolle niemals mehr in Frage kam. Genau die unbändige Unabhängigkeit, die Don Quijote ihr so beeindruckend vor Augen führte, war es, die sie darin bestärkte, ihren eigenen Weg zu bestreiten. Schon bald würde sie sich von ihm trennen müssen.

Doch noch ritt sie einträchtig neben ihrem großen Vorbild her, dessen väterliche Blicke sie mit liebevoller Fürsorge streiften. Der gleichmäßige Schritt ihrer Pferde lullte sie ein. Don Quijote war in sein typisches Schweigen gefallen, in dem er stundenlang vor sich hin meditierend reiten konnte, ohne eine einzige Silbe zu sprechen oder den Gedanken an Rast oder Schlaf zu empfinden.

Diesen entrückten Zustand respektierend ließen Rosalia und Sancho Pansa ihre Vierbeiner etwas zurückfallen, um durch ihr Gespräch die Ruhe ihres Helden nicht zu stören.

„Sagt, Freund Sancho, war Euer Herr schon immer so … so …?“ Rosalia suchte nach einem Wort, das Don Quijotes Eigenart beschrieb ohne ihn zu beleidigen. „So anders?“

„Ihr meint verrückt?“, brachte Sancho Pansa ihre rücksichtsvollen Ausführungen pragmatisch auf den Punkt. „Er war es nicht immer. Man erzählte mir, er habe zu viel gelesen. Der Pastor und der Arzt aus seinem Dorf erzählen, dass ihm die Lektüre zu vieler Ritterromane zu Kopf gestiegen sei. Nun glaubt er selbst ein Ritter zu sein.“

„Und Dulcinea?“

„Eine Bauerndirne aus Toboso, die weder er noch jemand, den ich kenne, je gesehen hat.“

„Sie soll von berückender Schönheit sein.“

„Glaubt Ihr das wirklich?“

„Nur weil sie keiner gesehen hat, muss man deshalb gleich vom Gegenteil ausgehen?“

„Seht ihn Euch an, edler Rosalio. Betrachtet alles, was er sieht und tut, mal mit Eurem klaren jungen Verstand. Er lebt in einer Traumwelt. Nichts hier ist edel und schön, erhaben oder sonst wie ritterlich geartet. Sein edles Ross ist eine alte Mähre, die gerade noch dem Schinder entkommen ist. Seine Rüstung zusammengeflickt aus Lumpen und altem Kuchenblech. Selbst sein Helm ist ein Nachttopf, der bereits bessere Zeiten gesehen hat. Seine Taten sind allesamt Narreteien, mit denen er sich und andere zum Wahnsinn treibt."

„Warum folgt Ihr ihm dann?"

„Weil er mir eine Insel versprochen hat. Er wird mich zum Gouverneur machen."

„Das glaubt Ihr doch nicht wirklich?"

„Warum nicht? Auch ich habe das Recht auf meine Illusion."

„Ihr seid ja beide verrück!", lachte Rosalia.

„Ja", stimmte ihr Sancho Pansa zu. „Aber auf unsere selbst gewählte Weise. Und darin liegt unsere Freiheit."

Kopfschüttelnd ritt sie wieder zu Don Quijote auf. Die Stunden verstrichen. Mit Wohlwollen registrierte Sancho, dass sich sein Herr und Rosalio wieder in ein Gespräch vertieft hatten.

„Ich schied von meiner Heimat, verpfändete mein Eigentum, gab mein bequemes Leben auf und warf mich dem Glück in die Arme, mich hinzuführen, wo es ihm belieben mag. Das fahrende Rittertum, das schon erstorbene, wollte ich zum Leben auferwecken. ... Und so habe ich durch meiner zahlreichen, mannhaften, christlichen Taten Verdienst es dahin gebracht, dass ich bei fast allen oder doch den meisten Völkerschaften der Welt bereits im Druck zu finden bin. Dreißigtausend Bände sind von meiner Geschichte gedruckt worden, und es hat den Anschein, als sollten dreißigtausend mal tausend gedruckt werden, so der Himmel es nicht abwendet. Kurz, um alles in wenige Worte oder vielmehr in ein einziges zusammenzufassen, so sag ich: ich bin Don Quijote von der Mancha, sonst auch mit anderem Namen der Ritter von der traurigen Gestalt geheißen."

Derart wortreich legte Don Quijote dem jungen Fremden seinen Lebensentwurf dar. Doch anders als alle Anderen, sein treuer Sancho eingeschlossen, zuckte dieser Rosalio nicht einmal mit der Wimper, als Don Quijote ihm erklärte, sie seien alle Figuren in einem Buch. Für gewöhnlich war man bereit, ihm seinen Spleen, er führe ein Leben nach Art eines Buchhelden, abzunehmen. Aber die Einsicht, sich mit ihm im geschlossenen Kreis eines solches Buches zu bewegen, hatte noch nie jemand mit ihm geteilt.

„Dann seid Ihr Euch wahrhaftig darüber bewusst, dass Ihr der Held eines Buches seid?" Rosalia zollte dem hageren Mann an ihrer Seite ganz offen ihre Bewunderung.

„Ihr scheint mir darüber wenig überrascht, mein junger Freund", freute sich Don Quijote. Seine Sympathie für den jungen Wegbegleiter wuchs mit jedem weiteren Gedanken, den sie teilten.

„Überrascht bin ich schon. Aber nicht darüber, wer und wo wir sind, als vielmehr darüber, dass Ihr so offenkundig darüber Bescheid wisst."

„Euer Einwand zeigt mir, dass auch Euch dieses Wissen nicht fremd ist. Darf ich Euch fragen, wie Ihr zu Eurer Einsicht gelangt seid?"

Rosalia zögerte kurz. Sie war sich nicht sicher, wie weit sie mit ihren Erklärungen gehen durfte, ohne die Welt des großen Ritters zu gefährden.

„Ich habe viel gelesen. Sehr viel. Und dadurch hat sich mir die Welt geöffnet, so wie ich sie heute sehe."

„Ja, ja, so war es auch bei mir", beeilte sich Don Quijote zuzustimmen. „Ich habe mir meine Welt aus meiner Lieblingslektüre selbst zusammengestellt. Und doch", hier stockte er wehmütig, „bin ich nicht völlig frei und mein eigener Herr. Derselbe Zauberer, der meine Geschichten für die Nachwelt aufzeichnet, lenkt sie auch."

„Ach", deklamierte er kummervoll, „ach, das ist unser Los als literarische Figuren, dass wir nicht völlig frei sein können. Unser Wille mag frei sein, aber unsere Taten stoßen hart an den Rand einer Realität, die nicht unsere Eigene ist. Wir können uns fügen, oder aber uns widersetzen und kämpfen. Aber entkommen können wir nie."

„Aber indem wir kämpfen und uns widersetzen, schreiben wir doch unsere eigene Geschichte", gab Rosalia zu bedenken.

Spitzbübisch wie ein kleiner Junge, der mit seinem Freund ein großes Geheimnis teilt, zwinkerte ihr Don Quijote zu.

„Ja, wir schreiben daran mit. Wir setzen der Sache unseren Stempel auf. Aber das Zaubern, das müssen wir doch jenem Anderen überlassen."

„Und wenn ich Euch verrate, dass genau dies mein Plan ist?", flüsterte ihm Rosalia zu.

„Dann wird man Euch für verrückter halten als mich, edler Rosalio", lachte Don Quijote beherzt auf. „Aber Ihr seid jung und ich bin der Letzte, der Euch von solch hochherzigem Ziel abbringen möchte. Im Gegenteil, seid meiner Unterstützung gewiss. Ich preise jede mutige Tat. Und einen Zauberer herauszufordern ist die mutigste aller Taten."

„Ihr sprecht davon, als glaubtet Ihr daran nur als an ein trockenes Buchideal."

Don Quijotes Gesichtszüge wurden väterlich.

„Mein junger Rosalio, es ist schwierig mit allem zu kämpfen, was sich Euch in den Weg stellt. Aber es ist ungleich schwerer mit einem Gegner zu kämpfen, der sich Euch gar nicht zum Kampfe stellt. Glaubt es mir. Ich bin der lebende Beweis dafür, es versucht zu haben. Was glaubt Ihr, welchen Ursprung die meisten meiner Heldentaten haben? Wie oft habe ich diese unbekannte Macht herausfordern wollen, sie angerufen, sie provoziert und geschmäht, alles nur um sie aus ihrer Reserve zu locken."

Plötzlich aufbrausend richtete er sich in seinem Sattel auf und warf einen glühenden Blick über die sanften Hügel, die sie umgaben.

„All das hier ist meine Welt!", deklamierte er voller Pathos.

„Alles hier dient mir zum Abenteuer! Überall und zu jeder Zeit muss ich damit rechnen herausgefordert zu werden."

Kopfschüttelnd näherte sich Sancho Pansa. Auch Rosalia konnte den ungestümen Ausbruch ihres ritterlichen Freundes zunächst nicht verstehen. Fragend suchte sie Sanchos Augen, als könne dieser ihr eine stumme Erklärung liefern. Doch der treue Page hob nur besorgt die Schultern und wiederholte stirnrunzelnd sein ratloses Kopfschütteln.

„Jetzt komme, was da kommen mag, denn hier bin ich, fest entschlossen, mit dem Teufel in eigner Person anzubinden."

Demonstrativ hielt Don Quijote seine Lanze und sein Schwert umklammert. Angestrengt versuchte Rosalia den Auslöser seiner unerwarteten Wut auszumachen.

In undeutlicher Entfernung trieben einige Hirten ihre Schafe über das satte Grün. Am Horizont ruhte friedlich ein kleines Gehöft mit rauchendem Kamin. Eine plötzlich aufkommende Brise wehte eiliges Getrappel und Hufgeklapper zu ihnen herüber. Wenig später kam ein auffällig mit bunten Wimpeln geschmückter Maultierkarren in ihr Blickfeld. Beschwichtigend rückte Sancho Pansa an seinen Herrn heran, um eine drohende Auseinandersetzung abzuwiegeln.

„Herr, die Fahnen zeigen an, dass dieser Karren in königlichem Auftrag unterwegs ist. Von dort droht uns kein Ungemach. Bleibt ruhigen Blutes!"

Beklemmung erfasste nun auch Rosalia. Die Erinnerung an das erste mit Don Quijote bestandene Abenteuer war noch frisch genug, um sie ehrlich besorgt um die Unversehrtheit ihres Ritters zu machen. Beherzt legte sie ihre Hand auf seinen rechten Arm. Väterlich erwiderte er ihre Geste, indem er beschützend mit seiner Linken ihre zitternde Hand umschloss und ihr aufmunternd zunickte. Entschlossen löste er sich und ritt an das fremde Gefährt heran. Nein, er würde garantiert niemals umkehren.

„Wohin des Weges, gute Leute? was ist dies für ein Karren? was habt ihr darin? und was für Fähnlein sind dies?"

Völlig perplex sahen die beiden Kutscher Don Quijote entgegen. Ein wahrhaft armseliges Bild bot sich ihnen. Diese bis auf die Knochen hagere Erscheinung in schäbiger Rüstung mit einem verbeulten Nachttopf als Kopfbedeckung, die auf einem armseligen, alten, klapprigen Gaul saß, erschien ihnen eher wie ein verwirrtes, verirrtes Gespenst, denn wie ein ernstzunehmendes Gegenüber. Irritiert gaben die beiden Männer Auskunft. Ihre Fracht bestand aus zwei Löwen, einem Männchen und einem Weibchen, ein Geschenk des Herrschers von Orán an den spanischen König, das sie in die Residenzstadt Toledo bringen sollten.

Don Quijote geriet völlig außer sich. Er explodierte.

„Mir kommt man mit lächerlichen Löwchen? Mir mit armseligen Löwchen", tobte er. *„Nun bei Gott, so sollen jene Herren, die sie hierher senden, sehen, ob ich ein Mann bin, der sich vor Löwen fürchtet! ... So öffnet die Käfige hier und treibt mir die Untiere heraus; denn mitten auf dem Gefilde hier will ich ihnen zeigen, wer Don Quijote von der Mancha ist, zu Trotz und Ärger den Zauberern, die sie mir hierher senden."*

Nie war den königlichen Löwenwärtern in den Sinn gekommen, sich nicht auf die abschreckende Wirkung der gefährlichen Raubkatzen verlassen zu können, die kein vernunftbegabter Mensch je freiwillig angefasst hätte. Daher waren sie ohne nennenswerte Bewaffnung unterwegs. Doch nun mussten sie sich wohl oder übel eingestehen, dass dieser bewaffnete Ritter von trauriger Gestalt in seinem maßlosen Irrsinn ihnen durchaus ernsthafte Schwierigkeiten bereiten konnte. Ratlos suchten sie nach einem Ausweg aus ihrem unerwarteten Dilemma.

Beschwichtigend und warnend wiesen sie auf die Größe und Unberechenbarkeit der beiden ausgehungerten Raubtiere hin. Doch alle gutgemeinten Worte prallten an Don Quijotes Starrsinn ab wie Pfeile von einer Rüstung, deren Sticheleien den Beschossenen nur noch rasender machen.

Sancho Pansas Ratschlag, das Drängen seines Herrn zu ignorieren und sich vom sprichwörtlichen Acker zu machen, kam zu spät. Die blanke Angst hatte sie bereits in Don Quijotes Bann geschlagen, der ihnen mit jeder seiner wortreichen Gesten immer furchtbarer und unüberwindbarer erschien. Sie ergaben sich darin, die Käfigtüren zu öffnen, wenn er ihnen versprach, dass sie sich selbst und ihre Pferde schnellstmöglich in die Sicherheit eines großen Abstandes bringen dürften.

Don Quijote, dem nichts an ihrer kläglichen Gegnerschaft gelegen war, stimmte ungeduldig zu und drängte auf Durchführung seiner Forderung.

Nun begriffen auch Sancho Pansa und Rosalia die entstandene Bedrohung. Don Quijote war wieder einmal dabei sein Schicksal herauszufordern. Die tödliche Gefahr eines so ungleichen Kampfes, aus dem er nach menschlichem Ermessen unmöglich als Sieger hervorgehen konnte, war ihm gerade billig genug, um seine Ritterwürde zu beweisen. Die Überlegenheit der Raubkatzen würde ihm noch nicht einmal die ehrliche Chance auf einen Kampf lassen. Selbst ein jüngerer, stärkerer, gewandterer Mann als er hatte kaum Aussicht auf einen Sieg. Um wie viel weniger hatte sie nun dieser ausgezehrte, ausgemergelte Ritter.

Felsenfest davon überzeugt seinen Herrn bei diesem Abenteuer endgültig zu verlieren, begann Sancho Pansa hemmungslos zu schluchzen. Tränenreich nahm er Abschied und brachte sich, seinen geliebten Esel und Don Quijotes Schlachtross Rosinante, das dem Anblick eines Löwen niemals ohne Scheuen widerstanden hätte und auf das Don Quijote daher bei dieser Auseinandersetzung verzichten wollte, in ausreichend weiten Abstand.

Noch unentschlossen verfolgte Rosalia Sanchos überstürzten Abzug.

Der scharfe Gestank der in ihren engen Holzverschlägen eingepferchten Raubtiere stach beißend in ihre Nase. In der aufsteigenden Mittagshitze hörte sie das schwere rasselnde Schnaufen der beiden großen Katzen. Hinter den grobgezimmerten Holzbalken schlummerte lauernd die angestaute unbändige Kraft einer unbezähmbaren Naturgewalt.

Alles das roch, hörte und sah Don Quijote wie sie. Sie wusste, dass er wusste, dass ein Kampf aussichtslos sein würde. Doch er war nicht verrückt. Es ging ihm gar nicht darum, diesen Kampf zu gewinnen. Es ging ihm darum, sich ihm zu stellen. Um die Bereitschaft, sich dem Unvermeidbaren zu widersetzen. Darin lag sein Gewinn.

Wie viele ähnliche Kämpfe hatte dieser mutige Mann bereits ausgefochten? Unbemerkt von all den vielen Personen, die ihn tagtäglich verspotteten oder verhöhnten, bedauerten und bestenfalls bemitleideten, die nicht aufgaben, ihn immer wieder zurück auf den vorgeschriebenen Weg einer festgelegten Vernunft bringen zu wollen, verwandelte er seine scheinbar aussichtslosen Schlachten in glorreiche Triumphe.

Rosalia zögerte noch immer. Erwartungsvoll sah Don Quijote in ihre Richtung.

„Nun, Freund Rosalio? Wolltet Ihr nicht einen Zauberer herausfordern?“

Beherzt sprang Rosalia aus dem Sattel, versetzte ihrem Pferd einen kräftigen Klaps, so dass es in eiligem Galopp den anderen nachsetzte und stellte sich selbstbewusst neben ihren Ritter.

„Seid Ihr Euch Eurer Tat bewusst? Noch habt Ihr die Chance den sicheren Rückzug zu wählen? Niemand, auch ich nicht, würde es Euch verübeln.“

„Doch, ich mir selbst“, bekannte Rosalia trotzig.

Verschwörerisch nickte ihr Don Quijote zu und gab dem ängstlich wartenden Löwenwärter das verabredete Handzeichen zum Öffnen des einen Käfigs. Klirrend fiel der eiserne Riegel zu Boden, knarrend öffnete sich der Verschlag und der zitternde Mann suchte panisch sein Heil in der Flucht.

5

Anfangs wunderte sich Magus noch gar nicht über Ron. Es fiel ihm kaum auf, dass dieser noch schweigsamer als sonst neben ihm her ritt. Sie hatten in den letzten Tagen so ausgiebig miteinander geschwiegen, dass dieses neue, nachdenklich in sich gekehrte Schweigen inmitten der riesigen stillen Einöde, die sie nun wieder einmal durchquerten, keinen Anlass zur Besorgnis gab. Überhaupt gab es hier rundherum nichts, was sein Interesse hätte erregen können.

Magus' Gedanken kreisten nur darum, wann sie erneut eine menschliche Siedlung erreichen würden, um ihre fast vollständig verzehrten Vorräte auffüllen zu können. Mechanisch folgte sein Körper den trägen Bewegungen des Maultieres. Mit offenen Augen vor sich hin träumend, ohne wirklich etwas zu sehen, hielt er seinen Blick erwartungslos nach vorne gerichtet. Für die herbe Schönheit der Landschaft hatte er keine tiefe Empfindung. Wie aus einem Bilderbuch zogen sie an ihm vorbei: die schwarzen Dörfer, die weite Ebene, die sanften Hügel, die bizarren Felsformationen, die riesigen Windmühlen.

Der plötzliche Ruck, der Ron wie ein Stromschlag durchfuhr, ließ ihn leicht verstört aufmerken. Sein Cousin hatte sich im Sattel aufgerichtet und starrte hochkonzentriert nach vorne auf *die dreißig oder vierzig Windmühlen*, wie sie in dieser Gegend häufig vertreten waren. Jede Faser von Rons Körper war gespannt wie eine Feder.

„Wie kurz vor dem Absprung", konnte Magus gerade noch denken, da raste Ron auch schon wie von allen Geistern besessen voran. Im wildesten Galopp preschte er auf die völlig unbeteiligt dastehenden Windmühlen zu.

Erst jetzt bemerkte Magus, dass Ron dabei ein wildes Gebrüll anstimmte, ein kriegerisches Geheul, mit dem er seine vermeintlich feindlichen Angreifer wüst herausforderte. Er hatte seinen Wanderstab aus der Befestigung hinter dem Sattel gerissen und hielt ihn wie eine Lanze gestreckt vor sich.

Nun bestand kein Zweifel mehr daran, dass seine Aggression den völlig harmlos dastehenden Windmühlen galt, deren Flügel sich durch eine eben aufkommende leichte Brise, sanft aber kräftig zu drehen begannen.

„Ron!", brüllte Magus und trieb mit einem kräftigen Tritt sein Maultier zum Galopp an. Doch Ron war nicht mehr einzuholen. Schon verfing sich seine sogenannte Lanze in einem der Windmühlenflügel, zog ihn unsanft aus dem Sattel und schleuderte ihn auf den staubigen Boden.

„Bist du wahnsinnig geworden, oder was?", schrie Magus entsetzt. Er sprang aus dem Sattel, um Ron zu helfen, wieder auf die Beine zu kommen.

Ziemlich zerschunden aber zufrieden übers ganze Gesicht grinsend rappelte sich Ron auf und klopfte den Schmutz von seiner zerrissenen Hose. Er fühlte sich am ganzen Körper zerbeult. Die blauen Flecke würden ihn noch tagelang an seinen Heldenritt erinnern. Über dem linken Auge hatte er eine blutige Schramme, auch seine Lippe schwoll langsam an. Seine Kleidung war hoffnungslos verschmutzt und sein Wanderstab völlig zersplittert.

Magus war außer sich.

„Was ist bloß in dich gefahren? Mir so einen Schrecken einzujagen! Verantwortungslos! Einfach unglaublich! Was sollte der Blödsinn? Was in aller Welt hast du damit bezweckt? Sich so in Gefahr zu begeben! Schau dir die Bescherung doch mal an. Was für ein Mist!“

Ron betrachtete zufrieden sein Werk: Magus war völlig außer sich. Fluchend und schimpfend überschlug sich seine Stimme bis zur atemlosen Heiserkeit. Magus war so lebendig wie schon seit langem nicht mehr. Immer mehr geriet er in Fahrt. Zwar gingen ihm jetzt allmählich die Flüche aus, aber seine freigesetzte Energie verwandelte sich in eine bemerkenswerte Zielstrebigkeit. Mit hektischer Betriebsamkeit entwickelte er sofort einen Plan zu Rons Rettung.

Behutsam wie ein Kindermädchen betastete er Rons Beine und Arme und untersuchte sie auf eventuelle Brüche, hob ihn brüderlich besorgt auf das völlig ungerührte Maultier zurück und sammelte die zu Boden gefallenen Habseligkeiten seines Cousins auf.

Ron leistete ihm dabei weder Widerstand noch einen Hauch von Unterstützung. Er ließ Magus einfach gewähren.

Dieser betrachtete seinen leicht blöde vor sich hin lächelnden Cousin mit wachsender Sorge. Diesen plötzlichen Rückzug in die Lethargie ebenso wie der für ihn absolut rätselhafte Anfall von Wahnsinn konnte er sich nur als das bedauernswerte Symptom eines schweren Sonnenstiches erklären. Kopfschüttelnd immer wieder etwas von Überanstrengung und Sonneneinwirkung murmelnd nahm er die Zügel beider Maultiere in die Hand, um Ron, wie nach einem schweren Schock, sicher zur nächsten Herberge zu führen und ihn dort eingehend zu versorgen.

6

Rosalia hielt den Atem an. Nun gab es nichts mehr zwischen ihr und dieser tödlich lauernden Gefahr, als ihre Überzeugung das Richtige zu tun. Noch nie hatte sie sich selbst derart herausgefordert.

Gemächlich nach Katzenart streckte sich der Löwe aus, verließ mit federnden Schritten seinen engen Käfig und sprang kraftvoll auf das Dach des Karrens. Dort ließ er sich nieder, hielt verspielt und anmutig die riesigen Pranken wie zarte Tatzen an sein Maul und begann sich erst einmal ausgiebig zu putzen. Das Schauspiel vor seinem Käfig beeindruckte ihn in keinster Weise *und ohne sich um Kindereien und Großsprechereien zu kümmern, und nachdem er sich nach allen Seiten umgesehen, wandte er den Rücken, wies Don Quijote sein Hinterteil und streckte sich höchst gelassen und gemächlich wiederum im Käfig nieder.*

Kein lautes Schimpfen, kein leises Drohen, kein unbeherrschtes Fluchen, kein wildes Auf- und Abspringen oder Umherfuchteln, nichts, rein gar nichts vermochte die Raubkatze aus ihrer überlegenen Lethargie zu reißen. Bereits nach wenigen Minuten musste sich Don Quijote dieser unverrückbaren Erkenntnis geschlagen geben. Dennoch – er hatte es gewagt, er hatte alles aufs Spiel gesetzt und einen denkwürdigen Triumph davongetragen.

„Gibt es Zauberkünste, die gegen die wahre Tapferkeit aufkommen können? Die Zauberer können mir wohl das Glück rauben, aber die Kühnheit und den Mut – das ist unmöglich“, beschloss er seinen absurd gewordenen Angriff.

Rosalia war stolz auf ihren Helden und auch ein wenig auf sich selbst. Sie war über sich selbst hinausgewachsen. Sie hatte eine Grenze überschritten. Und doch ... Traurig musste sie sich eingestehen, dass sich die Welt um sie herum um nichts verändert hatte. Alles war wie zuvor. Musste es denn immer so weitergehen, dass ihre Taten ohne Wirkung blieben?

Unerträglich heiß brannte die mittägliche Sonne auf sie herunter. Eine große, müde Schwere überkam Rosalia und ließ alle Anspannung von ihr abfallen. Die Trockenheit brannte in ihrer Kehle. Schweiß rann in ihre Augen und trübte ihren Blick. Ihre Sehnsucht danach, diesem momentanen Missstand ein Ende zu setzten, wuchs ins Unermessliche und sie begehrte in diesem Augenblick nichts mehr, als sich möglichst schnell zu Sancho Pansa zu gesellen, der sich in den dunklen Schatten großer Bäume zurückgezogen hatte. Sie wollte trinken, sich waschen und ruhen.

Hatte sie etwas gewonnen?

Nichts! Höchstens Ernüchterung. Enttäuschung. Auch eine Spur von seltsamer Erleichterung.

Brachte sie irgendetwas davon weiter? Sie war gefangen. Gefangen in der einsamen Weite einer großen endlosen Freiheit. Um sie herum herrschte eine riesige Leere, deren Grenzen sich ihr mit jedem Schritt immer weiter entzogen, so dass sie sie niemals erreichen, sich niemals an ihnen würde orientieren können. War es das, was sie noch immer wollte?

Ein Gefühl grundloser Einsamkeit umgab sie und entzog ihr den Boden unter den Füßen. Mit zittrigen Beinen ließ sie sich auf den trockenen Acker gleiten.

„Ach Ron“, entschlüpfte ihr sehnsuchtsvoll ein tiefer Seufzer. „Wenn du doch nur hier sein könntest!“ Vielleicht war die Liebe nur ein Traum? Aber von allen Träumen, die sie kannte, lag in diesem der größte Trost. Die Liebe war die schönste aller Illusionen und mit Ron gemeinsam konnte sie sich vorstellen, dieser Illusion zu erliegen.

Vorbehaltlos wie nie zuvor gestand sie der Liebe ihre heilende Zauberkraft zu. Bedingungslos wie nie zuvor liebte sie. Hoffnungsvoll wie nie zuvor verlangte sie ebenfalls geliebt zu werden. Das musste die Magie sein, die sie rettete. Das war der Zauber, der in ihr steckte und den sie bereits selbst entfacht hatte. Solange sie liebte, hatte sie Hoffnung. Nur so ergab diese endlose, nutzlose Weite einen Sinn. Den Sinn durchquert zu werden, um am Ende zu einem Ziel zu gelangen.

„Ihr werdet ihm bald von diesem besonderen Abenteuer berichten, Eurem Bruder Ronaldo“, tröstete sie Don Quijote. „Tapfer habt Ihr Euch geschlagen. Jetzt wollen wir rasten und ruhen und unsere Gemüter beruhigen. Dann werden wir uns gestärkt wieder Eurer wichtigen Suche zuwenden.“

7

Das Glück war auf ihrer Seite. Nicht weit entfernt von Rons seltsamen Kampfplatz tauchte das schäbige Gemäuer einer Herberge auf, die ihnen eine Chance auf Obdach für die Nacht, auf frisches Wasser für Mensch und Tier und eventuell sogar auf dürftiges Verbandsmaterial und Ersatzkleidung bieten konnte.

Zielstrebig steuerte Magus die dicht beieinander stehenden Gebäude an. Ron grinste zufrieden in sich hinein. Er war sich sicher, dass sie jetzt endlich einen Eingang in ihre Geschichte gefunden hatten.

Magus' Erwartungen wurden buchstäblich erfüllt. Sie hatten kaum das Tor zur Herberge durchschritten, als ihnen die Wirtshauseheleute überaus geschäftstüchtig aber freundlich entgegeneilten. Zuvorkommend bot man ihnen Kost und Logis an und zeigte sich mitfühlend und hilfsbereit dem verletzten Ron gegenüber.

Die aufmerksame Wirtsfrau legte völlig selbstlos Hand an, wusch die frischen Wunden und verband ihn behutsam und fachkundig. Es gab einen Brunnen direkt vor dem Haus. Sie erhielten einen Platz für ihre Tiere im Stall, eine wenig schmackhafte aber durchaus sättigende Mahlzeit und im letzten freien Raum direkt unter dem löchrigen Dach je einen harten aber trockenen Schlafplatz auf zwei alten, provisorisch errichteten Gestellen, die man schnell mit Heu auffüllte, um ihnen den gastfreundlichen Anschein von Bequemlichkeit zu verleihen.

Gegen kleine Münze verkaufte man ihnen gebrauchte aber frisch gewaschene Kleidung für Ron, die zwar deutlich abgenutzt war, aber ihren Zweck, ihn als einen authentischen Mitspieler dieser Kulisse erscheinen zu lassen, hervorragend erfüllte.

Seit ihrer Ankunft hatte Ron so gut wie keinen Mucks von sich gegeben. Allmählich kehrte seine Lebhaftigkeit zurück. Doch wenn Magus erwartet hatte, dass Ron seinen wahnhaften Traum hinter sich gelassen hatte, dann musste er nun erkennen, dass sein Cousin sich noch immer so verhielt, als wäre er von diesem Traum infiziert. Ja, schlimmer noch, er schien seinen verrückten Traum einfach fortzusetzen, alles ihn Umgebende wie eine Erweiterung seines Wahngespinstes zu erleben und scheinbar wahllos Phantasie und Realität miteinander zu vermischen.

Eifrig lobte er Magus für die Auswahl der hervorragenden Unterkunft und betonte, mit einem vornehmen Kopfnicken in Richtung des Schankbesitzers, wie geehrt er sich fühle, Gast in den edlen Burgmauern eines so vornehmen, adligen Herrn zu sein.

Das gutmütige Gesicht des Schankbesitzers verdüsterte sich jäh. Ein feindseliges Misstrauen verschloss seinen offenen Blick und ließ seine freigiebigen, gutgelaunten Gesten schlagartig gefrieren. Mit Bestürzung registrierte Magus den Sinneswandel dieses braven Mannes, der vor seinen Augen wie zu Stein erstarrte.

„Der Sturz … auf den Kopf …“, faselte Magus peinlich beunruhigt und bemühte sich die eisige Kaltfront zu durchbrechen. „Mein Cousin hat heute nur zu viel Sonne abbekommen. Dazu die Strapazen der Reise und dieser schreckliche“, Magus zögerte, „dieser Unfall. Er braucht sicher nur ein wenig Ruhe.“

„Natürlich, mein Herr“, erwiderte der Wirt knapp, der kein Wort von alledem glaubte.

Doch Ron stand erst am Anfang seines Schauspiels. Mit wachsender Spielfreude, richtete er sich in voller Größe vor seinem Gastgeber auf, um sich gekonnt in eine tiefe Verbeugung fallen zu lassen. Kraftvoll begann er zu proklamieren:

„Edler Herr, für die Gunst Eurer Gastfreundschaft seht mich als den Beschützer Eures Hauses und Eures ruhmvollen Namens. Die Kraft meines Armes steht Euch zur Verfügung.“

Misstrauisch musterte der Wirt die beiden, als betrachte er sie zum ersten Mal.

„Ich hoffe, Ihr habt genug Geld bei Euch, um Eure Zeche zu begleichen. Wir verstehen keinen Spaß mit Leuten, die andere nur zum Besten halten. Und Ärger wollen wir hier auch keinen haben. Wenn Ihr Euch daran nicht halten mögt, so sagt es gleich und geht dorthin zurück, woher auch immer Ihr gekommen seid.“

„Guter Mann“, beeilte sich Magus zu beschwichtigen, „nichts liegt uns ferner als irgendwelche Unbill auf Euch und Euer Haus zu ziehen. Und was unsere Kreditwürdigkeit betrifft, so sollte Euch dieser Vorschuss von unserer Redlichkeit überzeugen.“ Mit schneller Hand legte er dem Mann einige schwere Münzen in dessen prankige Hand.

„Also gut“, grunzte der Wirt, den nichts so sehr besänftigte wie schnell verdientes Geld. „Also gut, ich wollte Euch nur, na ja, sagen wir mal, mit den Regeln vertraut machen.“

Äußerst schlagkräftig klopfte er Magus auf die Schulter.

„Ihr müsst wissen, dass solche Dinge hier eben öfter geschehen. Da muss man sich doch absichern. Erst letzte Woche hatten wir einen Gast, der sich auf ein Handgemenge mit Windmühlen eingelassen hatte. Er hielt sie für gefährliche Riesen. Hätte uns misstrauisch machen sollen. Denn der Unfug riss danach nicht ab und sorgte für eine Menge Trubel. Also bindet Euren Cousin meinetwegen an eine Leine und noch eine Bitte, haltet Euren Helden unbedingt von unserem Keller fern. Dort lagern wir in großen Schläuchen unseren Wein.“

„Aber ja doch, ich meine, aber nein, Ihr versteht nicht. Er hat kein Problem mit dem Alkohol …“

„Nein, aber er bekommt ein Problem mit mir, wenn er im Wahn meine Weinschläuche aufschlitzt, wie die Bäuche von wilden Räubern. Glaubt mir, alles schon da gewesen. Ja ja, alles schon passiert. Also gute Nacht.“

Der Wirt ließ sie allein.

Trotz aller Schrammen und Beulen saß Ron vergnügt auf seinem Lager. Nachdenklich betrachtete Magus sein Alter Ego und begann auf einmal zu lachen. Befreit lachte er immer lauter und Ron stimmte mit ein.

„Du Schurke, du elender Schurke“, lachte Magus noch immer. „Du hast mich an der Nase herumgeführt. Du hast uns auf seine Fährte gelockt, nicht wahr? Du hast das getan, nicht wahr?“ Er drehte sich langsam mit ausgestreckten Armen im Kreis.

„Das hier, das warst du. Diese Herberge. Diese Leute. Diese Geschichte vom Verrückten und den Weinschläuchen. Das hast du heraufbeschworen, nicht wahr?“

„Wenn du dir so sicher bist, warum fragst du mich ständig danach? Nein, ich war es nicht. Nicht wirklich. Vielleicht habe ich ein wenig nachgeholfen. Aber, wie du weißt, stammt die Idee nicht von mir. Ich habe nur etwas nachgeahmt, um dich an etwas zu erinnern.“

„Du glaubst, ich habe vergessen, wozu wir hier sind?“ Alle Heiterkeit wich aus Magus' Gesicht.

„Ich hatte den Eindruck, du hast vergessen, wie man zu dem gelangt, wozu wir hier sind.“

„Aber Ron, ich kenne den Weg nicht. Ich weiß nicht, wo es hier lang geht.“

„Das verlangt keiner. Aber du darfst nicht aufhören weiterzugehen. Wenn du stehen bleibst, wirst du gar kein Ziel erreichen.“

„Ach Ron“, seufzend ließ sich Magus auf die strohige Unterlage seiner Bettstatt sinken. „Ich bin nun einmal nicht der Autor dieser Geschichte.“

„Aber du bist der Autor deiner Geschichte. Nur du allein.“

Müde wie sie waren, beschlossen sie so gut es ging zu schlafen. Gleich morgen würden sie aufbrechen, um ihre Reise fortzusetzen.

Magus träumte. Das erste Mal seit langem träumte er wieder von Charlotte. Wie die Sterne am nachtklaren Himmel, die durch das löchrige Dach ihrer Unterkunft schimmerten, so klar stand ihr Bild vor seinem Auge. Unerreichbarer als je zuvor erschien sie ihm.

Was konnte er tun, um ihr zu zeigen, was er für sie empfand? Was, um sie davon zu überzeugen, auch ihn zu lieben? Sollte diese seltsame Reise wirklich die Lösung seines Problems sein?

Unruhig wälzte er sich im Traum hin und her. Er hatte keine andere Wahl, da er nun einmal keinen anderen Weg für sich erkennen konnte. Also musste er aus dieser Sache wirklich das Beste herausholen. Ron hatte recht. Er selbst musste es sein, der diese Reise zu seinem Abenteuer machte. Seinen sichtbaren Stempel musste er dieser Geschichte aufdrücken. Indem er im Dienste der Liebe unterwegs war, konnte er Charlotte vielleicht beweisen, dass er ihrer Liebe würdig war. Sein schlafloser Blick wanderte zum friedlich schlummernden Ron.

Wie viele Gemeinsamkeiten sie miteinander teilten. Auch jetzt noch mit seinen Schrammen und blauen Flecken im Gesicht war ihm Ron ähnlicher als irgendeine andere Person. Ron war ein Teil von ihm. Er war seine Erfindung. Seine Figur. Er war für ihn verantwortlich, so wie er für sich selbst verantwortlich war. Er musste Ron helfen, Rosalia zu finden. Er musste Rons Geschichte zu einem Happy End führen. Wenn es ihm nicht gelang, wenigstens diesen Teil von sich glücklich zu machen, wie sollte es ihm dann je gelingen, das Glück als Großes und Ganzes für sich zu gewinnen?

Erleichtert sank er wieder in den Schlaf zurück.

Ihre Nacht war kurz. Bereits im ersten Morgengrauen hob der Hahn des Hauses zu seinem lautstarken Solokonzert an und rief alles auf die Beine, was nicht tot oder völlig taub war.

Trotz des wenigen Schlafes und der harten Strohmatte erwachte Magus gestärkt und völlig ausgeruht. Ron quälte sich langsam hoch. Seine Glieder schmerzten deutlich mehr als am Vortag. Die unbequeme Lagerstatt war seinem angeschlagenen Körper keine Erholung gewesen. Doch der Anblick des fröhlichen und vor Tatendrang vor sich hin pfeifenden Magus entschädigte ihn prompt. Stöhnend biss er die Zähne zusammen und humpelte gut gelaunt nach unten in den Hof, wo man ihnen ein Frühstück bereitstellen wollte.

„Ich hoffe, die Herren haben wohl geruht“, empfing sie gutgelaunt ihr Gastwirt und deutete auf ein kleines hölzernes Tischchen, das gerade von der Magd mit den Zutaten für einen morgendlichen Imbiss gedeckt wurde.

„Bring den Herren noch etwas Milch.“

Die Magd, die den beiden mit unverhohlener Neugier einen fast schon aufdringlichen Blick zuwarf, verschwand im Haus und kehrte mit einem irdenen Krug frischer Milch zurück, den sie grob aber durchaus wohlwollend auf dem Tisch platzierte.

„Edles Fräulein, nennt mir Euren Namen, damit ich ihn in Ehren preisen kann als Andenken an Eure anmutige und zartfühlende Fürsorge“, wandte sich Ron galant an die reizlose Bauerndirne, die belustigt zu kichern begann.

„Maritornes, mach's Maul auf, wenn dich unsere Gäste was fragen", wetterte ihr Brotgeber ungehalten über die Blödheit des Mädchens. Maritornes kicherte noch immer, als sie wenig schüchtern ihren Namen nannte.

Ron verbeugte sich abermals und wiederholte seine Komplimente, die der plumpen Erscheinung des gutmütigen Mädchens so offensichtlich widersprachen, dass Magus sich verantwortlich fühlte einzugreifen.

„Lass gut sein, Ron, du bringst das zarte Fräulein ja in Verlegenheit. Vergiss nicht, dass wahre Sittsamkeit für solche Schmeicheleien sowieso nicht empfänglich ist."

Maritornes, die das Schauspiel der beiden seltsamen Typen genoss, prustete lauthals los und sprang belustigt ins Haus zurück.

Wozu an der nächsten Kirchweih ins Dorf gehen, um sich dort für schwer erarbeitete Centavos die Komödien reisender Schauspieler ansehen, wenn es hier auf ihrem Gasthof so viel lustiger zuging? Die Gäste, die vorbeikamen, waren viel verrückter und spaßhafter als jede erfundene Posse. Erst dieser dürre Ritter von der traurigen Gestalt mit seinem dicken Pagen, die den ganzen Hof aufgemischt hatten mit ihren Streichen, und nun diese beiden Spinner mit ihrem seltsamen Gehabe. Nein, das Leben war ein lustigeres und abwechslungsreicheres Theater als das beste erfundene Schauspiel.

Mit einem großen Brotlaib beladen kam sie wieder aus dem Haus und lachte noch immer ungeniert. Ron und Magus hatten in der Zwischenzeit ihre Spesen beglichen und die Maultiere reisefertig gemacht.

Mit freundlichen Worten wandte sich nun Magus noch einmal an die ihnen offensichtlich sehr wohlgesonnene Magd.

„Sagt, liebes Fräulein, Euer vollendetes Verhalten zeigt mir, Ihr seid den Umgang mit fahrenden Rittern gewohnt. Vor uns betrat bereits ein anderer Ritter diese Burg?"

„Ritter, Burg …?", gluckste Maritornes und wischte sich mit dem verschmutzten Zipfel ihrer Schürze wenig damenhaft die Tränen aus dem Gesicht.

„Ja, da waren erst letzte Woche drei da, einer, der sich als Ritter ausgab mit seinem Diener und einem jungen Edelmann im Gefolge."

„Drei?" wunderte sich Magus. „Sagtet Ihr drei?"

„Ja, aber der junge Mann fiel kaum auf. Nur der Herr und sein Diener waren zwei seltsame Spießgesellen. Sie haben meinem Herrn ein wenig Ärger gemacht und die Zeche geprellt. Und auch sonst manche Aufregung verursacht. Da ging's nicht ganz so vornehm zu wie mit Euch beiden und daher möchte ich Euer Gnaden die Einzelheiten lieber nicht erzählen, weil ich glaube, dass eine Dame all die Worte nicht in den Mund nehmen sollte, um zu beschreiben, was passiert ist. Aber gelacht habe ich, ich kann's Euch sagen, wie noch nie in meinem Leben."

„Kannst du uns sagen, liebes Kind, in welcher Richtung diese Reisenden ihren Weg fortsetzten?“, mischte sich Ron in das Gespräch.

Maritornes wies in Richtung Osten, ließ blitzschnell eine Münze aus Rons Hand in ihrem üppigen Ausschnitt verschwinden und schielte den Beiden zum Abschied noch lange kokett und etwas wehmütig hinterher.

8

Ron war sich sicher, nun hatten sie ihre Spur gefunden. Es konnte kein Zufall sein, dass sich in Begleitung Don Quijotes und seines Knappen Sancho Pansa eine dritte Person befand. Marcelas Worte kamen ihm sofort wieder in den Sinn. Dass Rosalia eine andere Identität angenommen hatte, um sich unauffällig fortzubewegen, war von vorneherein klar gewesen. Dass sie sich dabei ganz bewusst eine Identität ausgesucht hatte, die ihr ein sicheres Vorankommen garantierte, hatte aus dem Munde einer Frau, die männliche Belästigungen zu Genüge selbst erfahren hatte, sehr überzeugend geklungen. Maritornes' Aussage war nur noch das fehlende Puzzlestück. In der Verkleidung eines Mannes konnte Rosalia als Frau unbehelligt ihrer Wege gehen. Der junge Mann, der ebenso wenig wie sein Cousin und er selbst hierher gehörten, konnte also nur Rosalia sein. Und indem sie sich Don Quijote selbst angeschlossen hatte, markierte sie ihren Weg so deutlich, wie sie es deutlicher überhaupt nicht hätte tun können.

Den Titelhelden Don Quijote zu finden, durfte nicht allzu schwierig werden, denn überall traf man auf Leute, die ihnen kopfschüttelnd von mindestens einer seiner verrückten Episoden berichteten. Das Ziel so nah vor Augen zu spüren, entfachte ihre Abenteuerlust aufs Neue. Hastig ritten sie in Richtung Osten, gierig darauf den nächsten Zeitgenossen zu befragen, der ihren Weg kreuzen sollte. Übermütig spornten sie ihre Vierbeiner immer wieder zu kleinen Wettrennen an, scherzten ausgelassen, diskutierten lautstark ihre Zukunftspläne und vergaßen dabei völlig, dass sie sich noch immer in einem Teil des sechzehnten Jahrhunderts befanden, dessen Spielregeln ihnen größtenteils völlig unbekannt waren.

„Halt, habe ich gesagt!“

Eine energische Stimme riss sie aus ihren Träumereien. Massiv wie ein Baum hatte sich vor ihnen ein dunkelbärtiger Hüne in den Weg gepflanzt, sichtlich verärgert darüber, dass sie seine Drohgebärde beim ersten Anruf ignoriert hatten.

Mit strammen Zügeln brachten sie ihre Maultiere zum Stehen und betrachteten ungläubig den Fremden, der sie feindselig anstarrte. In Windeseile löste sich ein gutes Dutzend dunkler Gestalten aus dem bewaldeten Hintergrund und umringte sie mit grimmigen Gesichtern. Erst jetzt wurde ihnen klar, im Mittelpunkt eines Überfalls zu stehen. Zwar konnten sie an ihren Angreifern außer Stöcken und Steinen keine nennenswerte Bewaffnung ausmachen, aber die Überzahl dieser grobschlächtigen Halunken, die einen immer enger werdenden Kreis um sie zogen, gab ihnen weder eine Chance zur Gegenwehr noch zur Flucht. Sie waren in eine Falle geraten.

„Halt, hab ich gesagt!“, wiederholte im tiefen Bass der Wortführer der Bande und baute sich breitbeinig mit in die Hüfte gestemmten Armen vor ihnen auf. „Was wollt Ihr hier?“

Empört holte Magus Luft. Diese abrupte Unterbrechung zu einem Zeitpunkt, an dem ihre Reise gerade in Schwung kam, empfand er schlichtweg als Zumutung, der er verbal gekonnt begegnen wollte. Doch der kaltblütige Raubtierblick seines Gegenübers versetze ihm einen nüchternen Dämpfer.

„Ich hab gefragt, was Ihr hier wollt. Seid Ihr zwei taub?“, blaffte sie der Räuber grob an. Dreckig und ungeniert begannen seine Kompagnons zu grinsen. Diese zerlumpten Kerle wirkten nicht wie Männer, die irgendetwas zu verlieren hatten. Wie die Tiere würden sie mit bloßen Händen über sie herfallen, nur ihrer wenigen Habseligkeiten wegen, die diesen ausgezehrten, verwahrlosten Gestalten wie Reichtümer erscheinen mussten. Eine leise Panik beschlich Magus. Irgendetwas musste er jetzt wohl unternehmen …

„Was wir wollen?“, ergriff Ron beherzt das Wort. „Das könnte ich Euch ebenso gut fragen! Wer seid Ihr überhaupt, dass Ihr es wagt, uns hier aufzuhalten?“

Der hünenhafte Räuberhauptmann stutzte. Den Bruchteil einer Sekunde lang starrte er Ron sprachlos an. Dann brach sein voluminöser Bass in ein donnerndes Lachen aus. Tatsächlich schien Ron durch seinen unerschrockenen Konter für einen Augenblick eine Art Pattsituation hergestellt zu haben. Geschüttelt durch sein urgewaltiges Lachen brauchte der riesige Wegelagerer all seine Energie, um sich auf den Beinen zu halten. Ratlos sahen ihn seine Leute an.

Diese Gelegenheit nutzte Ron, um seine kaltblütige Charade fortzusetzen. Überheblich richtete er sich in den Steigbügeln seines Maultieres auf.

„Wenn Ihr Euch von Eurem Heiterkeitsanfall erholt habt, könntet Ihr dann bitte auf meine Frage zurückkommen?“, fragte er ihren Angreifer von oben herab mit größtmöglicher Arroganz.

Mit noch immer vor Lachen bebenden Schultern sammelte der Räuber seinen Atem.

„Welche Frage?“, schluckte er.

„Was wollt Ihr hier?“, wiederholte Ron seelenruhig aber bestimmt.

„Aber war das nicht eben noch meine Frage an Euch?“ Irritiert kratzte sich der Bandit am Kopf. An was für seltsame Vögel waren sie denn nun schon wieder geraten? Waren zurzeit nur Verrückte unterwegs? Sollte er seinen Leuten den Befehl geben, ihnen den Hals umzudrehen? Er zögerte. Irgendetwas an diesen beiden Reisenden war seltsam. Was das war, wollte er zuerst herausfinden.

„Meine Frage. Eure Frage“, schwadronierte Ron ungerührt weiter vor sich hin. „Was spielt das für eine Rolle, solange es die gleiche Frage ist. Also gut, meine Herren, schließlich wollen wir alle weiterkommen. Ich ziehe meine Frage zurück und erlasse auch Euch die Antwort.“

„Ihr nennt mich einen Herrn?“, wunderte sich nun der Räuber noch mehr. Ihm schwindelte der Kopf von Rons Redeschwall.

„Habt Ihr denn keine Augen im Kopf?“, rückte da ein besonders armseliger Mann mit verfilztem Haarschopf so nah an Ron heran, dass er ihm seinen übelriechenden Speichel zwischen schwarzen Zahnstümpfen hindurch direkt ins Gesicht sprühte. Ungerührt hielt Ron dem Blick aus rotgeschwollenen Augen stand.

„Was glaubt Ihr, meine Herren?“, wandte er sich an die gesamte räuberische Runde. „Dass ich mich vom äußeren Anschein allein leiten lasse? Was sagt die Kleidung schon über den Wert eines Mannes aus? Oder ist ein gewaschener Hals allein ein Beleg einer edlen Herkunft? Ist ein Mann nicht vor allem sein eigenes Maß an Mut und Entschlossenheit? Ich zweifle keinen Deut daran, meine Herren, es bei Euch allen mit überaus entschlossenen Herren zu tun zu haben. Und in dieser Eigenschaft erkenne ich zweifelsohne einen hohen Grad der Charakterfeste und der Aufrichtigkeit.“

Amüsiert prusteten die sie umringenden Männer los. Dieser Reisende war durchaus drollig. Obwohl sie alle wussten, dass seine Einschätzung ihrer Ehrbarkeit einem totalen Realitätsverlust zu Grunde lag, gefiel ihnen seine Rede. Sprach er doch Worte aus, die ihnen in ihrem Kern sonderbar zu Herzen gingen und ihrer geschundenen Ehre schmeichelten. Es klang eine gewisse Wahrheit aus seiner Rede. Nein, so schnell wollten sie diesem Verrückten den Hals noch nicht umdrehen. Es war angenehmer und unterhaltsamer ihm zuzuhören. Der hartnäckige Kreis der Belagerung lockerte sich zunehmend. Aufatmend stellten Ron und Magus fest, dass die Angriffslust der Männer nachließ.

„Wieso also sollte ich Euch anders nennen, als ich selbst von Euch genannt werden möchte?“, fuhr Ron immer weiter fort und wandte sich nun wieder direkt an den Anführer der Bande.

„Oder zweifelt Ihr daran, dass Ihr es bei uns mit guten, ehrbaren Leuten zu tun habt?“

„Häh? Nein. Oder? Ihr seid doch ehrbare Leute.“ Irgendwie war sich der Räuber auf einmal überhaupt nicht mehr sicher, mit wem er es hier eigentlich zu tun hatte. Wieso brachte ihn dieser Fremde mit seinen unpassenden Gegenfragen auch ständig aus dem Konzept?

„Na also“, antworte Ron zufrieden. „Und da wir alle ehrbare Leute sind, gestattet Ihr es uns sicher, Euch um einen Gefallen zu bitten?“

„Sind wir? Tun wir? Was für ein Gefallen?“ Hilflos fischte der Bandit nach dem richtigen Stichwort und schnappte dabei regelrecht nach Luft. Dieser Schlagabtausch war wie Schattenboxen. Auf keinen Fall durfte er vor seinen Leuten unterlegen wirken. Er musste sicherstellen, dass man ihm den nötigen Respekt zollte. Um seine Unsicherheit zu verbergen, zog er demonstrativ seine Stirn in Falten und rollte dabei drohend mit seinen schwarzen Augen. Eine Geste, die bisher jeden seiner Gegner eingeschüchtert hatte.

„Ich gehe sicher recht in der Annahme“, fuhr Ron unbeirrt fort, „dass Ihr mit Euren Leuten die Herren dieses Waldes seid.“

„Worauf Ihr Euch verlassen könnt. Dieser Wald ist unser“, platzte der große Räuber zufrieden heraus. Dieser Fremde behandelte ihn sogar mit herausragendem Respekt. Er war geradezu unverschämt freundlich.

„Vortrefflich, dann werdet Ihr verstehen, dass ich mich als Gast Eures Waldes an Euch den Herren, ja sozusagen den Gastgeber wende, mit meiner bescheidenen Bitte um einen Gefallen.“

„Gefallen? Mich? Ich gewähre keine Gefallen.“ Verächtlich spuckte der Räuber auf den Boden.

„Ich ahnte es gleich, dass ich auf Euren Großmut zählen darf“, strahlte ihn Ron begeistert an. „Ein Herr, wie Ihr es seid, brüstet sich nicht mit kleinen Gefälligkeiten, die er einem Fremden gewährt. Das nenne ich wahre Größe.“

Hatte der Fremde überhaupt verstanden, was er soeben gesagt hatte? Oder war ihm selbst etwas Entscheidendes aus dessen Munde entgangen? Der Räuberhauptmann geriet ins Schwitzen. Andererseits konnte er nicht umhin, sich nun doch geschmeichelt zu fühlen. Dass dieser Fremde nicht auf seine körperliche Größe anspielte, war ihm klar. Auch, dass er sich angesichts eines solchen Kompliments bescheiden geben musste, um es nicht zu entkräften.

„Nun ja, hmm, also eure Bitte ist klein?“, gab er sich versöhnlich.

„Für Euch winzig, fast ein Nichts an Mühe.“

„Nun gut, dann sagt, was Ihr wollt“, brummte der Räuber.

„So nehmt meinen Dank für Eure Mühe. Mein Cousin hier und ich, wir suchen eine Gruppe von Reisenden, die wie wir diesen Weg genommen haben dürften. Einen Ritter mit seiner Gefolgschaft. Man nennt ihn Don Quijote. Könntet Ihr uns bitte sagen, welchen Weg sie genommen haben?“

„Don Quijote!“, echote der Räuber heftig. „Ich hätte es mir denken können, dass Ihr mit diesem Irren unter einer Decke steckt. Seid Ihr ein Verwandter oder Freund dieses Mannes?“

„Verwandt trifft es ganz gut“, befand Ron. „Also kennt Ihr ihn?“

„Nun ja, so könnte man sagen“, brummte der andere, „und ob es mir recht ist oder nicht, in gewisser Hinsicht stecke ich sogar mehr als tief in seiner Schuld.“

„Don Quijote hat uns befreit!“, fiel heiser das magere Männlein ein, das noch immer direkt neben Rons Maultier stand und ihn mit seinem fiebrigen Blick verfolgte.

„Ja“, brummte der Riese, „Don Manuel hat recht. Er war es, der uns das Geschenk der Freiheit wiedergab, das jedem Einzelnen hier aus den unterschiedlichsten Gründen heraus abhanden gekommen war. Und wer weiß, irgendwie hat dieser wunderliche Mensch uns damit vor einem schlimmen Schicksal bewahrt.“

„Die wollten uns als Galeerensklaven verschiffen“, ertönte erneut das dünne Stimmchen Don Manuels.

„Ja, wir sind ihm wohl oder übel etwas schuldig. Auch wenn er uns beschimpft hat, weil wir einer gewissen Dame aus Toboso nicht huldigen wollten.“

„Dulcinea“, ließ sich das zittrige Stimmchen Don Manuels noch einmal vernehmen, bevor es in einem trockenen Husten unterging.

Entschlossen stieg Ron von seinem Maultier und griff nach seiner Satteltasche.

„Väterchen“, wandte er sich an den geschwächten Alten. „Macht mir die Freude dieses kleine Geschenk anzunehmen.“

Magus glaubte seinen Augen nicht zu trauen. Da übergab Ron dem Alten tatsächlich seinen letzten Proviant. Dann wandte er sich an den hünenhaften Räuberhauptmann, der ihn locker um anderthalb Köpfe überragte, griff beherzt in seinen Umhang und zog seinen ledernen Geldbeutel hervor. Das Klimpern der Münzen zauberte ein gieriges Blitzen in die Augen seines Gegenübers.

„Ein Geschenk des Gastes an einen guten und edlen Gastgeber. Ich bin sicher, dass Ihr es zum bestmöglichen Nutzen Eurer Leute einsetzen werdet.“

Der Räuber war sprachlos. Welcher Verrückte war hier der Verrücktere? Und wozu sollte er ihm jetzt noch den Hals umdrehen? Die beiden Maultiere lohnten diesen Aufwand kaum noch. Außerdem war er diesem Don Quijote ja etwas schuldig. Wenn er es an seinem verrückten Verwandten wieder gutmachen konnte, dann sollte ihm das nur recht und billig sein.

„Nun ja, dieser Don Quijote ist in Richtung Osten gezogen. Also dort entlang. Folgt diesem Weg und Ihr folgt direkt seiner Spur.“

„Vielen Dank, mein guter Herr.“ Ron deutete eine Verbeugung an, indem er sein Haupt leicht neigte und dabei elegant seinen Hut durch die Luft schwang. Entschlossen sprang er wieder auf sein Maultier und griff nach den Zügeln.

„Dann wollen mein Cousin und ich Eurem Hinweis so schnell es geht Folge leisten. Es war uns ein Vergnügen Eure Bekanntschaft gemacht zu haben. Lebt wohl!“.

Friedfertig öffneten die Männer den Kreis, den sie um die beiden Reisenden geschlossen hatten und sahen ihnen wohlwollend nach.

„Lebt wohl!“

Im gemächlichen Maultierschritt entfernten sich Ron und Magus von diesem Schauplatz. Kaum hatten sie die erste Biegung hinter sich und ihre ehemaligen Angreifer gelassen, brachten sie ihre Tiere in einen eiligen Galopp. Eine gute halbe Stunde hielten ihre Vierbeiner diese rasante Geschwindigkeit durch. Erst jetzt fühlten sich Ron und Magus wieder einigermaßen sicher und drosselten das Tempo. Magus war der erste von ihnen, der wieder zu Atem kam.

„Das hätte leicht ins Auge gehen können."

„Ja, das war knapp", pflichtete ihm Ron nicht ohne Stolz bei. „Aber ich war gut, nicht wahr?"

„Oh ja, mein Lieber. Allzu gut. Denn jetzt sind wir fast ohne Proviant und haben kaum noch Bargeld."

„Ach nein, du brauchst mir nicht so überschwänglich zu danken, lieber Magus. Ich weiß auch so, dass ich uns beiden gerade die Haut gerettet habe."

„Verzeih mir, Ron. Ich habe das nicht so gemeint. Aber unser Bargeld hättest du wirklich nicht verschenken müssen."

„Sie taten mir leid", bekannte Ron nachdenklich.

„Sie sind nicht echt, Ron. Sie sind nur Teil einer Geschichte. Die Projektion eines Dichters aus dem sechzehnten Jahrhundert, die uns heute nachempfinden lässt, wie er seine Welt gesehen hat."

„Sie sind Menschen, so wie ich einer bin. Und sie sind hungrig und erschöpft. Menschen, denen es an allem fehlt. An einem Heim, einer Zukunft. Sie sind Geächtete. Was bleibt ihnen übrig als zu rauben?"

Magus seufzte.

„Ich verstehe dich. Auch ich hatte Mitleid. Aber auch das ist Teil der Geschichte. Teil von Cervantes' erzählerischem Plan. Aber wir sind kein Teil davon. Wir haben kein Recht den Ablauf der Dinge zu verändern."

„Ja, du hast recht." Ron nickte betreten. „Wir gehören nicht hierher und es wird wirklich Zeit, dass wir unseren Aufenthalt sobald es geht beenden."

Zügig setzten sie ihren Weg fort. Nach dieser unsicheren Erfahrung in den Wäldern war es ratsam noch vor Anbruch der Dunkelheit in einen Rasthof einzukehren. Außerdem würden sie ihren Proviant wieder auffüllen müssen, um für die weitere Reise gerüstet zu sein.

Die riesige Raubkatze, die in ungefähr zwanzig Metern Entfernung soeben ihren Weg kreuzte, ließ sie jedoch beide ungläubig ihre Augen reiben. Ihre Maultiere schnaubten nervös.

„Habe ich richtig gesehen", fragte Ron entgeistert, „war das ein Löwe?"

Noch bevor Magus antworten konnte, überquerte eine weitere Raubkatze ihren Weg.

„Nein, zwei“, hauchte Magus überrascht und entsetzt zugleich.

„Gehören die auch dazu?“, wunderte sich Ron.

„Ich bin mir nicht sicher“, stammelte Magus nervös und sah sich um. Wenn sie die Löwen so deutlich hatten erkennen können, dann war zu befürchten, dass diese sie auch bemerkt hatten.

„Wenn du mir jetzt erzählen willst, die wären nicht echt, dann …“, begann Ron.

„Echt oder nicht, sie sind definitiv Teil dieser Geschichte“, unterbrach ihn Magus nervös. „Daher sollten wir uns definitiv aus dem Staub machen.“

Behutsam wendeten sie ihre Reittiere, als hinter ihnen aufgeregte Rufe laut wurden. Eine Horde wütend schreiender Männer stürmte mit Stöcken und Mistgabeln bewaffnet an ihnen vorbei.

„Macht, dass Ihr wegkommt“, rief ihnen ein dicker Bauer zu, der offensichtlich nicht so schnell mit den anderen mithalten konnte und schwer atmend bei ihnen stehen blieb. „Bringt Euch in Sicherheit. Die beiden Biester haben bereits zwei Ziegen gerissen.“

„Wieso sind diese Löwen denn überhaupt frei?“, wunderte sich Magus.

„So ein Irrer hat sie aus ihrem Käfig gelassen“, berichtete der Bauer noch immer atemlos.

„Habt Ihr ihn gesehen? War er alleine?“

„Nein, er hatte natürlich seine Helfer dabei. Einen jungen Edelmann zu Pferd und einen dicken Kerl auf einem Esel.“

Genau das war es, was Magus und Ron hatten hören wollen.

„Wisst Ihr, wohin die drei geritten sind?“

Der Bauer wies ihnen eine Richtung und setzte schnaufend die Verfolgung der beiden Löwen fort.

Don Quijote musste also ganz in ihrer Nähe sein und mit ihm Rosalia. Hoffentlich war Rosalia nichts passiert, sorgte sich Ron und dachte an die beiden ausgewachsenen Löwen, über die sie selbst fast gestolpert waren. Eilig ritten sie in die Richtung, die ihnen der Bauer gewiesen hatte.

9

Es dämmerte bereits als Rosalia mit wenigen Handgriffen ein stattliches Lagerfeuer entfachte, während Sancho Pansa ihr dabei half, so viel trockenes Holz zusammenzutragen, dass es die ganze Nacht über reichen würde.

Wie schwarze Tinte floss die Dunkelheit aus dem Himmel auf die weite Ebene hinab und erfüllte alles um sie herum mit wortloser Finsternis. Doch Rosalia hatte gute Arbeit geleistet. Eine helle Lichtglocke umhüllte schützend die kleine Reisegruppe und bot der Dunkelheit ringsherum Einhalt. Die Flammen prasselten einladend und verzehrten schmatzend das schwere Holz unter gleichmäßigem Züngeln. Gemütlich langsam sackte das Feuer zu einer beständigen Glut zusammen, in dessen wohliger Wärme sie sich nun entspannt niederlassen konnten. Das trockene Astwerk knackte behaglich und zerstob immer wieder zu winzigen leuchtenden Funken, die himmelwärts zogen, um sich im Nichts zu verlieren.

Noch immer saß Don Quijote auf seiner Rosinante und starrte gedankenverloren in den nächtlichen Sternenhimmel. So viele Sterne. So viele Welten, die er nie erreichen würde. So viele Träume, die er noch träumen konnte, um dieser einen Welt, in der er gefangen war, zu entkommen.

Erst als sein Knappe ihn anrief, um ihm mitzuteilen, dass es Zeit zum Essen wäre, erwachte der Ritter aus seinen tiefen Grübeleien. Ungelenk stieg er von seinem klapprigen Pferd und gesellte sich mit steifen Schritten zu Rosalia, die bereits rittlings auf dem Stamm eines umgeknickten Baumes saß und mit flinken Bewegungen Brot sowie Käse und Wurst vor sich auf einer sauberen Serviette ausbreitete.

Anerkennend nickte ihr Don Quijote zu.

„Ihr seid geschickt in vielen Dingen, junger Freund. Ihr reitet wie ein Mann, habt den Mut und die Ausdauer eines Kreuzfahrers und zugleich beweist Ihr eine zarte Hand, die geschickt ein Feuer entfacht, eine festliche Tafel anrichtet und damit die Behaglichkeit eines Heims in die Fremde zaubert."

„Herr, das ist keine Festtafel, sondern bestenfalls ein Picknick mit den letzten Brocken unseres Proviants", mischte sich Sancho Pansa ein, der fürchtete, der junge Don Rosalio könne diese Rede missverstehen und ihnen verärgert seinen Anteil am Abendessen entziehen.

Rosalia lächelte geschmeichelt.

„Vielen Dank für Euer Kompliment, mein Herr. Ihr ehrt mich damit sehr. Doch warum verwundert Euch das Zusammenspiel so unterschiedlicher Talente? Traut Ihr einem Mann nicht die Finesse zu, einen Tisch gastlich herzurichten?"

„Ich habe bisher noch keinen solchen Mann getroffen“, gestand der weitgereiste Ritter. „Nein, eher traue ich es einem Weib zu, sich mit dem Mut und der Ausdauer eines Mannes zu wappnen, um sich in ein gefahrvolles Abenteuer zu werfen.“

„Es freut mich mehr, als Ihr vielleicht ermessen könnt, ein solches Lob aus Eurem Mund zu hören. Denn genau als solches empfinde ich Eure Rede, die den Frauen den gleichen Mut zubilligt wie den Männern.“

„Mehr sogar noch als den Männern, mein junger Freund. Denn ist es nicht gleichsam mutiger von einem vermeintlich schwachen Kämpfer sich in eine gefahrvolle Situation zu bringen, als von einem erfahrenen und starken Kämpfer, der dergleichen bereits oft überstanden hat und davon ausgehen darf, auch dieses Mal ruhmreich aus seinem Abenteuer herauszukommen? Ist es nicht wahrer Mut, sich trotz seiner eigenen Unterlegenheit in schier aussichtslose Situationen zu bringen?“

„Übermut tut selten gut“, warf Sancho Pansa missmutig ein. „Euer Kabinettstückchen mit den Löwen hätte leicht ins Auge gehen können. Und was wäre dann aus mir geworden?“

„Es gibt eben Herausforderungen im Leben, denen muss man sich als Ritter stellen. Durch Feigheit erlangt man keinen Ruhm.“

„Besser feige und lebendig als mutig und von einem Raubtier gefressen werden. Was habt Ihr von Eurem Ruhm, wenn Ihr tot seid?“

„Guter Sancho, glaubst du wirklich, ich tue das alles nur, um etwas davon zu haben? Es ist doch gerade die Selbstlosigkeit meiner Mission, die sie auszeichnet.“

„Selbstlosigkeit ist ausgereifter Egoismus. Auch Eure Selbstlosigkeit kann nicht ganz frei davon sein. Denn wollt Ihr nicht das Herz von Dulcinea erobern?“

„Wahre Liebe ist selbstlos und ohne Begierde, mein guter Sancho. Dulcinea zu huldigen ist meine Aufgabe, mein Lebensziel, weil ein Ritter eben eine solche Aufgabe braucht. Es ist völlig unwichtig, ob ich ihr edles Herz dabei erreiche oder sie mich gar erhört.“

„So seid Ihr, mit Verlaub gesagt, ein noch größerer Egoist als ich dachte“, brummte der Knappe in seinen Bart und erhob sich trotzig um nach ihren Reittieren zu sehen, die sie nur wenige Meter hinter sich an einen Busch gebunden hatten. Rosalia hatte das Gefühl, dem eben Gehörten etwas entgegnen zu müssen.

„Euer Knappe ist vielleicht kein Muster an Gehorsam, aber ich muss gestehen, dass ich das Motiv seines Unmuts durchaus verstehe. Er macht sich sicher viele Sorgen um Euch.“

„Es ist nicht nötig, mein guter Rosalio, dass Ihr ihn verteidigt. Ehrlich gesagt könnte ich mir keinen besseren Diener wünschen als ihn.“

Don Quijote seufzte schwer.

„Aber er versteht so wenig wie der Rest der Welt, dass ich gar keine andere Wahl habe, als so zu handeln. Wisst Ihr, mein junger Freund, es ist erstaunlich, aber Ihr seid der Erste, den ich treffe, der mich zu verstehen scheint."

„Da mögt Ihr recht haben. Ich verstehe Euch in der Tat so gut wie mich selbst. Und doch könnte ich auf Dauer nicht genauso handeln. Ich wäre vorsichtiger. Behutsamer. Auch wenn Ihr Euch selbst für die Figur aus einem Roman haltet, was Ihr ohne Zweifel auch seid, so sind die Gefahren, denen Ihr Euch stellt, aus demselben Stoff wie dieser Roman gestrickt und für Euch ebenso wahrhaftig wie der Tod, in dessen Nähe Ihr Euch permanent begebt."

„Guter junger Freund, sagt mir eins. Wenn Ihr wisst, wer ich bin und aus welchem Stoff ich gemacht bin, dann habt Ihr ohne Zweifel den Roman meines Lebens gelesen? Dann wisst Ihr, womit dieser Roman sein Ende findet?"

Rosalia schlug beschämt die Augen nieder. Wie offen durfte sie sprechen, ohne damit den Ablauf der Handlung zu gefährden? Schweigend rang sie nach einer Antwort, die zugleich ehrlich und zurückhaltend war. Aufrichtigkeit war das Mindeste, was sie diesem großen Mann schuldete. Jedoch wollte sie ihn in keinem Fall desillusionieren. Doch ihre Bedenken waren unbegründet. Don Quijote hatte ihr diese Frage nur rhetorisch gestellt. Wissend nickte er ihr zu. Natürlich kannte er die Antwort.

„Ja, aber", murmelte sie, „woher wisst Ihr so genau um dieses Ende?"

„Weil alle Geschichten so und nicht anders enden, mein junger Freund. In diesem Punkt hält das Leben keine wirkliche Überraschung für uns parat."

Behaglich rieb der alte Ritter seine knochigen Hände vor der warmen Glut. Im hellen Schein des Lagerfeuers hob sich seine langgezogene, magere Silhouette noch deutlicher hervor. Nie war er ihr so zerbrechlich vorgekommen wie in diesem Augenblick. Und doch war es tröstlich, die Einsamkeit der Nacht mit diesem unermüdlichen Kämpfer zu teilen. Wie viele Abenteuer ihm auch noch bevorstanden bis zu seinem endgültigen Ende, Rosalia wusste, dass es nicht ihre Abenteuer waren. Sie konnte nicht auf ewig mit ihm durch seine Geschichte ziehen. Um ihr eigenes Ziel zu erreichen, würde sie sich von ihm trennen müssen.

Aufgeregt kam Sancho Pansa zu ihnen zurückgerannt. Hektisch gestikulierend deutete er in die Dunkelheit hinter sich, aus der sie nun ebenfalls deutlich Geräusche, Schritte und Stimmen vernehmen konnten.

„Herr, da nähert sich etwas. Bewaffnet Euch. Es könnten Räuber sein."

„Mitnichten, mein lieber Sohn", beruhigte ihn Don Quijote. „Eher ist es mal wieder einer von diesen Zauberern, die uns unsere Geschichte durcheinander bringen."

Gelassen erhob er sich.

„Wer da? Zeigt Euch und stellt Euch Don Quijote!“

Zwei Reiter auf Maultieren schälten sich aus der Dunkelheit und stiegen ab. Beschwichtigend hoben sie die Hände.

„Wir grüßen Euch und bitten um nicht mehr als um einen Platz an Eurem Feuer.“

Rosalia hielt den Atem an. Kein Zweifel. Der eine von ihnen war Ron. Ihr erster Impuls war, ihm fliegend um den Hals zu fallen. Und doch zögerte sie. Sollte sie sich ihm einfach so zu erkennen geben? War es nicht unvergleichlich schöner, die eigene Vorfreude noch ein wenig länger auszukosten? Zu lange hatte sie auf diesen Moment gewartet, als das er einfach so verstreichen durfte. Ein ungeahnt kribbelndes Vergnügen durchfuhr sie, eine kaum auszuhaltende lustvolle Erregung. Stumm verharrte sie im Hintergrund, um sich durch ihr Zittern nicht zu verraten.

Magus und Ron, die es bereits aufgegeben hatten, an diesem Abend noch eine feste Herberge zu finden, hatten angestrengt nach einem geeigneten Platz für sich und ihre Tiere Ausschau gehalten. Das offene Lagerfeuer, das sich ihnen unvermittelt offenbart hatte, musste ihnen wie ein Geschenk erscheinen. Vertraulich kamen sie heran. Sie hatten gelernt, dass in dieser einsamen Gegend bereits ein Feuer reichte, um eine Heimstatt zu sein, die den, der es entzündet hatte, zum freigiebigen Gastherrn machte und den Ankommenden zum willkommenen Gast. Und das Gastrecht in dieser Gegend galt als geheiligt.

In der Tat winkte Don Quijote sie herzlich herbei, kaum, dass er sie erblickt hatte. Magus und Ron wussten sofort mit wem sie es zu tun hatten. Die hohe ausgemergelte Gestalt, der dünne Bart und die hohlen Wangen und dazu dieser glühende Blick, in dem die gesamte Energie des Mannes zu stecken schien, entsprachen genau dem Bild, das sie sich vom Helden dieses Romans gemacht hatten.

„Seid gegrüßt!“, wiederholte der alte Ritter und nickte ihnen so freundlich zu als habe er sie erwartet.

Er deutete auf das Gebüsch hinter sich, an dem die klapprige Rosinante, Sanchos Esel und Rosalias Pferd bereits einträchtig nebeneinander grasten. Ron und Magus stellten ihre zähen Maultiere dazu und sattelten sie ab. Nachdem die Vierbeiner versorgt waren, konnten auch sie Platz nehmen, um zu ruhen und zu essen. Hungrig zogen sie ihren spärlichen Proviant aus Magus’ Tasche. Ein wenig Brot und ein kleiner Rest Wein waren ihnen noch geblieben. Kauend machte man sich untereinander bekannt.

Don Quijote stellte sich als Reisender in einer höheren Sache vor und zeigte wohlwollend auf seine Begleiter, seinen treuen Knappen Sancho Pansa und den jungen Edelmann aus Italien, der erst vor kurzem zu ihnen gestoßen sei.

Ron war alarmiert. Im flackernden Feuerschein versuchte er, das Gesicht des jungen Mannes zu erkunden, der sich immer wieder wie zufällig abwandte.

„Und Ihr?“, wandte sich Don Quijote an Magus. „Was ist Eure Geschichte?“

„Das ist eigentlich gar nicht meine Geschichte“, bekannte dieser zögernd. „Es geht hier um meinen Cousin, den ich auf seiner Suche begleite.“

Wissend nickte der Alte, als sei ihm dies alles bereits bekannt. „Ja, ja, aber was treibt Euch dabei an?“

Schüchtern kratzte Magus sich am Kopf. Durfte er das hier so einfach sagen?

„Was mich treibt … nun ja … ich bin wohl verliebt …“

„So, so, ich verstehe. Also seid Ihr auch ein Ritter, der die Gunst einer Dame gewinnen will. Und wie heißt sie, Eure Dulcinea?“

„Charlotte“, lächelte Magus erleichtert. „Ich liebe Charlotte.“

„Mmh, eine Charlotte kenne ich nicht“, bekannte der Alte kopfschüttelnd. „Ich fürchte, diese Dame werdet Ihr hier nicht finden. Ihr solltet sie besser woanders suchen. Vielleicht dort, wo Ihr herkommt.“

„Da hörst du es“, sagte Ron zu Magus und fuhr zu Don Quijote gewandt fort: „Dieser verliebte Mensch hier hat das Glück sogar direkt vor seiner Nase. Seine Angebetete wohnt Tür an Tür mit ihm. Sie ist seine Nachbarin. Und doch wagt er es nicht, den einen kleinen entscheidenden Schritt zu unternehmen, um seine fatale Situation zu ändern. Ein Schritt und ein Wort nur und alles wäre klar.“

„Verstehe“, nickte Don Quijote Magus zu. „Allein Eure Furcht hält Euch zurück. Die Entscheidung könnte zu Euren Ungunsten ausfallen. Und daher meidet Ihr die Entscheidung. Ihr zieht große Kreise und redet Euch dabei ein, dass Ihr Euch ihr dabei nähert. Aber in Wahrheit ist ein Kreis immer nur ein Kreis. Wenn Ihr zum Ziel kommen wollt, dann werdet Ihr wohl oder übel nicht darum herumkommen, einen Schritt in dessen Mitte zu setzen, um Euch Eurem Ziel zu nähern.“

„Ach, Herr Ritter“, fiel ihm Ron ins Wort, „da Ihr Euch hier am besten auskennt: Vielleicht habt Ihr ja etwas von meiner Rosalia gehört? Sie ist es, die ich suche.“

Sancho Pansas trockener Husten unterbrach Ron abrupt. Der dicke Knappe hatte sich verschluckt und japste nun aufgeregt nach Luft. Hektisch fuchtelte er mit den Armen durch die Luft.

„Rosalia?!“, keuchte er noch immer atemlos. „Rosalia also.“ Lachend wandte er sich an Don Quijote.

„Mein Herr, ich glaube, hier geht mal wieder eines Eurer Abenteuer glücklich zu Ende.“ Behände sprang er auf und wandte sich mit einer leichten Verbeugung an ihren jungen Begleiter.

„Wollt Ihr Euch nicht erheben, junger Don Rosalio, der Ihr auf der Suche seid nach Don Ronaldo?“

Rons Herz machte einen Sprung. Vor ihm stand Rosalia. In der Verkleidung eines jungen Edelmannes hüpfte sie strahlend auf ihn zu und sprang ihm lachend um den Hals.

Im überschwänglichen Ungestüm ihres Kusses fiel ihr der Hut vom Kopf und das Tuch, das sie eng um ihre Haare geschlungen hatte, um diese zu verbergen, löste sich. Wie flüssiges Kupfer flossen ihre rotblonden Locken über ihren Rücken und leuchteten glänzend im Feuerschein auf.

Schmunzelnd beobachteten Magus und Sancho Pansa das ausgelassene Wiedersehen der Liebenden.

Nur Don Quijote, fassungslos darüber, wie schnell sich der junge Mann in eine junge Dame verwandelt hatte, stand, staunend zum stummen Statisten erstarrt, inmitten dieser völlig unvorbereitet über ihn hereinbrechenden Szene. Gutmütig soufflierte ihm Sancho aus der Verlegenheit.

„Nicht wahr, mein Herr, Ihr habt es sicher auch schon geahnt, welch hübsches Gesicht sich unter der Larve des jungen Rosalio verborgen hielt?“

Bewährt darin das Unvorhergesehene jederzeit anzunehmen, straffte Don Quijote wacker seine Brust und präsentierte selbstsicher seine ritterliche Gelassenheit. Wohlwollend tätschelte er Sancho Pansa den Arm.

„Aber natürlich, mein Bester. Sicher und wohlbehalten haben wir die junge Dame zu ihrem Ziel begleitet. Wieder einmal krönt ein glorioser Erfolg unser Abenteuer!“ Mit großzügiger Gastgebergeste bat er alle Platz zu nehmen.

Die ganze Gesellschaft ließ sich feierlich nieder. Ron und Rosalia hielten einander eng umschlungen, Sancho Pansa schnalzte zufrieden mit der Zunge und fiel glücklich über die aufgedeckten Speisen her, für die außer ihm jetzt keiner mehr ein Auge hatte, und Magus nahm benommen neben Don Quijote Platz.

„Seid Ihr zufrieden?“, fragte ihn der Ritter mit einem Nicken in die Richtung von Ron und Rosalia. „Auch Ihr habt Euren Teil zu diesem glücklichen Ende beigetragen.“

„Ja, das bin ich in der Tat“, befand Magus. „Obwohl ich denke, dass unser beider Anteil an diesem Happy End nicht allzu groß war. Für diesen Zauber gab es eine ganz besondere Formel.“

Zufrieden kauend blickte auch Sancho Pansa in die Runde und hob seinen Weinschlauch.

„Auf die Liebe!“

Fröhlich stimmten alle mit ein. Die ganze Nacht lang feierten sie ausgelassen ihr Zusammensein und erzählten sich ihre bestandenen Abenteuer, bis sie kurz vor Morgengrauen erschöpft aber glücklich auf ihre Lagerstatt sanken und sanft in die Geborgenheit eines traumlosen Schlafes glitten.

10

Die Sonne stand bereits hoch am Himmel, als Magus erwachte.

Auch Ron und Rosalia krabbelten noch leicht verschlafen und zerknautscht unter ihren Decken hervor. In sich hinein lächelnd dachte Magus daran, dass diese beiden noch weniger geschlafen hatten als er.

Von Don Quijote und seinem treuen Diener Sancho Pansa fehlte jede Spur. Wie ein Traum erschien ihm die Erinnerung an die letzte Nacht. Wie ein Traum empfand er überhaupt seine ganze bisherige Reise. Ein Blick auf seinen Cousin und Rosalia erinnerte ihn allerdings daran, dass dieser Traum noch nicht ganz zu Ende war. Mehr denn je fühlte er sich für diese beiden verantwortlich.

Einvernehmlich beschlossen die drei ihr Frühstück am nächsten Bach oder Flusslauf einzunehmen. Frisches Wasser war allen Zwei- und Vierbeinern jetzt ein vorrangiges Bedürfnis. Vielleicht würden sie auch schon bald auf ein Gehöft stoßen, wo es neben dem frischen Wasser auch noch frisches Brot zu kaufen gab.

Schweigend ritten sie nebeneinanderher. Magus versunken in verworrene Überlegungen, die den weiteren Verlauf der Geschehnisse betrafen, Ron und Rosalia versunken in ihre tiefen Gefühle.

Immer wieder erforschten die beiden Liebenden mit ihren vielsagenden Blicken einander, als prüften sie den Wahrheitsgehalt ihres Glückes, um gelöst aufzulachen, wenn sie sich dabei im tiefsten Grund der geliebten Seele tausendfach gespiegelt und bestätigt wiederfanden. So dicht wie möglich ließen sie ihre Tiere nebeneinanderher laufen. Immer wieder suchten sich ihre Hände, als müssten sie sich immer wieder ihre Gegenwart bestätigen, die des anderen ebenso wie die eigene in einer Welt, in der auf einmal ein lange gehegter, unwirklicher Traum in Erfüllung gegangen war. Wieder und immer wieder wiederholten sie dieses Spiel aus Prüfung und Erleichterung, aus schüchternen Blicken und heiterem Lachen, bis die Anspannung langsam von ihnen abfiel.

Der schmale Pfad abseits jeder Zivilisation, auf dem sie am Morgen losgeritten waren, hatte sich inzwischen in eine passable Landstraße verwandelt, die durch kultivierte Felder führte. Der nächste Hof würde vermutlich bald erscheinen. An einer Weggabelung blieben Ron und Rosalia abrupt stehen.

„Magus, ich muss dir etwas sagen …“, begann Ron zögernd. „Ich glaube, es ist besser, wenn unsere Wege sich jetzt trennen.“

Verdutzt sah Magus von einem zum anderen.

„Ron und ich“, half ihm Rosalia weiter, „wir haben beschlossen, dass es besser ist, wenn wir unseren weiteren Weg von jetzt an alleine fortsetzen.“

„Aber ich dachte, ihr wünscht euch ein richtiges Happy End?! Wollt ihr etwa hier zurückbleiben?“ Verständnislos sah Magus sich in der menschenleeren Einöde um.

„Wir ziehen nach Westen“, klärte ihn Ron auf. „Dort nehmen wir ein Schiff in die Neue Welt.“

„Amerika?“

„Magus, lieber Magus“, tröstete ihn Rosalia. „Das ist wirklich das Richtige für uns. Wir brauchen kein Happy End. Was wir wollen, ist ein Anfang.“

„Amerika“, nickte Magus allmählich begreifend. „Also gut, mein amerikanischer Cousin.“

Mit zärtlichem Blick betrachtete er die schöne Rosalia. Ihr kupferrotes Haar glänzte in der Sonne wie der Helm einer kampfbereiten Heldin. Straff gespannt wie ein Bogen saß sie aufrecht im Sattel, bereit jederzeit vorwärts zu schnellen. Ihr furchtloser Blick hielt am fernen Horizont ihre Zukunft bereits ungeduldig im Visier. Eine grenzenlose Neugier nährte ihre Lebenskraft. Ohne Frage war sie für sein zurückhaltendes Alter Ego die richtige Gefährtin. Ihre wilde Kühnheit verlieh Rons etwas schwerfälligem Gemüt den nötigen Antrieb. Ihre liebevolle Intuition verwandelte seine tiefe Nachdenklichkeit in entschlossenes, mutiges Handeln. Ihr Glaube an ihre Liebe gab ihnen beiden Halt und ein gemeinsames Ziel.

„Rosalia, ich hätte dich gerne noch etwas besser kennengelernt. Aber so soll es wohl sein. Du warst mir von Anfang an immer einen Schritt voraus, meine Liebe. Ich wünsche euch Glück. Von ganzem Herzen Glück.“

Rosalia umarmte ihn lange und fest und küsste ihn sanft auf den Mund.

„Grüße Charlotte von mir“, flüsterte sie.

Aufmunternd nickten sie sich zu und sagten einander Lebewohl.

Noch lange stand Magus an der Abzweigung und sah ihnen nach, beobachtete wie sich ihre Konturen in der flirrenden Ferne wie eine schwindende Fata Morgana auflösten. Erst als er sie völlig aus seinem Blickfeld verloren hatte, beschloss er seinen Ritt alleine fortzusetzen. Jetzt war es wirklich an der Zeit nach Hause zurückzukehren, dachte er. Hier blieb ihm nichts mehr hinzuzufügen.

11

In den folgenden Tagen verbrachte er viel Zeit damit nichts zu tun.

Tee trinkend schlich er in seiner Wohnung umher, starrte stundenlang aus dem Fenster, huschte scheu wie ein Gast durch jedes Zimmer, ordnete seinen Schreibtisch bis zur absoluten Perfektion. Sein Manuskript hatte er abgeschlossen. Er hatte es abgespeichert, ausgedruckt und fein säuberlich in der obersten Schublade seines Schreibtisches verstaut. Er wollte es nicht noch einmal durcharbeiten. Es gab nichts mehr daran zu verändern. Höchstens gab es noch etwas hinzuzufügen. Allerdings lag eben dies außerhalb seiner Schreibkraft. Und genau deshalb zögerte er.

„Worauf wartest du eigentlich?", beschimpfte er sich laut, um seine Mutlosigkeit abzuschütteln. Doch seine Bedenken hielten ihn fest im Griff. Was, wenn seine Anstrengungen nicht ausreichten?

Welches Leben konnten Ron und Rosalia erwarten, wenn sie nicht durch die Phantasie eines wohlwollenden Lesers genährt wurden? Welchen Sinn ergab seine Geschichte, wenn sie nicht gelesen wurde?

Noch immer durchwanderten Ron und Rosalia sein Bewusstsein. Mochte er auch von ihnen Abschied genommen haben, als er sie zusammen mit seinem Manuskript in die Schublade seines Schreibtisches abgelegt hatte, in der selbstträgerischen Annahme, dass dies ausreichte, um ihre papierne Existenz endgültig zu verdrängen. Ihre lebhaften, von ihm selbst heraufbeschworenen Geisterstimmen echoten lebendiger denn je durch seinen Kopf, nun, da er nicht mehr durch die Arbeit des Schreibens abgelenkt wurde. Er, der den inneren Dialog mit ihnen in lieber Gewohnheit und zu eigenem Nutzen gepflegt hatte, musste nun erkennen, dass sie noch immer an dieser für sie zum Überleben notwendigen Eigenheit festhielten.

Hatte er selbst es ihnen nicht sogar beigebracht, sich nicht mit ihrer eindimensionalen Scheinwelt zufrieden zu geben, sondern immer wieder aufs Neue über die bequemen Grenzen ihrer überschaubaren Existenz hinauszuspähen und das Risiko unbeantworteter Fragen zu suchen?

Vehement forderten sie von ihm, dass er seiner Verantwortung ihnen gegenüber gerecht würde. Täglich wuchs ihre Unzufriedenheit mehr zu seiner eigenen heran. Sein nachlässiges Handeln ließ auch ihn in einer Art Zwischenwelt verharren. Wie sie war auch er eine nutzlose Spukgestalt ohne eigenen Wirkungskreis, ein Grenzgänger, ein Geist ohne Zukunft und Erlösung.

Anklagend verdammten sie sein Zögern, durch das er sie alle um ihr Recht betrog. Denn nur er alleine konnte vollenden, was er begonnen hatte. Er allein hielt das letzte Puzzlestück in seinen Händen.

„Beginnt eine Geschichte nicht erst dann eine Geschichte zu sein, wenn sie jemandem erzählt wird, vor dessen innerem Auge sie sich Wort für Wort und Bild für Bild entfaltet?“, argumentierten sie hartnäckig. Magus zögerte, denn ängstlich fragte er sich, ob der Magie seiner Geschichte zu trauen war.

Würde es einem Leser gelingen, das zu entschlüsseln und zu entdecken, was er an Empfindungen und Gedanken hineinprojiziert hatte? War der Spiegel, den er geschmiedet hatte, klar und rein genug, um durch die vielen Worte und Bilder und Gesichter hindurch das Wesen des Lesenden einzufangen, ihn zu reflektieren, wiederzugeben und ihm den Raum zu öffnen, in dem sich Worte und Bilder und Gesichter mit seinen eigenen Gedanken und Empfindungen neu vermischten und belebten, sich frei assoziierten, verwandelten und in ihm und durch ihn neu auferstanden?

Welchen Wert hatte seine Geschichte, wenn sie fehlschlug? Wenn sie kein Mitgefühl erregte? Keine Sympathie? Kein Komplizentum? Existieren konnten seine Figuren nur durch das warme Herzblut eines entgegenkommenden Lesers. Nur ein solcher konnte ihnen etwas von der Bedeutung schenken, die sie seiner Meinung nach verdienten.

Auch seine eigene Liebessehnsucht schwang wie eine stete Melodie in dieser Geschichte mit. Wie sollte sie Charlotte zu hören bekommen, wenn er sie weiter hinter Schloss und Riegel hielt? Ungehört würde sein Bekenntnis verhallen, wenn er es ihr nicht anbot.

Mochte sein, dass sie sein Manuskript schrecklich fand. Mochte sein, dass sie auch sein Liebeswerben verschmähen würde. Im schlimmsten Fall stünde er am Ende genau dort, wo er jetzt auch stand.

Aber vielleicht …?

„Don Quijote hatte recht. Ich muss einen Schritt in den Kreis hineinsetzen.“ Entschlossen ging er zu seinem Schreibtisch, zog einen großen Umschlag aus der obersten Schublade und packte das Manuskript hinein. Ohne zu zögern verließ er seine Wohnung, legte den Umschlag vor Charlottes Tür und zog sich wieder zurück. Nun galt es abzuwarten, ob etwas passierte.

Wie ein Schock traf ihn die Erkenntnis, dass ihm sein Text von nun an nicht mehr allein gehörte. Zwar hatte er sich auf einen Schlag von seinen drängelnden Quälgeistern befreit. Aber die Spannung, die ihn jetzt umtrieb, fühlte sich kaum besser an.

Hatte er bis eben noch geglaubt, mit seinem kühnen Schritt einen Schlussstrich zu ziehen, dann musste er jetzt einsehen, dass er alles andere als am Ende angekommen war. Alles war offen. So offen wie nie zuvor.

Zwischen Hoffen und Bangen versuchte er sich vorzustellen, wie sie mit seinem Text umging. Trug sie den Umschlag abgelenkt von wichtigen Alltagssorgen in ihre Wohnung, um ihn dort sogar zu vergessen? Warf sie ihn verärgert in den Müll, weil sie anonymer Post misstraute? Oder gab sie dem Text eine ehrliche Chance, indem sie ihn abends in aller Ruhe durchlas? Würde sie verstimmt sein, wenn sie sich und ihn in der Geschichte wiederfand? Würde sie empört sein, wenn sie erkannte, welche Absicht er mit seiner Geschichte verband?

Es war vermeintlich leicht, einem Buch ein Ende zu geben. Aber im echten Leben gab es keinen solchen Schlussstrich. Jedes Ereignis löste unabänderlich weitere Ereignisse aus. Immer wieder stand man von neuem an einem weiteren Kapitelanfang und musste sich entscheiden.

Wie würde er sich entscheiden, wenn Charlotte sein Werben ausschlug?

Von Mal zu Mal zweifelte Magus mehr daran, dass es eine gute Idee gewesen war, sein Manuskript einfach vor ihre Tür zu legen. Allzu sehr entzogen sich die Konsequenzen seinem Einfluss. Er hatte alles in die Waagschale geworfen, und doch konnte es am Ende für zu leicht befunden werden. Wenn Charlotte ihn nicht wollte, dann würde kein Buch dieser Welt etwas daran ändern. In diesem Sinne hielt die Geschichte für ihn immer nur ein offenes Ende parat.

Für keines der klassischen Liebespaare hatte es ein Happy End gegeben: Romeo und Julia starben, Onegin und Tatjana blieben getrennt und Don Quijotes Liebste war gar eine Fiktion. Nein, Magus wollte keine tragische Figur bleiben. Er wollte mehr als nur über die eigene Geschichte hinaus definiert werden. Er wünschte, Teil einer anderen Geschichte zu werden. Ein Teil von Charlottes Geschichte. An dieser Idee würde er bis zuletzt festhalten.

All diese Grübeleien ermüdeten ihn. Schließlich wollte er nur noch warten. Warten und wissen, dass es vorbei war.

War es am Ende möglich, dass gar nichts geschah? Das alles offenblieb? Nein, diesen Gedanken konnte er nicht gelten lassen. In diesem Sinne war ein schlechtes Ende sogar besser als keines. Denn nur ein Ende, wie auch immer es sein mochte, gab ihm die Chance auf einen Neuanfang.

Als die Türklingel die Stille seiner Wohnung zerriss, durchfuhr es ihn nur kurz. Alles brachte dieses eine Klingeln auf den Punkt. Alles, was er seit Wochen durchlebt hatte, worauf er hoffte und was er fürchtete, stand in dieser Sekunde unausweichlich vor ihm. Endlich, dachte er und war erleichtert, dass der kurze

Weg zur Tür seiner plötzlich aufkommenden Panik nicht genug Raum ließ, um sich zu entfalten. Auf alles gefasst öffnete er die Tür.

„Guten Abend, Magus“, sagte Charlotte schlicht.

Magus schwieg unschlüssig.

„Willst du mich nicht hineinbitten?“, fragte sie aufmunternd.

„Entschuldige“, murmelte er und trat beiseite.

„Es tut mir leid, dass ich dich so lange habe warten lassen“, erklärte sie unaufgefordert und kam herein. Ihre ebenso fürsorglich wie selbstverständlich formulierte Entschuldigung nährte das heimliche Flämmchen seiner Hoffnung und ließ es unerwartet hell aufleuchten. Wie eine lichte Wundergestalt starrte Magus sie an.

Charlotte errötete.

„Du hast wohl heute Abend gar nicht mehr mit mir gerechnet?“

Noch immer schwieg er. Wie sollte er ihr sagen, dass er seit Tagen nur auf diesen einen Moment gewartet hatte?

„Aber du hast mir doch dieses Buch geschickt, oder?“ Zurückhaltend umspielte ihr mädchenhaftes Lächeln diese rhetorische Frage. Glaubte sie etwa an einen Irrtum? Nein, sie war hier bei ihm, weil sie sich dessen sicher war.

Schweigend nickte er.

„Also, du sollst nicht glauben, dass ich dich habe warten lassen, weil ich so lange brauchte, um es zu lesen. Ich habe es noch am selben Abend in einem Rutsch durchgelesen. Oder weil es mir nicht gefallen hat. Das auch nicht. Es ist nur, weil ich mir ganz sicher sein wollte, dass ich es bin, die du gemeint hast. Du hast doch mich gemeint, oder?“ Erneut zeigte sie ihm ihr scheues Lächeln, während ihr Blick ihn vorsichtig darum bat, ihr diesen letzten zarten Zweifel zu nehmen.

Magus nickte sprachlos. Konnte es sein, dass sie daran je gezweifelt hatte? Hörbar erleichtert fuhr Charlotte fort.

„Zweimal habe ich es gelesen. Obwohl das der ausführlichste Liebesbrief ist, den ich je bekommen habe. Und dann …“

Tief holte sie Luft, um sich zu wappnen für das, was sie noch sagen würde.

„… und dann musste ich nachdenken. Noch nie habe ich so viel nachgedacht, verstehst du?“

Magus nickte, obwohl er noch weit entfernt davon war, den wirklichen Sinn ihrer Worte zu erfassen.

„Na ja, also mit der Liebe, das ist so eine Sache. Ich hatte bisher wenig Glück darin und ich habe mich gefragt, ob es für mich das Richtige ist … also ob du der Richtige bist … also eher ob ich für dich die Richtige bin …“

Magus schüttelte den Kopf. Jetzt begann er endlich zu begreifen. Sie sprach über sich und ihn. Über sie beide als ein Paar. Über die Liebe … Dieser Gedanke hob ihn empor. Er schwebte.

„Aber das ist alles Quatsch“, lachte sie so unerwartet auf, dass er erschrocken zusammenzuckte. „Es gibt gar nichts nachzudenken. Diese ganze Nachdenkerei ist Quatsch!“

Magus schwanden die Sinne. Er stand an einem schwankenden Abgrund, kurz davor abzustürzen.

„Magus.“

Der zarte Unterton in ihrer Stimme hielt ihn fest.

„Magus, es ist Quatsch noch länger darüber nachzudenken, weil ich weiß, dass ich mit dir zusammen sein möchte. Vielleicht ist die Liebe nur ein Traum, aber als Traum ist sie die schönste aller Illusionen und ich möchte sie mit dir teilen.“

„Es war Rosalia, die dir diese Worte vorgegeben hat“, entschuldigte er sich.

„Es sind deine Worte“, erinnerte sie ihn mit sanftem Nachdruck. „Außerdem braucht dein Buch noch ein Ende.“

„Ich weiß.“

„Willst du es denn nicht fertig schreiben?“

„Ach Charlotte, wenn ich doch nur wüsste, wie!“, flehte Magus sie an.

„Sie sollen sich finden, sich verlieben und glücklich zusammenleben bis ans Ende ihrer Tage“, schlug Charlotte ganz pragmatisch vor.

„Das ist der Schluss für ein Märchen“, wehrte sich Magus nur noch schwach.

„Es ist ein idealer Schluss für eine Geschichte und ein idealer Anfang für uns, findest du nicht?“, flüsterte Charlotte zärtlich und näherte sich ihm.

„So einfach?“, ergab sich Magus erleichtert und schloss sie in seine Arme.

„So einfach!“, konnte Charlotte gerade noch antworten, bevor Magus sie mit einem langen Kuss vorerst verstummen ließ.

Ein Brief an die Leser

Dieses Buch wurde inspiriert durch eine besonders große Liebe zur Literatur. Es wurde geschrieben für Menschen, die diese Leidenschaft teilen und bereit sind, sich zu dieser literarischen Wanderschaft verleiten zu lassen. Es ist die Geschichte einer Wanderung durch drei große Werke der Weltliteratur. Ihre Auswahl geschah fast zufällig.

Dort, wo diese Wanderung die großen Werke kreuzt, habe ich sorgfältig den Weg markiert, um all jenen, die sich in ihnen bereits auskennen, das Wiedererkennen zu erleichtern, und um all jenen, die sich bislang noch nicht mit ihnen vertraut gemacht haben, einen Wegweiser für eigene Expeditionen an die Hand zu geben.

Auch für dieses Buch gilt: Erstens, kein Buch schreibt sich allein. Die Unterstützung meiner Lieben und Freunde ist mein wichtigster Kompass. Ohne den regelmäßigen Zuspruch, die aufrichtige Kritik und ausdauernde Geduld wäre dieser Weg kaum gangbar.

Zweitens, kein Buch kommt von allein. Ehrfurchtsvoll verneige ich mich vor den drei großen Meistern, denen ich auf dieser Reise so viel Inspiration zu verdanken hatte: Danke an Shakespeare, an Puschkin und an Cervantes! Danke aber auch all den anderen Autoren, deren Bücher ich bereits gelesen habe. Danke für all die vielen schönen Bücher, die noch ungelesen auf mich warten.

Drittens, kein Buch bleibt allein. Jede Lektüre zieht eine weitere nach sich. Die Leidenschaft des Lesens ist wie eine niemals endende Wanderschaft. Sollte auch nur der kleinste Funke dieses Gedankens auf den Leser übergesprungen sein, dann hat dieses Büchlein sein Ziel erreicht.

Die Autorin

1967 in Trier geboren und in Mainz aufgewachsen, studierte Britta Röder bis zum Magisterabschluss an der Johannes Gutenberg-Universität in Mainz Romanistik und Slavistik sowie Mittlere und Neuere Geschichte.
Sie arbeitet in Frankfurt/Main bei einem großen Fachzeitschriftenverlag und lebt in Südhessen, zusammen mit ihrem Mann und ihrer Tochter.
„Die Buchwanderer“ ist ihr erster Roman.

„Bücher waren schon immer meine große Leidenschaft. Daher freue ich mich besonders, dass es gerade dieser Roman ist, mit dem ich mein Debüt bestreite.“, Britta Röder.

Bei allen kursiv gesetzten Zeilen handelt es sich um Zitate, die den folgenden Quellen entstammen:

Shakespeare, William: **Romeo und Julia**. Übersetzt von August Wilhelm Schlegel. Reclam Stuttgart, 1969, 2002.

Puschkin, Alexander Sergejewitsch: **Eugen Onegin**. Hrsg. von Harald Raab. Übersetzt von Theodor Commichau und Martin Remané. Bearbeitet von Konrad Schmidt. Aufbau Verlag, Berlin und Weimar, 1973.

Cervantes Saavedra, Miguel de: Der sinnreiche Junker **Don Quijote von der Mancha**. Aus dem Spanischen übertragen von Ludwig Braunfels. Winkler Verlag 1956 / Patmos Verlag, 2000 / Artemis & Winkler, Düsseldorf/Zürich.

WEITERE ROMANE AUS DEM ACABUS|VERLAG

Astrid Rauner

Anation – Wodans Lebenshauch
Von keltischer Götterdämmerung 1

ISBN: 978-3-86282-019-1
302 Seiten
EUR 13,90
ACABUS Verlag September 2011

Chris M. Wagner

Social Network
Die Bibliothek des Schicksals

ISBN: 978-3-86282-015-3
320 Seiten
EUR 13,90
ACABUS Verlag Oktober 2011

Sean O´Connell

Tír na nÓg
Der Auserwählte. Teil 1

ISBN: 978-3-86282-039-9
232 Seiten
EUR 13,90
ACABUS Verlag November 2011